红衣脱尽

Hongyituojin

王宇鸿◎著

图书在版编目（CIP）数据

红衣脱尽 / 王宇鸿著 . —北京 : 中国文联出版社 , 2016.5 （2025.4 重印）
ISBN 978-7-5190-1471-1

Ⅰ . ①红… Ⅱ . ①王… Ⅲ . ①短篇小说－小说集－中国－当代②散文集－中国－当代 Ⅳ . ① I217.2

中国版本图书馆 CIP 数据核字 (2016) 第 100197 号

红衣脱尽

著　　者：王宇鸿

出 版 人：朱　庆
终 审 人：金　文　　复 审 人：王　军
责任编辑：郭　锋　　责任校对：王洪强
封面设计：凤凰树文化　　责任印制：陈　晨

出版发行：中国文联出版社
地　　址：北京市朝阳区农展馆南里 10 号，100125
电　　话：010-85923033（咨询）85923000（编务）85923020（邮购）
传　　真：010-85923000（总编室）　010-85923020（发行部）
网　　址：http://www.clapnet.cn　　http://www.claplus.cn
E － mail：clap@clapnet.cn　　guof@clapnet.cn

印　　刷：三河市宏顺兴印刷有限公司
装　　订：三河市宏顺兴印刷有限公司
法律顾问：北京天驰君泰律师事务所徐波律师
本书如有破损、缺页、装订错误，请与本社联系调换

开　　本：787 × 1092　　1/16
字　　数：284 千字　　印　张：15.375
版　　次：2016 年 7 月第 1 版　　印　次：2025 年 4 月第 3 次印刷
书　　号：ISBN 978-7-5190-1471-1
定　　价：39.00 元

目　录

散　文

小　说

散　文

文 婧

围 猎

冬天的村民没什么活做，日子一潭死水。摘完棉花，种上麦子，便悠闲了。

可是，勤劳成性的村民偏偏耐不住寂寞，熬鹰捕兔也就成了营生。那时候，鹰多，田野上的泡桐树枝丫间，常有鹰栖息。一待入冬，村里几个嗜好围猎的，就挑起粪筐游走原野，一则拾粪肥田沃土，二则物色野鹰了。冬天，树叶零落，一览无余，有一只鹰站在树上，他们看得一清二楚。见了鹰，自然欣喜，可是他们并不即刻返回，而是在凛冽的寒风中观看，看鹰乐淘安栖，还是飞起旋翔，若飞，到底朝哪个方向飞，能飞多久多远，摸清底细，才安然返回。多年来，这样尝试，屡试不爽。

有个喊鹰的，一手绝活。他事先牵一条细腰猎狗，到田间捉一只野兔回来，破肚开膛，掏出五脏后，把兔子挂在屋山风干。待残阳如血时分，他在距离野鹰不远不近处停下，从袋子里掏出几近风干的兔子，双手执着，面向野鹰一边有节奏地甩，一边口有节奏地呼唤：喂，喂，喂……风干的兔子充当诱饵，以此钓鹰，是十拿九稳的。

起初，野鹰不为所动，一副大义凛然模样。当夕阳西沉，当喂声成韵律，当兔子的气息弥漫开来时，鹰的防线就崩溃了，它一个俯冲，直奔干兔，那个钓鹰的人，适时把兔子摔向一旁，鹰就顺势扑来，两只锋利的爪，狠命刺透兔子的身躯。鹰难以自拔，飞翔成空，乖乖束手就擒。钓鹰的笑得心满意足，空中雄鹰失魂落魄，满眼幽怨。

鹰顿时成了人们的宠物，人们对其宠爱有加。可是，并不是野鹰可以任性酣然入梦，也不可以随便吃得肠肥脑满。熬鹰是重要关节，熬鹰是项技术活儿：冬季天短夜长，牛屋里，马灯幽幽亮着，牲口吃着夜草，窸窸窣窣，美如天籁。几个人烤着火，拉着家常，熬鹰。熬鹰，以皮套封其嘴，以免利喙伤人；以乱麻塞其腹胃，按时取出再塞上，吸抽油脂，便宜飞翔；熬鹰人又戴棉皮手套，令鹰站立其上，不伤人手，每当鹰困极闭眼，人总用力摇醒，不让睡眠，熬这种酷刑让鹰俯首称臣，搏击长空的雄鹰有虎落平阳之沮丧无奈。

慢慢，鹰的野性渐次消散，不留音迹。鹰仅仅疾飞还不够，还要一闻到兔子的气息，就本能自发地猛扑才好。

晚上煎熬。白天驯服，一人在远处晃动风干的兔子，一人大呼一声“起”，兔起鹰落，鹰稳稳挫住兔子，然后撕扯干兔，大快朵颐，猎人满足地笑着，有一种黄雀在后的深长意味。

如此这般，一只野性十足的雄鹰，只好按照人的意志行事了。

有人提议，快该踏围了。

恰好一场雪，不大不小。雪覆原野，麦苗偶露峥嵘，点点绿意，惊艳双眸。这时，兔子寒冷饥饿，出来觅食游荡，见人欲逃，可雪深没膝，生翅难飞，宛若瓮中捉鳖，效果甚好。

今天踏围。村人闻讯，欣喜若狂。人们匆匆早饭，整装待发。有牵狗的，有举鹰的，有扛火药枪的，还有背着网的。出了村子，百十号人一路散开，呈扇状，铁流滚滚，向前挺进，惹得邻村的艳羡不已。

人们踩着积雪，吱吱作响，天蓝云白，艳阳高照，其乐融融。

尘封的百无聊赖，飞到九霄云外去了。人们的兴致有了寄托，人们的天性像花儿一样绽放。如果没有踏围活动，如果不能倾诉野性，一个冬天，能把人活脱脱憋死。

雪天围猎，是村民最畅意的活动。

搜索范围广，天网恢恢，疏而不漏。再宠辱不惊的野兔也难成漏网之鱼。

正走着，兴致勃勃。陡然有人喊：“起！”但见兔子如惊弓之鸟落荒而逃，一时间，猎狗四腿翻花，穷追不舍，雄鹰展翅，翱翔长空，寻一个高度，找一个角度，乘踪追击，直射目标，持枪人也慌忙围追堵截，其他众人，直追猎物。

兔子是跑得很快，可是，这么多人，这么大声势，这么疾速的猎狗，这么勇猛的雄鹰，它早吓得它惊慌失措，魂飞魄散。

一刹那，活生生的兔子就呜呼哀哉了。主人解剖兔子，拿杂碎犒赏猎狗，拿肥肉犒赏雄鹰。据说，那兔肝，趁热用冷水沏了，小孩子喝下，可治百病。经由的村子里，有人求取兔肝，向来是有求必应的。踏围还是一项乡间医疗活动，医治多灾多难的孩童，医治无所事事抑郁窒息的成人。

猎狗猎鹰补充了能量，得到了犒赏，登时趾高气扬，雄赳赳，气昂昂，跨过无垠雪畴。

人们有幸观赏了围猎一幕，自是志得意满，意兴悠悠。

运气好的话，一路还可以再捕得几条野兔。

日转西南，围猎的应该打道回府了。回到村庄时，雪几乎化尽，踏原野半天，鞋不粘泥，干手干脚的，家里人也放心。

有事先恳求兔肝的，主人派人快速送去，博得求兔肝者感恩戴德。村里的孩童一个个牛肥马壮的，无灾无祸，猎人几乎成了乡村孩童的守护神。

过几天，人们憋闷了，再开始一场围猎。

围猎，是一场游戏，令每一个恹恹欲睡的人，兴致勃发，情动心惊。

围猎，一个节目，把死水微澜的日子搅得风生水起，高潮迭出。

不几天，人们就要忙活过年的事情了。

人生有味是读书

我出生在芦苇荡畔的村子，绿树村边合，荡里翠苇红荷，我是目睹如画风景长大的；我按时入学，成了一个读书人，能轻易地进入另一个虚构的艺术世界，我是闻着墨花香慢慢成熟起来的：我很幸运。

家乡的风光植根心间，成为我进步的不竭源泉。读着书，我考上大学。大学毕业后，我在距离小城很远的乡镇教书。

路途中，一片蓊蓊郁郁的杨树下，有一个书摊。休息时，可以浏览其中的任一本书，主人从未流露厌倦不屑的情绪，我很感动。一天，她说，看了这么多书，一肚子墨水了，写写呗。我就写了，慢慢地，有文字见诸报端了，我告诉了她，她比我还高兴。

后来，我调入城里教书了。偶尔想到光顾书摊，到了，书摊却没了踪迹，我心里充满怅然的味道。

高中老师，要求学养深厚，我不惜买了很多书，阅读着，充实着，进步着，味道很美好。闲暇时，写几篇文章，也得心应手多了。不知《光明日报》旗下的《考试》杂志编辑怎么得知我的联系方式的，约我写稿，我很短时间内发了三篇，有高考现代文阅读题目设计，有对名家名篇文本赏析。编辑说，能连续在本刊发表文章而且质量上乘，是不多见的。我尝试到了成功的滋味，我深知这一切得益于读书。

积少成多，我写了很多文字，文体关涉小说、诗歌和散文。市作协得知后，建议我的文字以“商丘作家文库”系列出版。我忐忑不安，一个农村来的笨手笨脚的人能出版文集，多么不可思议呀。《翩翩起舞》成为“商丘作家文库”系列的首部作品面世，好评如潮。单位的人们祝贺我，也不由高看了我一眼；乡亲得知，啧啧称赞，没想到咱这村子也出了写书的秀才。我咀嚼，读书写书的味道，是幸福的味道。

岁月更替，读书不停，笔耕不辍。我尝试着创作现代诗、古体诗，有时兴之所至，竟然斗胆写起具有文言味道的小品文。

“粗缯大布裹生涯，腹有诗书气自华。”不错，我虽食无鱼，出无车，因读了许多书，我并没觉得矮人三分，而是觉得内心强大。读书，赋予我无所畏惧的味道。

深居书斋，披阅古今盛衰事，轻饮江南草木春，读读书，喝喝茶，写写文字，兴味横生，其乐无穷，我天天品味快乐的味道。

有时，游走公园，见一朵花，一只鸟，都能激发灵感，而创作出来文字。我体验着生活，书写着生活，享受着生活，生活多么美。我知道这美是读书带给我的。看到芦花白牵牛蓝，我即兴创作了一首小诗，《秋》：碧水、清风和鸟鸣养护 / 时光还是所向披靡 / 池塘 / 芦苇白发苍苍 / 我也传染得厉害 / 两鬓繁星 / 牵牛爬高上梯 / 把我薄凉的心事 / 渲染得沸沸扬扬 / 蟋蟀出来辟谣 / 歌台暖响，不舍昼夜 / 我僵硬布尘的琴弦 / 奏鸣得风生水起 / 心底草木柔和 / 日头掀起红盖头 / 透过桂香婆娑 / 看花好月圆的情节 / 发展到高潮……

仰首，见天蓝云白；俯瞰，咏草木有情；胸中有丘壑，诗情画意弥漫其中。我知道这是读书的馈赠，书不负我！一生安享读书带来的乐趣，无复他求！

人生有味是读书。

读书，令我的生活诗意盎然

小学时，我的物质生活与精神生活一样荒芜贫瘠。除了课本，没有什么读物可读，五年小学稀里糊涂地上完了。

初中时，我遇见了一个叫“俞舜恭”的语文老师。他的课讲得很好，一手文章也写得漂亮。他闲暇时，为我们读很多优秀的短篇小说。他点燃了我们热爱文学的激情，我们爱听他读课外读物，我们的心慢慢丰盈起来。在他的影响下，我开始读小说，叶文玲的《小溪九道弯》、雁宁的《唢呐在秋风里吹响》、王兆军的《她从画中来》等，三十多年过去了，当时的情景还依稀记得，文学的魅力深深折服了我们。

我真实地感觉到，文学这么美好，它可以构建比现实世界更美的境界，这世界令人憧憬，令人向往。我也试着虚构，试着所谓的创作，试着投稿，虽然别人耻笑我，虽然所谓的作品邮寄过去，都是泥牛入海，我还是乐此不疲，幻想着绿色的邮递员能送来发有我作品的文学杂志。其实，回回失望回回望，那年月的等待也很美好，那感觉记忆犹新。初中的岁月，因了所谓的文学梦而显得瑰丽多彩。三年来，我一个字也没发出来，可是，我并没有心灰意冷，依然是踌躇满志，描绘着美好的愿景。

高中，我对文学依然痴心不改。读书多了，语言纯粹了，意境悠远了，写作水准有了提高。终于，《商丘报》发了我一篇小文章《修车姑娘》，我顿时成了小镇上的名人，许多人都仰慕我，学校领导鼓励我。为此，学校还开了表彰会，特意奖励我五元钱。为此，我兴奋得彻夜难眠。

我继续写作，在报纸上，作文杂志上发表了一系列作品。高中时紧张的读书时代，因了文学，我生活得充实而又诗意。尤其是，高考时，我的作文成为优秀作文发表出来，也是顺理成章的事了。

大学，读的是汉语言文学。大学，有浩如烟海的图书，有造诣很深的老师，有一群志趣相投的文友切磋，自然文学水准有大幅度提高。遗憾的是，当时只是高谈阔论，纸上谈兵，并没有俯下身子去辛勤耕耘，大学毕业了，也没有写出令人满意的作品。

大学毕业后，我蛰居小城，却要去很远的乡村学校教书。一路上，偶尔有灵感袭来，而后惨淡经营，反复修改，投了出去，竟然也有的发表了。十多年来，也写出了几十篇小文章。后来，生活窘迫，也没有时间更没有闲情逸致涂鸦了，以至于一片荒芜。

后来到高中教学，教高中非同小可，要读很多书充实自己，要有积淀，自己要丰厚，厚积才能薄发。我就狠命地买书读书。读书时，我像在风景胜地旅行，书里美景美不胜收，令我流连忘返。

闲谈时，一个老师问我，你读这么多书，写点什么了吗？我说，原先写了点，现在基本不写了。他鼓励道，商丘作家网有个"自由论坛"栏目，上面有很多写家，写得还好，你学一学，试着写一写，跟人家学习一下，也有所提高。

我就试着写了，一发不可收。我慢慢引起了市作协领导的注意，他们无私地鼓励我，评论我，指出了文章的长处与短处，我心存感激，以饱满的热情去创作，我的写作有了突飞猛进的发展进步。一篇一万多字的文章，也可文不加点一气呵成了。

我明白，写作要有源头活水。这源头就是要体验生活，没有生活的粮食，就没有文学的美酒佳酿，没有生活的风雨，就没有文学的彩虹。这活水就是要多读书，读各种门类的书，丰盈自己，在写作时游刃有余，能意到笔随，避免笔力不逮。

读诗词，能使语言充满诗情画意。读民俗学，能使文章呈现鲜活的文化景观。读文艺理论，能使创作有所导引，写出有质地的文章。

就如《苦菜花》的作者冯德英所说，每日读书，不让一日闲过。我也是这么做的，书不负我，天不负人。读书，使我内心强大，腹有诗书气自华。读书，使我的内心花影妖娆，花团锦簇。读书，令我在名利财富面前，波澜不惊。读书，使我有一个风光旖旎的花园，安放自己漂泊不定的心灵，使我心安。

读书人，是幸福人。我觉得，读书只缤纷自我的人生，还远不够，还要力所能及地传输你的正能量，把你的脉脉书香散发出去，清芬更多人的心魄。

我站在三尺讲台，一片冰心，向学生浸染我的人生观价值观世界观。我用流畅的文字，述说我的立场，润物细无声，孩子的心灵就不再扭曲，孩子的心灵就不再是荒草丛生。

我告诉他们，一个善于读书的人，性格坏不到哪里去，一个性格好的人，命运坏不到哪里去。他们不约而同地点头称是。

这个时代，追名逐利显然是主流思潮。可是，在学校，我们依然不能教他们为了谋生而投机取巧不择手段，而是教他们让优秀成为习惯，教他们学会感恩，教他们学会担当，教他们学会宽容饶恕，教他们团结协作，教他们不惧怕艰难困苦，教他们一定要有信仰……

让读书成为习惯，让自己的生命充满书香。这只是一重境界，把自己读书的美好与别人分享，试着影响别人去读书，爱读书，读好书，这才是最重要的。

如今，人很焦躁，很少有人脚踏实地做事情。那么，就试着饮茶吧。茶，重在品，重在轻啜，采得瑞草中的苦味，安定自己的心灵，抚平心底的焦灼，从而令自己神清气爽，宠辱不惊。

读书，不局限于纸质书、电子书，还要静心读一读大地自然这本书。大地能长出粮食，也能长出诗篇，阅读大地，自己会受益匪浅。还要读自然，自然是一部法典，教给人们应该做什么，不应该做什么，违反不得的。

一个老师，应该是美好灵魂的塑造者，教会学生读书就是雕塑的灵魂的凭借；一个作家，应该是美好灵魂的书写者，完美书写自己的篇章，就是能书写读者美好的心灵。

美好的岁月，我一边饱读诗书，一边品味佳茗，一边书写文章。

把对故乡的深情回望，把对现实的冷静思考，把对时代的使命，小心翼翼地写成书，出版发行，令尽可能多的读者阅读，令他们的心灵纯净，在他们的心底种植一个生机勃勃的春天。

愿现代出版社出版的“商丘作家文库”第一册散文小说集《翩翩起舞》，能反映我的读书生活，愿这本书也能像春天的似锦繁花，芬芳在春天过往的人们的精神生活。

读书，令我的生活诗意盎然。

渡

小时候，我见家乡芦苇荡白帆点点，来来往往，人或者货物凭借船只，此岸彼岸互渡，或者上下游互通，人人皆大欢喜。家乡人说起“渡”这一字眼时，笑逐颜开。

我去邻村上学，遇见河里涨水，也常乘一轻舟往返，学习从未耽误。在船上，听水声潺潺，感小船轻摇，看旖旎风景，心里充溢喜乐。

我是读高中才进城的。是书渡我进城，是船送我进城。我天真地想，那一本本书，就是一叶叶轻舟，渡我到彼岸。像喜欢家乡的风物一样，我喜欢书籍。的确，书不负人，每每渡我美的境地，我常常幸福满怀。

读大学，念的是中文专业。大学里，大师云集，每逢听课，如沐春风，喜不自禁。记得一位老师说，一生与书结伴是幸运的。能读书，好，渡己；能写书，犹好，渡人；能教书，最好，渡人且可育人。老师说得平淡，我却听得认真，我按老师说的行事，真的受益匪浅。

毕业后，我顺理成章做了一名教师。

我平生唯嗜好买书，不说汗牛充栋，也可称书籍满屋。见书籍如见故人，倍感亲切，虽有书购而未读，也竟然心安理得。

书犹船只，渡我。

做一个教师，仅凭一本教科书和几本教辅资料，是远远不够的。问渠那得清如许，为有源头活水来。多读书，才可以在讲台上激扬文字。

书，把我从孤陋寡闻渡至略通文墨。胸有千卷书，才可有源头活水涌出，浇灌数株桃李。

书，把我从慵懒蹉跎渡至勤奋进取。有这么多书而不读，犹进宝山而空手而归，岂不可惜！

书，把我从宅男渡至乐游者。伏案静读，固然好，可是，时间长了，不思运动，身体僵硬，思想也趋凝滞。走出书斋，走向自然，自然这一广阔天地，大美陈列，不胜枚举。再者，书籍是书，自然里的花鸟虫鱼河流山川，也是一部部大书，韵味无穷。

书犹船，渡我到至美的境地。

读书，只是一种单向的汲取。仅有汲取，是不够的，还要自己尝试创作，还要流出，把自己的东西赤诚地呈现出来，惠及他人，渡他人，还可以接受别人的检阅，获取别人的批评指正，从而提高自己。

我尝试着创作，把所谓的作品在本地作家网上发出来。这样，获取了如潮好评，获取了尊严，获取了指点，最终，我的散文小说集以作家文库的形式作为首部作品集出版发行了。

书籍免费发给我教的学生，他们看得津津有味。他人有求，有求必应，远方者且邮寄去，不取分毫。

看书，游览，再创作。当一条干涸多年的蔡河重又清水贯通时，我口占一律，其中一句：晚景最美是烟霞，犹能凭水听海涛。同仁啧啧称赞，有说虚实相生，有说写画面所无，却视通千里之外……能自己苦心孤诣去创作一些什么，在讲课时，就有实力，就有捷径，就能取得事半功倍的效果。

渡己易，渡人难。可是，知其不可为而为之，才能耕耘出一片新领域，才能营造一派新气象。不用扬鞭自奋蹄，只有多读书，只有多思考，只有结晶出有自己特色的东西，别人才能心甘情愿坐你的船，才能渡人。在人生大海，做一介舵手，欸乃声声，得而渡人，犹可乐也！

读书时，会饮一盏清茶。茶可雪澡精神。茶是书的伴侣，无茶饮着，书也少了几许况味。一个精神中毒的人，是不配做舵手的，也是成不了好舵手的。

三生有幸，能做一名园丁。得天下英才而育之，不亦快哉！

一根教鞭，三尺讲台，一路沐风栉雨，虽苦犹乐。仅仅教书，传递知识，还不够，我以为还要传承文化，塑造灵魂。一个只有知识，只有谋生手段而没有丰沛的文化植入的人，是行而不远的。文化和灵魂是人之两翼，健全了，才可以遨游九天，才可以担负大任。

要教知识，没有知识的传输，学生是不满的，家长是不满的，学校是不满的，甚至社会也会不满的。但是，除此之外，我还要倍加努力，在博览群书的基础上，做好育人工作。教书，是大众化的常识行为，而育人，才是百年大计。

教育学生培养阅读的习惯。一个善于阅读的人，是一个幸运的人。

耳濡目染，言传身教，教育学生学着阅读自然，敬畏生命。

在课堂上，循序渐进，把家国情怀润物细无声地植入孩子的心间。

在课堂上，循循善诱，把真正的英雄的图腾悬挂在孩子的精神上空。

在课堂上，薪火相传，把传统文化的火炬点燃，绵延传递下去。

……

授之以鱼，未若授之以渔。在课堂上，渡莘莘学子，还要教给学生学会渡人，以书的形式。每一个孩子，从乘客的角色转化为舵手，渡己后学会渡人，多么可喜可贺，值得庆幸呀！

书，是一条船，此岸彼岸间摆渡不已。乘坐这条船，一个人，一个家庭，一个民族乃至一个国家，都可到达更上一层楼的境地。

书；船；渡。

读书葱茏一片心

幼年时，土地贫瘠，收成不多，常处饥馑状态，一片荒芜。课堂上，一个略通文墨的老师只讲课文内容，每一篇耳熟能详，却不通文意，精神世界一概荒芜。

可是，村前芦苇荡的水，是流动的，是清澈的。夏季，青翠的芦苇随风摇曳，生机无限，莲花盛开，白的粉的红的，不一而足，煞是好看。时有水鸟翻飞，婉转浅吟，意兴沛然。

芦苇荡给人的感觉是鲜亮的，清丽的，蓬勃的。闲来无事，徜徉水边，让一泓碧水灌溉心灵，自是悦目赏心了。

一次，我借得一本书，如饥似渴阅读，至黄昏时分，已经读完。我欣喜若狂：书中还有别样的精彩世界，我竟然一天读得完一本书。我的心域已有春草萌发，虽是草色遥看近却无，却也有淡淡绿色了。

进了乡村初中，遇见一位酷爱文学的语文教师。他很短时间就讲完教材了，大多时间给我们读优秀的文学作品。在那时，才睹得《萌芽》《丑小鸭》《小说月报》等芳容的。我们最爱上的课，就是文学阅读课。老师投入地读，我们潜心地听，组建了听讲的最佳组合。虽是浅草才能没马蹄，却有羊群放牧在茵茵草原上。

慢慢，田野上的庄稼，我们的心灵，渐渐葱茏起来。潺潺流水，琅琅书声，生机盎然的心灵世界，成为当时美好的风景。

大学时，读的是汉语言文学。那时，图书馆是驿站，一册册图书，宛若香茗，沁人心脾。老师也是甘做人梯，引领我们登堂入室。一个个仿佛饥饿者扑在面包上，贪婪地阅读，老师也绽放笑容。

几年的时光，我游弋在园林。一片片青草，一棵棵绿树，葱茏了我贫弱的心。

大学里，莘莘学子，求贤若渴，出门俱是看花人，蔚为壮观。

毕业后，于一乡村学校任教，因迫于生计，日夜劳碌，狼狈落魄，无暇读书，曾经芳草萋萋的心域，渐渐沙漠化，几近荒芜。

有时回到乡村老家，依然五谷丰登，依然绿波东流，依然鸡鸣犬吠，一派祥和，一派生动。我心域的荒芜与家乡的生机，反差梯度过大，我的心隐隐作痛。

我暗暗发誓，再也不能这样浑浑噩噩地活。

忙里偷闲，捡几本书阅读，挑几首诗词涵咏，荒芜的心域渐露生机，那颗粗糙的心也日渐温润起来。读书，是源头活水，浇灌荒芜的戈壁，再生葱茏的绿洲。

天朗气清，花萌草动，一往情深深几许，人生有味是清欢等，一切这么美，我按捺不住，跃跃欲试，竟也援笔成文，其乐融融。

在人间，阅读是件快事，一本本书地阅读着，一块块砖地搬运着，一个固若金汤的城堡就修建成功了。在这个城堡里，可以百毒不侵，可以宠辱偕忘，可以去留无意，可以享受生的快乐。

窃以为，仅仅阅读是不够的，这样太自私，还要拈笔作文，把真的美的善的温暖人心的砥砺心智的东西，写出来，与苍生分享，也为大地添一抹绿色，为每个人的心灵增一分葱茏。

图书馆的模样，就是天堂的模样。这么美，多进去读读书，多好。

一个爱读书的人性格坏不到哪里去，一个好性格的人命运差不到哪里去。每一个人都可以凭借书卷挣得一份好运气，举手之劳，何乐而不为呢？

阅读是索取，创作是给予，给比拿更快乐。鼓足勇气，拿起笔，写出至真至纯的心声，就是佳作。别怕，只要迈出第一步，就有雏凤清于老凤声的成功喜悦。

一个酷爱阅读的人，一定是一个天天快乐的人。

天亦老，心葱茏，幸甚至哉！

室雅何须大，只要藏书多。

饮一盏清茶，涤烦除虑；读几卷诗书，春满人间。

早晨，敞开心扉，迎接缕缕霞光，神清气爽；晚间，披阅书卷，呼吸阵阵墨香，心旷神怡。

读书，使我的生活四季杂花生树，草长莺飞。

读书葱茏一片心。

二胡声声

一条路，风刮过，净净的。两端石墩疏疏安放，机动车辆给拒之门外。

假期，游人往来如织，悠游自在。风舞动树冠，洒下细碎的光。云很白，天很蓝。

二胡的声音，缓缓溢过来，像涓涓流水。驻足聆听，那熟悉而美妙的旋律，是《红梅花儿开》。循声走去，见一中年男子箕踞而坐，全神贯注地拉响那把二胡。他手拉二胡，右脚扑打一节竹竿，有板有眼。

他身旁放着一个包，很破旧。前面是个缸子。看起来，他是卖艺的。

路人，旁若无人地走着，或者看他一眼，或者径直而去。他一如既往地拉，无拘无束，不卑不亢。

人的喧嚣声，风拂树叶声，音响的广告声，汇成一条浑浊的河，令人心慌意乱。他的二胡声澄澈响彻，暑退九霄净，秋澄万景清。

他脸上挂着汗珠，他没有用手拭去，他的二胡声飘满汗水的咸咸的气息。一个蹒跚学步的孩子，在母亲的鼓励下，把几枚硬币放入缸里。年轻的妈妈欣慰微笑，孩子笑靥如花。我与她相视而笑，她羞赧地低下头。

她扯着孩子，远去了，婉转的二胡声，护送她们。

我也果敢走过去，把几枚硬币置入缸子里，叮咚作响。他拉着二胡，轻轻真诚地道谢。我却有点耳热脸红了，听了这么久，放了可怜的几枚硬币！

很钦佩他，眼睛看不见缤纷五彩，却把一把二胡拉得如泣如诉，充满灵性。

他没有不劳而获。甚至，他劳动着，不知疲倦，一天下来，也挣的少得可怜。可是，他的脸上依旧写满乐观满足。天已过午，他缸子里的成果，孤单地排列着，还能见底。我心里酸酸的。

我静静又听了一阵，他变换了几支曲子，拉得依然用心尽情，脸上依然挂着微笑。

我走了，美好的曲子响在身后。我好像汲取了力量，觉得做什么事都可踌躇满志，都可写好诗篇。

身后，二胡声声，渐听渐远。眺望远天，天蓝云白，天朗气清……

一枝一叶总关情

芦苇荡是流动的。乡人有言：人往高处走，水向洼处流。吾意已决，我要逃离乡村，奔赴城市，尽管我的乡村流水泱泱，风光旖旎。

我读完初中，仅仅考进乡村高中，而我的同窗有几许考进县城的重点高中。后来见面，他们谈起县城，谈起学校，津津乐道，眉飞色舞。

一个要好的同学说，这学校也不过尔尔，只一语文老师可圈可点。这老师姓侯，身材不高，却是精神矍铄，风神俊逸。夏天，一手执蒲葵扇，一手端一茶杯，茶杯热气腾腾，茶香四溢，他行走着，迈着方步，不疾不徐。

侯老师上课字正腔圆，随课堂内容声音高低起伏，抑扬顿挫。其尤性情中人，说到喜悦处，笑声朗朗；讲至忧伤处，涕泣涟涟；谈及愤慨处，则横眉冷对，怒不可遏。

侯老师字写得好，粉笔字，钢笔字，毛笔字，一应俱佳，令人叹为观止。无论何时何地，书写起来，行云流水般流畅，清秀中透着苍劲。

他还说，侯老师做了好多好多的卡片，精美有致，卡片上的内容神出鬼没出现在学生的笔记本上。

同学的话，令我感怀不已，心里滋生了无限艳羡。可是，我终归在乡村高中读书，无缘聆听老师的教诲，无缘如沐春风。

几年的努力，我也如愿以偿考上了大学，毕业后乡村执教十一年之后，终于进到这所高中任教了，我是多么的欣喜若狂呀。

暑假里，我进校看看。见校园文庙东侧，一棵据说千年树龄的皂荚树下，一个花甲老人正伏案疾书，那么专注，那么郑重其事。我是不速之客，没有惊扰他。他翻看很多资料，然后在卡片上誊写着。时而，停下来，品啜香茗，回味无穷，宛若涵咏一段历史。

他矫首望树，皂荚树枝繁叶茂，一阵阵清风拂来，树叶沙沙作响，美如天籁。面对自然美，侯老师是不会罔顾的。他屏气静神，听风，看云，享受啁啾鸟鸣。

读一篇锦绣华章，蕴浩然正气；啜一口瑞草香茗，涤烦去虑；眺望一片蓝天，见鸟自由翱翔；看一朵流云，欲裁云缀锦。为的是讲一节课，把莘莘学子摆渡到彼岸。

传说，皂荚树很久以前就有了，赵匡胤起兵时曾在此树拴过马，是否，无从查考。皂荚树树干已空，而树依然葳蕤蓊郁，叶片绵密，可遮日月。想必，侯老师制作的知识卡片，没有天上的星星多，赶上皂荚树树叶还是可信的。

这一年，侯老师教复读班。复读生的心，侯老师最懂。他在课堂上，传道授业解惑，课下，对学生呵护备至，春风化雨，润物无声：选择复读的，绝大多数天遂人愿。

侯老师古文字功底深厚，讲课深入浅出，现身说法，学高为师，德高是范。他的字影响了一届又一届学生，学生的字一个个中规中矩。他给学生说，各迈一足走正路，次第撇捺做好人，他的学生一届一届地毕业了，成了此地各领域的中流砥柱，发挥着聪明才智，从无一人违纪违法。

打算与老师一起奋斗，想着老师耳提面命，面授机宜，可是，老师退休了。

老师不再登临讲台，不再激扬文字，可是，有时间，他仍一如既往地去皂荚树下乘凉，他一到，其他老师宛若蜂蝶簇花，一拥而上。侯老师讲文学掌故，讲名人轶事，讲风俗野趣，讲得绘声绘色，讲得声情并茂，讲得妙趣横生。开坛了，学校的一道风景……

苍天爱我，经一番逶迤，侯老师所有的卡片，悉数为我所有，真乃如获至宝，喜不自胜。

我闲暇时，浏览一张张卡片，一无遗漏。一遍又一遍，每浏览一遍，都有新收获。一张张卡片，字体始终如一，不复更改，见得老师自始至终一丝不苟；一张张卡片，字体端庄大方，赏心悦目，见得老师一生为人师表天朗气清；一张张卡片，资料翔实，见得老师治学严谨，一生学而不厌；一张张卡片，犹见老师别色笔标识，见得老师不迎合不盲从，提自己见地，有质疑的精神……所有这一切，都是做一个老师弥足珍贵的品质。

我没有缘分做他的学生，坐在教室里，聆听教诲；我没有机会与老师结伴而行，听他指点迷津而醍醐灌顶，虽然有一年时光重叠，并没在一个办公室备课，此生为憾。可是，我得到了老师最珍贵的东西，时光老去，而卡片常珍藏，我得了老师的真传，我俨然成了老师的嫡传弟子。我每每阅读卡片，即使现在，未曾废弃，阅读卡片并不过时。我阅读之后，小心翼翼收藏，恭敬地摆放在书橱里，在教书育人的日子里，我源源不断地从卡片里汲取营养，问渠那得清如许，为有源头活水来。

后来，很多人向我索借卡片，我一律回绝，虽得罪了他们，好在他们理解，也不生心结了。

后来，老师去世了，再也不能领略他皂荚树下开坛的风采了。

我阅览卡片，犹见音容笑貌，感到他给我的无穷力量。

后来，学校搬迁了，文庙还在，皂荚树还在，它不仅仅是一棵树，而且是一处名胜。

赵匡胤陈桥兵变编纂史间绝唱，皂荚树睢阳心空书写皮里春秋。

皂荚树上干云天，枝繁叶茂，苍翠欲滴。一片片树叶，就是一张张卡片，树木参天，卡片生辉。每当目睹皂荚树，我都忆起那些卡片，想起我的老师。

皂荚树生动着古城，老师启迪着愚昧懵懂。

皂荚树常青，一枝一叶总关情，想念老师！

涉江采芙蓉

小时候，从村庄到学堂所在的另一个村庄，要走芦苇荡畔。一路风景自然美好，见得多了，就习以为常了，就察觉不了其中的风神了。

令人惊喜的是，在芦苇荡畔，在两个村庄之间，建造了一个戏楼。红砖红瓦建就，坐北朝南，戏台一人高许，场面宽敞平坦，正墙前面，可以悬挂布景。西侧，安放扩音设备，东侧，坐着乐队，伴奏演唱。后间是化妆室，放置服装桂冠、鞍马刀枪。演员踏着鼓点，从西面出来，演毕，从东面回去。

开演之前，乐队开始擂锣鼓。司鼓起头，锣镲涌起，一花忽先放，多花皆后香。锣鼓声一浪高过一浪，震得惊涛骇浪，惊得心旌摇荡。其间，鼓点催着观众急于入场，锣声催着演员化妆入戏，擂锣鼓是乡村戏台不可或缺的环节。

素常，农夫在黄土地上劳作，看着庄稼随着节令变换着色泽，闻着庄稼散发不同的气息，不管哪一种气息都令人陶醉。农夫站在大地上，也是一棵茂盛的庄稼，感受着岁月时光，根深深地扎入大地深处，匍匐在大地上，生活得很艰辛，很现实。

庄稼生长时节，庄稼收获过后，戏班子来了，有从陆路来的，也有从水路来的，汇集在芦苇荡畔的红戏楼。

乡村人对剧团有一种复杂的看法，认为这样的人下作，冠以戏子的蔑称，扬言戏子死后是不可以殡葬祖坟的；芦苇荡的民众有异样的看法，戏大于天，戏剧令人大开眼界，大快耳福，让人有幸目睹别样的世界：一场场剧目，帮人挣脱大地的束缚牵绊，一颗颗沧桑的心在蓝天白云下飞翔，人们感觉到飞翔是新奇的，是快慰的，是幸福的。原始素朴的生活是雨水漫流大地，浑浊而无状，而有戏的生活则是彩虹卧波，色彩斑斓，赏心悦目。每有剧团莅临，芦苇荡畔的村民都奔走相告，都兴高采烈，都欣喜若狂。

一场戏，升腾五彩的梦。当人有了梦想，才有飞翔的欲望，才有到达彼岸的可能。

南来北往走东串西，每一个剧团光顾，都是一场福祉。

从此，除了在学堂里咿咿呀呀读书之外，还能在剧场开心看戏。年龄幼小，虽看不出端倪，戏的精彩还是牢牢抓住我的心，牵我入神。

每个夜晚，锣鼓一响，我就迫不及待地奔向剧院，斜跨的花书包砸得屁股生疼，也无暇顾及了。

每一场戏，我总能全神贯注观看首尾，我诧异，我的注意力比学堂上集中多了。

唱戏的很辛苦，舞台上演出不容有丝毫差池，若有，是要棍棒交加的。那时的剧团带有师徒性质，师傅有至高无上的权威。师傅德艺双馨，爱徒如命，面授机宜，丝毫不加保留，若是出了错，砸了场，是绝不容忍的，你噙着眼泪静静地挨着便是。你砸了场，坏了剧团的美誉嘉声，就是一个十恶不赦的罪人，那时，人们看待名声就像看待生命。再者，砸了场子，就会散了剧团，几十号人就作鸟兽散，没有了饭碗，辛苦遭逢起一经，所有的努力，所有的喜怒哀乐都付之东流了。所有的人对大如天的戏，都心存敬畏，一个个总是小心翼翼的，只有剧终，才可以长吁一口气，释放紧张的情绪。司鼓更是一刻也不可走神，你的鼓点敲在演员的嘴上，你就百口莫辩了，就自觉渺小了许多，卑微了许多。

那个剧团的演员，演出得都很出色。一个扮演武生的女人让我记忆犹新。这个演员，当时我看起来很神奇：她年纪不大，却能在舞台上泰然自若游刃有余；她能从平常世俗的角色尽快融入戏中，扮演得出神入化，不留丝毫世俗的痕迹；她在很短的期限内能够扮演多重角色而不串位，实乃神人。

我最向往她出台演出。她一抬手一投足，有板有眼，字正腔圆。一颦一笑，顾盼生姿，摄人魂魄。一个女儿身，瞬间装束武生，瞬间消匿了女子的妩媚俏丽，焕发武将威猛英俊的神采。她每次出场，都像出席一个仪式，那么郑重其事，那么全力以赴。她演出的过程，就是展示精彩俊美的过程，就是掌声雷动的过程，我小小的手掌击得红红的，就像胡萝卜，击得生疼，可我一点也不怜惜。

她视戏如命，在舞台上尽善尽美。她在不演出的时候，也很少游玩，在芦苇荡畔，手持一杆红缨枪，舞得电闪雷鸣，舞得红绫翻飞，舞得地动山摇，舞得火焰万丈长。她娇喘吁吁，面浮微汗，而步履丝毫不乱，眼神丝毫不显迷离。累了，她坐下来，拿出一本书，细加端详，翻飞的蝴蝶，嘤嘤的蜜蜂也搅不乱她清澈的心境。放学后，返家的我定定地立在远处，纹丝不动，看她武的耍枪，文的读书。她的一招一式，都那么美轮美奂，都那么魅力四溢。我很宽慰自豪，我比别人又有幸目睹了异样大快朵颐的节目。

我以为，她就是一尊女神，一尊美神，我注视打量着舍不得离开。

看见我傻里傻气的模样，她亲切地走近我，向我挥舞好看的手掌。

我语无伦次地说，你唱得真好，我喜欢听。

她说，喜欢就好，我会好好地唱。

第一次与心仪的女神这么亲近，我心揣小鹿，怦怦直跳。她看出我的窘迫和羞赧，安慰我说，别怕，你一怕，我就不开心了。我立即就不怕了。

她说，你还小，要好好读书，读书真好。我正读着书的时候，被父亲拉出学堂，扔进戏团里，为家里节省开销。她说话的时候，很伤心。

我也为她的遭遇黯然神伤。她说，听戏，换个心境，然后好好读书，像船驶向远方，像小鸟自由飞翔。戏给你一缕新鲜，书给你一双翅膀。我听得似懂非懂，可是她的声音很动听，很悦耳，心里很熨帖。

我懵懂地发问，你不上学了，咋还读书呀？她微笑着说，读书，能帮我演好戏，读书也能帮你飞得高高的。我听得兴奋，好像就要飘飘欲飞似的。她说话的时候，唇红齿白的，眼睛像一泓秋水，很迷人。她像一尊纯美无瑕的雕塑，镶嵌在我的心灵深处。

奶奶见我没有按时到家，很是焦急，很是担心。芦苇荡烟波浩渺，奶奶怕我失足落水。

奶奶见到那个女演员很是爱怜。奶奶很慈祥，奶奶打量着她，就像阳光照耀着她。奶奶得知剧团里演员很辛苦，有的嗓子都哑了，还卖力地演唱，就回家煮了荷叶茶，煮了莲子粥，用木桶盛着趁热送过去。果然，演员的嗓子清爽多了。他们唱起来声音洪亮，响遏行云，每一个角色都扮演得活灵活现，唱腔中展开着剧情，散发着感恩的味道。

我深受青睐，去看戏，一角一张的戏票免除了，那个女演员扯着我的手，在众目睽睽之下，光明正大地走进去，没有任何阻碍。我总能占得最优越的位子，有时甚至登上戏台旁侧看戏，也无人问津。我奶奶也受人敬慕，她坐下来，还有人毕恭毕敬地端上茶来。

听着戏，读着书，相辅相成，剧情稍稍能看出门道，读书却进步得日新月异。为此，奶奶奖赏了我，奶奶对剧团表达谢意。

以后，我再回家晚了，奶奶就不再担心了，想着我又在芦苇荡畔看女演员练功呢。

她的一切都是美的，我想把芦苇荡给她，想把锦绣山河给她，想把花开富贵给她。可是我心里想象得花团锦簇，可是我什么也没有交到她手里。

芦苇荡深处，有一朵朵荷花，盛开得映日别样红，能涉江采芙蓉，心怀虔诚地送她，了却心愿，多好。我只是心猿意马想象着，荷花依然盛开在清水里，并没有送她。

那时，一个红红的戏楼，一个撞击我心扉的武生女演员，为我留下一段铭心刻骨的往事，让我狭小的心域素荷盛开，为我的感情激起妙不可言的微澜，为我缔造了一部可供一生反刍的心底秘史，真的很是苍天厚爱。

走马灯似的，剧团来来往往。终于，戏楼在风雨飘摇中坍塌了，一场场戏剧风云灰飞烟灭，荡漾在芦苇荡畔红戏楼的唱腔几成绝响。

那个占据我心灵的女演员走了，几十年过去，不见玉人来。

因为她的惠顾，我有了飞翔的翅膀，有幸从死水微澜处，看出了绝美的彩虹，使我有了有别于村人的人生。

如今，我舞文弄墨，采云织锦，连属文字，游目骋怀，享受书香人生。一张素纸，字向纸上皆轩昂，得此，感谢大如天的戏，感谢那个一直蚕食我心灵的貌美如琼花的唱戏的女子。

回溯时光，如果，六月她还会出现在芦苇荡畔，我定会跃身入水，涉江采芙蓉，然后虔诚地送她。

冬日的阳光

多日的雨雪，阻挡了归程。

连晴两日，天蓝云白，冰雪消融。我趁周末，回乡村看望母亲。说来愧疚，很多日子没有回家了。

今天天阴沉，我还是踏上回乡的路。

我走进村子，母亲正站在村头的柳树下等我，冬日萧瑟的风里，母亲显得很瘦小。记得母亲年轻时，个子并不算低矮，留两条长长的辫子，面庞红润，已是今非昔比了，岁月偷走母亲的光艳照人，回馈了瘦削老迈。

母亲见我回来了，笑得很灿烂，很温暖，就像昨天的阳光。

待到家里，见得庭院干净，只是角落里的积雪还没完全融化。庭院里堆积了黄黄的玉米，染得金碧辉煌。院里晾晒衣服的绳子上，今天没有衣物晾晒，烂漫的麻雀在上面翔集，无拘无束，它们俨然庭院的主人。

我为母亲带去据说产自新疆的红枣，还有女儿买来的棉鞋。我让母亲品尝了红红的枣子，她尝着，脸庞上洋溢着甜美的笑，她穿上新棉鞋，一会儿，说道，穿上孙女儿的新棉鞋，脚上暖热，心里也暖热，就像照着阳光。

很久没跟母亲说说话了，拉条板凳与坐在椅子上的母亲天南海北地拉着家常。

母亲说，按你说的，没事的时候，用手拍打膝关节，真的有效，不那么痛了。母亲说这话的时候，心里安然欣慰。

我给母亲汇报在外工作的状况，她静静地听着，并没有打断我的话，看神情母亲对我的所作所为大抵是满意的。当母亲得知我要负担太多的人情世事时，很心疼我，好像我受的委屈都是她的过失似的。她说，出门在外，为人不易，再难，也不能缩头缩尾，我点头称是。

母亲又说，没有迈不出去的坎，没有趟不过去的河，车到山前必有路，看咱家的麦子高高满满一大囤呢，咱家的玉米一大堆呢，咱家还有二亩地，那是聚宝盆呢，挨不了饿的。母亲朴实的话，荡去了雾霾，我心里亮堂堂的。母亲无异于神明，无论何时，总能为我撑出一方晴空，给我一个乐观的心境。我为自己的消极沮丧惭愧不已，如今理应是我为辛苦一生的母亲建筑一方安宁港湾的时候了，我要摈弃我的懦弱，我的消极，开始强劲地生活，令母亲心安。

每次回去，我都要给母亲留下一些钱，好让她随便买些东西，这一次，母亲说什么也不要，她说她还有很多钱呢，过了元旦，还能领一笔政府发放的养老金呢。母亲还拿出几百元钱塞给我，说要捎给孙女儿零花，我说什么也没有接，惹得她很不开心。

母亲烧地锅，为我做了好吃的饭菜。闻着炊烟的味道，看到灶膛里红红的火苗，看到母亲专注地为我做着饭菜，就像暖暖的阳光照彻，暖丝丝的。

红红的火苗映着母亲的白发，我看到母亲苍老的面庞，心里隐隐作痛。心想：要是能留住时光，能凝固岁月，该是多好呀。

我说，晴天了，常晒被子。母亲说，会的，晒晒被褥，睡着暖暖的，软软的，睡得安稳踏实着呢。有一丝丝阳光编织的煦暖簇拥着，母亲就像在暗夜里也沐浴着阳光，心里明媚安适着。

母亲说，你事情多，别老想着回来看我，这多分心呀，会影响你工作。珍惜你的岗位，别耽误了。母亲已过古稀之年，还念念不忘为我着想，让我感动，让我温暖，让我羞愧难当。母亲怕我担心她在家孤单无助，就说，你别挂牵，你哥嫂在家，常来看我呢，连水都给我掂到厨房里，我想吃什么，手脚灵便，能做什么，不受拘束的，你放心就是了。

母亲打消了我的顾虑，我的心里充满阳光。母亲说，你耽误工作，回来看我，我心里就闹腾，就不开心了，孝顺孝顺，你顺了我的心意，就是孝顺了，孝顺可不是天天围着我寸步不离，孝顺就是把你城里的事办好，不让我牵挂。

我读了好多书，其实我到今天才读懂母亲。母亲就是一袭蓑衣，暴风骤雨了，披在你身上；母亲就是一把扫帚，你心里满布灰尘了，为你扫除；母亲就是一笛风，你心里乌云密布了，她为你吹去：即使你长成一棵参天大树，在她的目光里，你仍然是一株禾苗，需要爱抚，需要呵护，在爱起孩子时，母亲是义无反顾的，是丝毫也不会计较的。

母亲是一条汩汩流淌的河滋润孩子的心田，不让孩子干渴；母亲是一道巍峨的固若金汤的屏障，抵御着寒流的侵袭，不让孩子受苦；母亲是一轮太阳，无论雨雪阴晴，总是无私普照着，不使孩子心情抑郁。

饭后，我与母亲又谈了很多，没什么主题。母亲看来很开心，虽然阴天没有阳光，母亲心里依旧煦暖。其实，母亲很容易满足，有时只是一个电话，有时只是回家看看她，陪她说说话，有时来不及回去只是给她报一声平安，她就开心了，满足了，笑逐颜开了。

我终归要回城了。母亲为我带去用地锅做的一篮子馒头，为我带去一袋子轧好的粗细面条，还为我带去几十枚鸡蛋；哥嫂为我带半袋饱满的花生，一串红红的辣椒，还有一壶自酿的米酒。回家时，近乡情更怯；离开时，总是故土难离。

我回去了，我走了很远，回头望去，母亲依然站在村头的柳树下目送我，见此情景，我心里暖暖的，就像照耀着太阳，母亲对我不停地挥手。因为我简单的一次回家，母亲心里也充满了阳光。

我很庆幸，在这个阴沉的天气里，遇见了灿烂的阳光。

冬日的阳光，依旧煦暖如春。

园林看雪

阴雨绵绵，连月不开。小雪既过，降大雪，多年为最，无出其右。

是夜，初为淫雨，至子夜，始落雪，初为撒盐，稍后柳絮因风，渐于梦中大矣。拂晓，一地银白，雪飞不辍，地至平覆。仰望高天，白蒙连片，至下处，乃雪花纷飞；远观林树，玉树琼枝，宛若千树万树梨花开；俯察低处，一片银白，踏之，吱吱作响。

盼雪已久，待沐身于雪，乃喜出望外。撑伞游园林，一路雪落伞面，雪击林树，窸窸作响，美如天籁。前日无霜，木叶未落，承雪不负，旋与雪舞坠地，如蝶翩跹。

至园林，因雪人迹罕至。园内一白，不复杂色，银白浸染肃穆，滋生庄严，没游园，未及今日之美。

雪花入河，即殒身化水杳然东流。一河道蜿蜒雪畴，色若墨玉，鲜明可见。一贯善飞禽鸟，犹显精力不济，翱翔不力，一副倦容。好在园林属它，翔集顺便。园林花草葳蕤，草色青翠，雪盖不深，草尖出雪，点点绿色，赏心悦目，快慰胸襟。梧桐刺苍穹，黄叶未全凋零，雪袭残叶，奏乐声，耳听仙乐，心花怒发。皑皑白雪，上覆黄叶，睹之鲜亮，美若赤金。

园林自是高低不平，雪平衡之，雪域展平，心游万仞，思接八荒，游目骋怀，信可乐也。

红桥卧波，水倒桥影，风景迭出。桥身负雪，一点红色，动人暖色不需多，美哉，足矣。

近知天命，犹童心未眠。见开阔平坦处，卧，连续打滚，直至树拦，乃停。况味醉人，若回童年。幸周边无人，即有，无所畏惧，我尘封烂漫之心，宛若清荷盛开碧水，心性大展，狂欢不已。乐极生悲，锁钥于滚时落雪，未察，待回家开门，始觉，未为遗憾。寻之，三番五次，终得，甚喜。

时维望日，每至园林承接晨曦。是时，素月游走西天，洒一地银辉；风摇木叶坠地涂一派金黄；旭日跃海吐一片绮霞染红妆素裹，脚踏白雪凝冰，步履蹒跚，悦耳声发自脚下，自豪情荡于胸中。步行久之，周身生热，细微汗汽升腾，将苦寒踏之足下，油然生万千豪情。

天晴雪融，雪不复存矣。所幸雪落于大地，定格心间，所忆，雪遂生焉。

会二三挚友，于园林看雪，畅谈灵犀话题，时而莞尔。

幸福不过如此！

下一场冷雨

青天不行苟且事。

晚风落木叶，夜雨涨秋池。

霜降既至，天尚温暖，未见节气之实，惹人妄议。

天自高不言。睹万物以苍翠，视众生而留恋，不忍猝然悴之。

文章本天成，妙手偶得之。高天编纂巨著，几无败笔之忧。承上启下，当承则承，需启则启，不早须臾，不晚毫厘，恰到好处。

草凝清露人熟视无睹，鸟鸣稀疏人置若罔闻。寒秋已至，人恍然置身晚夏初秋，意兴而未尽，将进秋而无所知。

秋风起兮廓清苍宇，冷雨落兮涤洗人寰。

此为过渡，统结夏秋之余韵，启发隆冬之清音。过渡自然，层次分明，不蔓不枝，干净利落，井然有序。

居高声自远之蝉，稻花香里说丰年之蛙，杳然远逝；黄四娘家之花卉，鹦鹉洲之芳草，渐行渐远。

秋雁已去，于衡阳之浦反刍往事，春燕曾飞，在朱雀桥畔感受盛衰。此地空余麻雀喜鹊，麻雀鸣叫，声音高低有致；喜鹊翻飞，色彩黑白分明，虽简单孤陋，却乡音未改，温煦人心。

皇皇巨著，文似看山不喜平。盛夏浓烈，详细处需泼墨如雨，情节跌宕起伏，绵延万里；秋冬淡然，简略处要惜墨如金，故事异峰突起，或者烟村四五家。

天有法度，文有章法。昼则纵酒放歌，夜则秉烛夜游，各有意趣。

蒹葭苍苍，白露为霜，所谓伊人，在水一方。此间伊人与教吹箫的玉人判然有别，陡增妩媚风情。

一场秋雨助天凉。无边落木萧萧下，翠竹苍松傲苍穹，风雨如晦，鸡鸣不已，每于时节，风节凛然之物应运而生，绝无缺漏。万里平畴，麦苗清清浅浅，如烟似梦，诗意朦胧，与高树遥相辉映。

农舍篱笆，陶菊渐黄，灿然生辉，映照秋冬萧疏人家。

耕作一年，收获颇丰，开轩面场圃，把酒话桑麻，意兴沛然。

情节非停滞不动，乃旦复旦兮，疾徐有致，奔流不已。

或许又一处过渡，见朔风渐紧，玉树银花，粉妆玉砌，白茫茫洁净一世界。

河湖奔涌即为水，盘桓高天即为云，风中飞舞即为雪，千里封冻即为冰，一样物体，千变万化，魅力无穷。时见铮铮铁骨，时见侠骨柔情，性情各异，精彩纷呈。

燕山雪花大如席，奇妙的景观，无一场冷雨铺垫，这纷纷扬扬的雪花断不会优雅登场。

大雪封门，红泥小火炉，温一盏米酒，除寒驱冻，温热周身，再一杯饮下，映日荷花，二月春风，三秋桂子，奔突眼前，光怪陆离，风光无限。

天气温暖适宜，金木水火土，建造缤纷世界；物候奇寒难挨，温良恭俭让，修养智慧人生。

于天朗气清时，享受花好月圆之美；于天寒地冻时，弥补汲深绠短之憾。休养生息，韬光养晦，方可生生不息。

子在川上曰：逝者如斯夫，不舍昼夜。

每一个节气，都是一处过渡，或删繁就简三秋树，或标新立异二月花。

岁月，是一部有条不紊娓娓道来的著作，不容篡改！

时光是一部编年史，秉承据法守正，摈弃背本多巧，玷污不得。

一部书，一番光景。章节周而复始，情节环环相扣，结构首尾圆合，内容浑然天成。

下一场冷雨，好雨知时节。

蒹葭苍苍，白露为霜！

土 茶

小时候，家乡是朴素的。

村前，芦苇荡烟波浩渺，绿波东流。村子，犬吠深巷中，鸡鸣桑树颠。每到夜间，夜空的星辉，家里的油灯光芒，荡里的萤火虫光亮，总显得黯淡无光。翘首东北，夜空出奇明亮，那是云蒸霞蔚的城。我心里说，那个神往之处，定有我的屋宇。

我爱读书，比同伴读得都好。读书很累，我劳逸结合，看看芦苇荡的风光，攀缘村旁的古树，聆听丛林的鸟鸣，参与轻松的劳动。

荡里的水总是清的，她是流动的。她里面有荷叶，有芦苇，有不知名的水草，想必，那水草就是茶，泡了茶的水，总是清澈的，清芬的，微微透着些苦涩。

大地的庄稼，杯水车薪，村里人总糊不饱肚子。村里人善假于物，发掘芦苇荡的宝藏。青黄不接时，刨出芦苇的根，细细咀嚼，甜甜的清流淌进胃里，就觉得饱了。

有时，撒一张网，就鱼跃鳞光，借以果腹。乡亲不贪婪，还要剩些鱼虾之类，流向下游。

冬天时，水清浅了，人们争先恐后捕鱼，刨藕，以便大雪封门时，饮食无忧。

那时，乡亲劳动着，都那么瘦削，却很有力量。

我关注这些，却不是全部。我爱读书，我期冀色彩瑰丽的城。

在一个映日荷花别样红的夏天，我考上大学，乘着芦苇荡船，离开了祖祖辈辈生活的村子。我竟然没有滋生一丝留恋。

父母是喜乐的，因为我是村里第一个挣脱土地束缚的人，有鱼跃龙门的味道，他们觉得很光彩；父母是担忧的，因为我离开家，他们心里空落落的，况且，我是乡下娃，出门不能照顾自己。

毕业后，我如愿以偿，住进了向往已久的城。

毕业时，我还是瘦瘦的，身上荡着村子乡亲的影子。

三尺讲台，天地很大，演绎千古风云，可是，方寸之间，纵使恣肆游走，活动空间总是有限，我四肢不勤，渐渐大腹便便。

我再回到家乡时，父老乡亲都说我胖了。我端详着，他们依然瘦削，依然有力，只是额上有了皱纹，皮肤的古铜色深了很多。

母亲嘱咐我，课下，多活动，胖多了，不好。我不以为意，涛声依旧。

以前，我听命父母的，现在，我是读书人，我居住城市，我不再驱牛耕地，我固执己见。我发现母亲的眼神有点异样。

我走家串户看看，他们一色杂粮饭，一色绿色菜蔬，一色饭后一袋烟功夫，大口喝着荷叶茶。荷叶茶，就是居家的柴米油盐，不可或缺。

母亲命我带去荷叶茶，我命令难违，只好答应。到了城里，那来自芦苇荡的荷叶茶，便束之高阁，不去问津。

我是来自素朴乡村的，我却对家乡物产熟视无睹。我还信誓旦旦，嚣嚷不会忘本。

我无意识地追求一种精美的东西。喝雀巢咖啡，饮用雨前明前名贵绿茶，并以为自豪。那感觉飘飘欲仙，每次再回家乡，总觉得乡村土里土气，落后简陋。母亲对我的作为很是不满，却没有驳斥我。

我以出入茶楼为时尚，以啜饮咖啡为荣光，以光顾酒肆为自豪，以不事稼穑为优越，我觉得漫步云端是高人一等，是高高在上。

我的肚子越来越大，一些城市病潜滋暗长了。

原以为可以使我快乐的生活方式，并没有带来快乐。漫步云端，迟早会栽跟头的。

我再回家乡，母亲以乡村的生活习惯要求我，这次，我欣然答应。

母亲说，这是荷叶茶，这是蒲公英，这是绞股蓝，都用得着的。这些草生在河河洼洼，不挑地方，长得密密麻麻的。泡茶喝，管用。家里人，干着活，喝着几样茶，都不生病。农村的茶不包装，药效好。听着母亲的话，我一阵燥热。

我开始散步，消耗体能。持之以恒，我感觉神清气爽，力气十足呢。在曾经引以为豪的城市安步当车，权当侍奉土地，劳动不辍。

讲课嗓子沙哑，泡一杯母亲给的蒲公英茶，一股清流淌过，几天就出奇好利索了。

心情焦躁时，端一杯荷叶茶，火气就灰飞烟灭了。

绞股蓝，据母亲说，能益气安神，要常喝的。是的，这天堂草，这福音草，能天天饮用，该是几何的福祉呢。

母亲怕我不回去，常送这些茶来。喝着这些茶，我仿佛听到家乡的鸟鸣，看到芦苇荡的翠苇红荷，感受到扑面而来的乡村气息。我回到坚实的大地上，我是家乡芸芸众生中的一个，我与他们一样普通，一样谦卑地生活。

母亲岁数大了，腿脚不灵便，很少进城了，总是捎茶给我，使我须臾不离。

我怕母亲担心，常常回家看她，喝她泡的家乡茶。

我复归瘦削，步履生风，肤色泛着古铜色。母亲说，人在哪里，都要脚踏实地，不忘本。

乡村是丰盈的，乡村是包容的，乡村也是草本的，她可以医治各类病症。

我在城市，喝着生长在家乡的茶。这茶生长在黄土地上，用母亲的手土法制作，我叫这种茶为土茶。

原来，蛰居城市，每天喝一杯浓郁的朴素的土茶，可以神清气爽，可以强健体魄。

寻寻觅觅，好久，方得到珍贵土茶，幸甚至哉！

看秋

春由春寒料峭而来，嫩嫩的，绿绿的，像婴儿，面如傅粉，温温润润，令人无限怜爱。

夏从春意阑珊而来，睡意蒙眬，不觉晓，悄悄生长，长成枝繁叶茂，长成葳蕤葱郁，宛如女人，回眸一笑，齿如编贝，倾城倾国。

其实，秋更受青睐。秋不是一下子就来的。她在立秋时节就有行文的念头，打打腹稿，在皇历上写上秋分，天就慢慢凉了。这凉来得悄无声息，蹑手蹑脚，凉了蝉鸣，凉了蛙声，凉了肌肤。抬头看看，树叶青而变黄，树叶簌簌而落，哦，秋该粉墨登场了。

秋如约而至，秋很有威仪，她不是微服私访，她是带着天蓝云白来的，带着玉宇澄清来的，带着秋水澄澈来的，当然，还带来长长的雁鸣而来，一声雁鸣，几多乡愁微澜，几多长途飞迁，几多无奈惆怅。雁鸣以后，深情回望一眼熟悉的家乡，振翅飞往衡阳之浦。

秋，是令人折服的。时令一到，秋风一吹，除了长青的树种，一概风吹叶落，一概无边落木萧萧下，没有什么帝王贵胄，没有什么王侯将相，可以丝毫地毁了规矩。节气铁面无私，谁也诱惑不了，纵然拿了江山美人，也无济于事。

秋，是不想轻易来的。时令到了，秋也要如影随形，是不能感情用事的。秋来了，水流变细了，绿草衰败了，树叶飘落了，鸟鸣也瘦了，满塘红莲也香消玉殒，留得残荷听雨声了。秋很歉疚，秋来了，茂盛热闹收场了，一树繁阴黯淡了，从此，寂寥把持天下，苍凉了善男信女的缠绵悱恻的情肠。

秋，有自知之明，从不会贸然造访。秋真的要来时，总要刮几阵飒飒秋风，总要下几场霏霏阴雨，这是秋的序幕，是秋的引子，是洒扫庭除，恭候秋的莅临。

秋很矜持，不是说来就来，可能让你久等，让你望穿秋水，甚至喃喃自语，叶落了，雁飞了，秋怎么没来呢，不会是爽约了吧？你盼望着，念叨着，累了，稍稍闭眼的功夫，秋就来了，秋就这么调皮诡秘，撩拨你兴致勃勃。

寒露来了，天也就真的寒了，但不是天寒地冻的寒，就像低度白酒辣辣的，却不那么浓烈。天寒在清晨，太阳高了，又回暖了。这时的气候最让人捉摸不透，有点早穿棉袄午穿纱的况味。可是，人们并不讨厌她。这是承上启下的一节，承着夏的温热，开启冬的凛冽，这过渡令人意犹未尽，令人想入非非，令人觉得秋真是神奇的，拓宽了人居的常规疆域。

蒹葭苍苍，白露为霜。先民的歌唱，是一条铁律，唱着唱着，就是霜降了。

霜降伊始，虚心假意的树叶，就与依附的树木分居了，一点留恋的情意也没有。也有的情深义重，牵扯着枝头，胶着着，泪眼婆娑，不想离去，一阵强劲秋风，一阕天意，不可抗拒，只好枝叶异处，好一曲碧云天，黄叶地，肠断神伤，黯然销魂。

秋真正主宰沉浮的时候，天是蓝的，云是白的，水是清的，或者水落石出。树木是裸体的，乃至不留一片树叶。这令人感到寥廓，感到萧疏，感到寂寥，感到怅然若失。

上天是仁慈的，当收走一些时，又馈赠了别样的物什，她送的不是一览无余的东西，考考你是否会辩证地看待，是否能深入思考，是否能于山穷水尽处，发现柳暗花明。大自然的命题，没有伪命题，每一题都考验着我们，看看是不是素质教育，看看除了研读课本之外，是否阅读了自然，是否真的从自然中汲取了智慧，是不是依然坚信人定胜天的悖论，离天人合一的道还有多远。

树叶飘落，一派旷远清晰。洗尽繁华，生活的脉络宛然可见。这时节，适宜看秋。

一年的进项，是丰盈是亏欠，是这时盘点的。年轮的薄厚是这时结论的：只有这时，才决定你是愁容满面，还是笑逐颜开。不要排斥抗拒秋，秋是挂在门框上红红的辣椒，是挂在树枝上的黄黄的苞谷，是织布机上细细的棉线，是乡村苦苦挣来的喜悦。

秋，并不那么专制独裁，是容得花开的。但是那矫揉造作的花是没有资格盛开的，水性杨花更没有天地。这时节的花开，都是大浪淘沙淘来的精英，例如菊花。菊花黄黄的，白白的，在河畔，在竹篱笆旁边，在朴素的庭院，开的都是。看着这些花，心里不至于太落魄，不会太空寂，花总是美的。但丁说，我看见花朵，不由得慢下了脚步。这菊花不是凭容颜轻易进来的，她得经受勘验，天寒你是否畏惧，地冻你是否逃逸，威武严霜能否屈服你，政审以后，你才得以深秋开放，接受礼遇，接受膜拜。菊花，你是优秀的，你使每一个在寒秋欣赏你的人都不失望，使每一个人在深秋里满载而归。菊花，深秋国度里当之无愧的花王。

提醒你，不要仅仅飘起炊烟，不要仅仅享用累累的收获，不要盘踞热热的炕头闭门不出，不要天天饮着自酿的米酒烂醉如泥，酒足饭饱之后，悠游自在地走向原野，看秋。

这时，人们忽略了一个常识：秋裸露了原野，不隔一叶，不隔迷雾，不隔万水千山，这么真实，这么逼近地靠近我们，正好看秋，正好从旷野中发现大美。我们偏偏狭隘地憋屈屋里，与绝好机会失之交臂。披上厚一点的衣裳，走向田野，看看佐佑我们的天多么悠远，多么湛蓝，多么至高无上，我们要风得风求雨得雨，我们感恩了吗，心底曾有一次祭祀苍天；看看河里的水，这么从容不迫地流淌，滋润万物，不争利好，我们的生命之源，你想到她渐渐受污染了吗，想到没有了碧水蓝天，纵有金山银山，夫复何用？天至深秋水流细，是自然不过的事，可是若是不见"春流泯泯清"，该是多么追悔莫及的事，没有平常不过的水，遑论润物细无声，遑论上善若水；看看脚下的土地，这祖祖辈辈哺育我们的土地，是否日益萎缩了，是否染病了，土地病了，庄稼就不会是健康的，庄稼病了，这一个个食草动物怎能食用无忧。连千古帝王都对赖以生存的土地顶礼膜拜，敬重有加，草民若我，怎可糟蹋蹂躏土地，荼毒生灵？你俯下身子听听，是否听到了沉吟，是否听到了哀怨，是否隐隐看到了步履维艰？

顶着严霜，去看秋吧。看看秋，慢慢咀嚼，觉出味道，决定以后怎样迈开脚步。

你去看秋吧，你看与不看，她都如约而至。节令到了，天无论背负多大的苦难，水不管历尽多少艰辛，土地不论承载多大的委屈，她们都默默不语，都依然把母性展现得淋漓尽致。

不经意间，万里平畴，麦苗吐翠。明年五月成熟的麦子，黄黄的麦子，填饱肚子的麦子，染黄皮肤的麦子，栉风沐雨，在受伤的土地上生长。

快去看秋吧，快去！

雪花纷纷扬扬，千里冰封，万里雪飘，一片银装素裹。天地包裹得严严实实，纵有火眼金睛，看不出端倪。

正是看秋好时节。看秋去吧！

阅读古城

五月，烟雨暗千家。我于文庙皂荚树下，安放书案，捡亮红红的石榴花，茶香氤氲里，阅读古城。

古城是一本书，存放这里很久很久。古城是卷帙浩繁的书系，是甲骨文、钟鼎文、小篆、隶书楷书写就的。每一段历史配以相关的字体，凸显远古的概貌风神。书是立体的竖放的，由于过于厚重，一半在地下，一半在云里。书是竖着排版的，由右方向左漫游，诉说着河清海晏，记载着等级森严。这书是中国书籍的标本，制定一个无可逾越的准则。

很久，久得在历史纵深处，这儿就清波流淌，就百草丰茂，就气候湿润，就土地肥沃，就粮食满仓。

可是，这里很黑暗，不怕，咱钻木取火，筑高台避风雨保存火种，把火种奉若星辰，永不陨落，有光，就能照亮苍宇，人们就不必在黑暗中匍匐前行。

可是，这里还落后简陋，还要茹毛饮血。不怕，咱用照明的火烤炙食物，用火烹煮五谷杂粮，一吃，果然大快朵颐，果然齿颊留香。先人苦思冥想，愿望竖石碑写汉字叙述状况，令这美食这厨艺灌溉后人。

这仅仅是存留心底的腹稿，无笔无纸无文字，无计书写诗行。

就像睢水，无语东流，百折不挠，奔流到海不复回，先人仰观日月星辰，俯察飞禽走兽，跋山涉水，筚路蓝缕，在天地间，用镐，用锄头，用镰刀勘探文字，淘尽风沙始见金，一个个或象形或会意或指示或形声等文字，美如珠玑，灿若群星。

文字浪花朵朵，历史的天空，拥有了深广银河。

人们把文字写在甲骨上，写在石碑上，写在青铜器上，写在锦帛写在纸张上，书写在汉民族的记忆里。

自从有了纸笔，疏浚了河道，这里的文明宛若清流淙淙流淌，从不断流。

这里，物华天宝，人杰地灵。

老子收集这里的彩虹于胸，出函谷关，倚青牛洋洋洒洒著一部《道德经》；孔子乘一辆牛车牛衣古柳，立志要把论语的要义播种在江湖之远，播种在庙堂之高。即使吃一个个闭门羹，遭一次次冷落藐视，也痴心不改，想乘桴浮于海，远播海角天涯，假以时日，这定会遍地开花；孟子在这里制造舆论，兜售弘扬民贵君轻，显然这不合居于九五之尊帝王的口味，他生意不好，毕竟帝王的气焰由此不那么嚣张。人要活得有模有样有滋有味，活得外王内圣忙里偷闲，没有那个面庞瘦削皮肤焦黄脖颈细弱的庄子是不行的，他见人孜孜不倦沽名钓誉太执着太辛苦，就滋生同情心怜悯心体恤心，于儒家的领地之外，开垦良田一片，修葺草屋几间，为他们建一片心灵栖息之地。他在这儿看看漆树上的漆该不该收集，累了，做一个梦，梦见自己变成蝴蝶，再绕口令似的，我是蝴蝶，蝴蝶是我，很有情味。唐朝那个诗人觉得好玩，信手拈来，写一句庄周晓梦迷蝴蝶，竟成佳句，流传至今。庄子开设一个叫“虚静”的庄园，门前车水马龙，当然春风得意看尽长安花的人对这是不屑一顾的。那些太过劳累的遭受贬谪的家庭不和的尝试着进来，观濠梁之鱼，体验逍遥游，养心怡性的，挺好。在这里韬光养晦，在这里铺终南捷径，这是块风水宝地，呼吸这里空气的人几乎能枯木开花，遇着不死的春天。墨子往往被人遗忘，他是器械专家，在攻城防御领域，几乎独步天下所向无敌。他很伟大，他没有依仗自己拥有先进冷战武器而逞强使能，更没有扮演国际警察横冲直撞，跳梁小丑般令人作呕令人厌弃。他举起“兼爱、非攻”的旗帜，游走诸侯之间，放飞和平鸽，遍插橄榄枝，制止战争，捍卫和平。

这些记载于古城的书册中。后来修思想史的人，没有不查阅这书册的，躲避它，所有的思想哲学都是无本之木，无源之水，一片空白。只有这里发源的水，才载得起“哲学”号船舰。

在这片古老神奇的土地上，曾有帝王践祚叱咤风雨，商汤之国，古宋之国，南宋临时之国等虽已多少楼台烟雨中，但毕竟是历史上或大或小帝国系列中的一节，书写着高纬度外交战争经济文化史料；也曾有黎民生生不息田间耕作，黎民居耕读世家，享福祉绵长，举起满是老茧的双手，洒下苦涩的汗珠，春夏秋冬，修起中原粮仓，以五谷哺育泱泱中华；曾经战争风云波澜壮阔留断壁残垣，睢阳守卫战，以忠贞以坚毅打一场恶战，守卫战士倒下了，竖起的是惊天动地的丰碑，将军惨遭杀害，一代忠烈赤胆忠心震撼寰宇，城墙残破了，却在心灵史上修筑了一座固若金汤的钢铁长城；也曾文人墨客留胜迹，风散墨花香。在梁国，邹阳、枚乘于文景之际，曾经激扬文字，导航历史；唐朝三杰李白杜甫高适在梁园徜徉慢歌；宋祁手持一枝红杏，绯红热闹过这方热土的春天；范仲淹的《上执政书》在应天书院振聋发聩；侯方域的《马伶传序》曾荣登高中语文课本，镌刻于一代莘莘学子的心田。

晏殊、张方平、苏轼等大师级人物也曾涉足此处，遗留有形无形财富，不带走一丝云彩，杳然远去。

正史庄严肃穆，陈列史馆，蔚为壮观。稗官野史、逸闻趣事也散发迷人的清香。

韦固起初怎么也不肯就范月老的策划设计，百折不挠，断不肯自觉入瓮，可是，算尽机关，依然没有挣脱那根维系他姻缘的红绳子。

其实，古城的下辖的古迹风物亦是可圈可点的。

这古城商丘，由金木水火土托起，这托起的不只是不落的星辰，还是华夏重要建筑参考的样本，是典范建筑美轮美奂的核心支撑。

这侯方域故居，也非同小可，方寸之内，激荡东西南北风云，泰山之下孔尚任一剧桃花扇借离合情抒兴亡感，睢水之阳侯方域几间壮悔堂了颠沛事开著述功。

文庙之内高大的皂荚树，要比鲁迅百草园里的高大驰名得多。相传，赵匡胤曾在此拴马，赵匡胤陈桥兵变编纂史间绝唱，皂荚树睢阳心空书写皮里春秋。

声名远播的应天书院倚水而建，一池碧水绘画沧桑影，几曲天籁歌唱忧乐声。

那文雅台清凉台火神台，台台欲穷千里目；八卦城水中城城摞城，城城更上一层楼。绝美的景观。

古城，这部书的情节，神秘离奇，书的内容复杂繁多，难免遗珠。

古城这部旷世奇作，这一博大精深书系，过去藏在人们的视野旁侧，今天，我们移至世人目光聚焦处。这本书，以前蒙上厚厚的烟尘，今天我们小心擦拭，令她娟然如新。

明年的世界读书日，睢阳人民向世界发出诚挚邀请，来商丘到睢阳去应天书院，阅读古城商丘。深蒙仁义礼智信温良恭俭让教化的天下归德伸开双臂欢迎你。

那时，四面蒹葭三面柳，半壕春水一城花，此景甚好。手持书卷，与范公一道心系天下，先忧后乐，共追中国梦，此梦甚惬！

又是中秋月圆时

中秋节，天高云淡，微暖。

傍晚，只身一人，穿羊肠小道，披荆棘草蔓，沿河畔游走，漫无目的。

想多日不游，许是风光依然，绝境处毛桃或染红晕日趋成熟，或洗劫一空空留枝条。然天天光阴雷同，日日节气向秋。岸边杂草衰飒，茎干叶枯，草籽依风洒落，一岁一枯。微风，水不扬波，不闻蛙鸣，不睹水鸭，蒹葭倒影水中，染翠河道，时有鸟儿翻飞，嘎嘎而鸣，愈现幽静。偶有水吐小泡，或是鱼儿游戏。

毛桃依存，色染红晕，宛若涂抹胭脂。毛桃满缀枝头，硕果累累。因居荒野之处，无人问津，虫子咬心，果实落地甚多。捡果实红而大者几枚，啖之，味道甘脆清甜，可人可口。不知下次造访，尚能存否。已啖几番，纵一枚不剩，犹无憾矣。

数日前，见甜瓜状物，日不染黄，采而尝之，苦涩依然，不含日月味道，有物假以时日，也未尝洗心革面，此物不可待也。

一河湾处，荻花日盛。风摆荻花，影影绰绰。下有秋虫吟鸣，断断续续，此起彼伏，天籁盈耳，恬然自适。

又有轻蛾翩翩，游移不定，追草丛之葱茏，惧朔风之寒冷乎！

不经严霜，不被劲风，丛林一边坚挺苍翠，一边落叶纷飞。枯叶委地，踩之松软，窸窸作响，静美如清梦星河。

步入园林，见草黄叶衰，一派秋色。有竹篁苍翠故我，不畏秋风，一片竹，几棵松，为萧瑟清秋之别样风神。全然枯败，何当寂寥败兴。

迎春藤蔓，蓊蓊郁郁，兼点黄花，恍然如春。

木槿枝叶苍翠，枝间白花朵朵，与松竹俯仰生姿，充溢盎然生机。今却风摇花落，一地白花，惹人发哀伤之情。细察之，木槿花落，异于它类，不落花瓣，而坠花朵，追慕一损俱损一荣俱荣乎？有家族意识，有团队意识，或是木槿可加圈点之处。

坐草间白石，矫首远望，白云悠悠，形状瞬变，不可捉摸。俯首低看，河水东流，想流去的不仅是河水，还有时光。

秋风，删繁就简，生活脉络历历可见。见一句“生之为人，当活得自己而干净”，于心而有戚戚焉，信夫！

已过不惑，久矣。大厦之将倾，我不思力挽狂澜；熙熙攘攘，利来利往，万钟于我何加焉！葡萄常食，酸甜尚知，不做矫揉造作之状。

不适之圈，不进，见他人高谈阔论，却不容置喙，不得丝毫话语权，久待何用！？未若读书几卷，饮茶几盏，或手握笔管，书胸中丘壑，或陈列珠玑，写心间山水文章。再，约二三好友，谈经论道，说长道短，心不存芥蒂，心有灵犀，不谋而合，多好。

寄身宇内几近五十岁矣，猴子掰玉米似的东奔西跑，忙得不亦乐乎。累得筋疲力尽，扪心自问，悉心清点，果真乏善可陈，悲夫！

不由西望，夕阳渐大渐红，漫过树林，摇摇西坠，绮霞漫天，中秋绯红。

几朵月季，红焰欲燃，成片雏菊，金黄灿然。又有菊花清香漫溢，后之时令应有陶菊持家主宰吧。

月是今夜明。可是，云层蒙月，月辉并不如水。云难久蔽日，还应月光如水水如天吧！

从今天起，观一轮明月，嗅几缕桂香，饮几盏清茶，读几卷经书，交二三好友，简单生活。自我而干净地活着，真好！

窗外，蟋蟀吟唱，已是花好月圆。

游秋小记

节近秋分，天渐凉。

午后，微风，凉爽，出游。

原为膏腴之地，因规划开发，沟壑连连，少人迹。吾爱披荆斩棘，去人迹罕至处，出行，果然颇有收获。

疏沟渠，浚河道，堤岸土质松软，百草丰茂。天渐秋，草稍老，叶黄籽实，微风轻拂，草籽委地。置身草丛，草香暗来，心旷神怡。

于密集处，悠然而卧，任凭衰草轻抚颜面，微痒，忍俊不禁，奇妙无穷。拣几茎草入口，啮之，苦涩，味道欠佳，于牛羊美味佳肴，物各为主。

秋水，流缓而澄澈。偶有蛙栖岸上，闻风吹草动，跃然入水，迅捷。有水鸭静乘阴凉，见人来动，速潜水不见，待以时，自远处浮出水面，宛若莲花朵朵盛开，喜闻乐见。

有一园地，偏居一隅，毛桃满园。心远地自偏，桃树密植，毛桃满枝，日照月染，如涂胭脂，娟然可爱。因是毛桃，无人拆剪，依然毛桃，果实小，熟期晚，未若仙桃。采染红晕者，食之，甘脆清凉。逐一采撷，啖之，少顷果腹。桃子虽小，勾起儿时味道，逆流而上，回归往昔，心大喜，如珍者失而复得。此时，我自号曰“吃货”，名副其实，怡然自乐。

复前行，见一池塘，干涸，芦苇荻草丛生。荻花秋瑟瑟，风舞花动，花影婆娑，轻柔可人。下有矮草，其间，小蛾浅舞，蜻蜓曼飞，旁若无人，一派悠游闲适。

游历其间，忘乎红尘往事，目与物接，心与神遇，无所遥寄，宛云之飘忽随性，如水之随遇而安。金蝉脱壳，退去贪欲之壳，裸露人之本性，人之初，性本善。心无重荷，返璞归真，犹可乐哉!

远观，木槿花开。移步换景，美景迭出。花疏处，几点白花，寥若晨星；花密处，丛丛白花，宛若白云飘落；风吹树动，花朵如白色火焰，灼灼升腾，竟无丝毫秋之衰飒之味。

刘禹锡语云“自古逢秋悲寂寥，我言秋日胜春朝”，可信!

绿竹滴翠，陶菊逸香，盎然生机显示于萧疏之外。

呜呼，半晌之时，无所凭借，得以于偏僻处重温旧梦，钩沉时光；于寂寥处见推陈出新，预兆生机，岂非游者轻得者重乎！

是为游秋小记。

空山新雨后

处暑后两日，偶得书伟先生《山中十记》，视之，装帧简约素朴，古色古香，无所谓名家联袂举荐，无“腰带”束之封面，怡然相亲。

夜，沐手，泡茶，挂新月，听寒蛩，披阅《山中十记》。

交市人，未若友山翁；谒朱门，不及访白屋。先生去红尘扰扰，赴胜景幽幽，寻别有洞天，探静谧山林，以求超然物外，恬然自适。

一行四人，或高山流水，或庭兰玉树，志同道合，亲密无间。

高士枕白云，听山泉，持一钓竿，任凭风吹雨打，独钓一江风月。书伟先生一行是也。

山之佳处，有亭翼然立者，紫云山庄画室是也。孟君居此几载，朝看绮霞，暮睹夕岚，于任一角度俯仰其间，信手挥笔，皆可入画。赏书中画作，斗方之中，尤见自然之趣，而无造作之弊。

刘君油画《故乡的小河》，栩栩如生，宛然眼前。移自然至笔端，摇曳生姿，解先生之乡愁，山河入梦。无心有灵犀之妙悟，断然画不中用矣。

令郎才俊，写作绘画摄影，颇有建树，先生欣慰甚矣。

先生文思泉涌，睹景而生情，有感而发，人物情景，皆可入诗，口占一律或口占一绝，倚马可待，有孟浩然造语清淡之美，有陶元亮似癯实腴之妙。书中清辞丽句，俯拾皆是。

先生书法，工中有朴，拙中藏巧，徽砚研墨，挥舞兼毫，尺纸旖旎风流。

先生居山中十日，作《山中十记》，篇篇珠玑，记记锦绣，内容广博，妙趣横生，读之，齿颊生香，大快朵颐。先生呈山林之胜如在眼前，诵哲言懿语回荡耳畔，无山林之行，而有登临山水之得，幸甚至哉！

文人墨客，不离酒也。山中白三敬慕书画诗书之人，捧太白美酒，佐以山珍，犒慰一行，足见山民淳朴，尤见心灵无隔。以石为凳，据案为席，小啜美酒，辅以山肴野蔌，醉看流云几朵，聆听鸟鸣数声，曼妙填然于胸，一首诗，一幅画，一帧书法，自林壑深处飘然而至，几近美矣。文章本天成，妙手偶得之，是也！

美酒，可使血脉贲张，快意恩仇。茶，瑞草也，人得瑞草而饮，顿去躁涤烦，神朗气清，油然而生。一行围桌而坐，看茶烟袅袅，品茗香氤氲，一盏而略显苦涩，再而回甘而生津，复饮，两腋习习清风生矣。无茶，自古文章妙趣大减。

一行，或为官为宦，或出自学院，或受业名师，并无自命清高，更无趾高气扬。闻山间有秦有子，乃喜而访之，得其画作，欣赏良久，心生钦敬之情。一行不耻下问，屈身下顾之风，令人称赏有加。

书中有诗有画，有游记有书法，美目不暇接。偶见琴台，立于白石之上，撞击心扉，过目不忘。若有琴师抚琴，与山壑松涛共鸣，同山寺铜钟应和，岂不锦上添花，再添几层游兴！无丝竹之乱耳，无案牍之劳形，鸟唱清音，水流天籁，音乐之美，无以复加矣。

人间四月芳菲尽，山寺桃花始盛开。四月，得山水之美而赏之，大福哉！

久与黄莺浑相识，离别频啼三四声。我看青山多妩媚，料青山看我应如是。离别太行山，遗梦山水间。

远离红尘，规避喧嚣，轻车简从，小住山林。目遇山水之美，而心有所动，复援笔成文以记之，谁也，书伟先生也。

不觉，夜已深，新月西斜，寒蛩劲鸣，透绿纱窗。

一气呵成，一书赏阅完毕。一则墨香弥漫，激荡魂魄，再则，茶韵奔涌，令我夜不成寐，回味无穷。

夜阑人静，却无困意。想以往，气浮神躁，身心不宁，读《山中十记》，犹如空山新雨后，一股清凉油然而生。一书读，而清凉生，功莫大焉！

曰：亲近自然，脚接地气，身不为名利所束，情不为得失所扰，心境澄澈，苦心孤诣，笔耕不辍，或者，佳作方成矣！

游园小记

近，案牍劳形，齿摇牙疼，心急情躁，诸事无趣。

今，暑退九霄，秋澄万景。近晚，有清风凉爽而无骄阳炙烤，兴之所至，缘河岸缓行，优哉游哉。

新河疏浚，水澄而东，平静无波，天光云影共白鹅徘徊。

岸，青草萋萋。前行，草丛密布而种类繁多。见草繁而无人收割，甚惜之。忆童年，见青草丰茂，欢欣鼓舞，铲到草落，篮顷刻满矣，羊咬牛啮，怡然自乐，犹有趣也。复前行，欲罢不能，躬身而手薅之，蛇曲斗行，青草伏地，未已，指染青汁，手留草香，犹回童年，乃止。仍意犹未尽，索性披草而卧，仰观云朵千变万化，心与云游，近听鸟鸣水韵，童年家乡翠苇红荷，了然眼前。虽蚊蚋叮咬，不复动矣：此处人迹罕至，往日蚊虫叮咬无主，今大快朵颐，可矣。青草仍在，酿衰草暮蝉之景，深得留得枯荷听雨声一味，情韵无以复加。

再前行，有瓜蔓纵横，按图索骥，得瓜，状如弹丸，色青翠，食之，甚苦。思忖，这厮为谁苦涩为谁甜，假以时日，期色如金黄，庶几甜也。

一路，清风鸣蝉。

草丛隐麻数株，或结籽，或黄花，姿态宛然，见之，大喜过望。此物，往昔房前屋后，渠边河畔，比比皆是，用途甚广，有益桑梓，不见之，久矣。今复见，若故友重逢，兀自乐也。手持之，端详良久，乐不自胜，剥籽而食，微麻而清新，味如先前，恍若回归从前，顽童结伴，家贫而食麻籽，以充腹也。又，妻女欲以桃红染指甲，踏破铁鞋，苦无包裹物什，今见此物，济矣。遂采麻叶数枚，麻经几缕，兴高而采烈。想明日，妻女映日指甲别样红，心醉神迷，犹思物我两忘，天人合一，信夫乐哉。

河一路向东，蜿蜒穿园。

园有草树，四野弥望刹繁华，不期严霜悴葱茏，已显萧疏，略见秋意。天意怜幽草，亦悯悲秋士人，派翠竹老当而益壮，遣迎春返老以还童，以志勃勃生机生生不息；令陶菊凌霜傲雪，养人间不屈之志，让秋水澄澈碧透，洗涤宇内污浊。

秋，亦终亦始，秋冬孕春，一元复始，依旧花影妖娆，莫悲而不自拔也。

暮色四合，游园而归。轻踏石径，睹花影婆娑，嗅草木清香，不亦乐乎，又有花枝拂身，天籁充耳，秋香浸衣，岂不快哉！

嗟夫，你舍近而求远，随团游览遍尝千篇一律之味，而无异峰突起之妙；他舍本而逐末，自驾出游只睹如出一辙之景，鲜得野趣横生之美；我以刹那之时，无耗费之资，省车马劳顿，既得游身边之景，得回往昔，重拾始龀烂漫野趣，复得自然之道，于瑟瑟萧疏之间，得生机之兆，虽长沟流月去无声，而万顷湖光一片春。余顿觉神清气爽，心旷神怡，不复迟暮之想，了无寂寥之悲，牙齿亦不复疼矣，其灵怪矣哉！

是为记，时八月十七日。

应天集记

公元二〇一五，岁在乙未，立秋，荷花生日。九〇级师徒数人聚于睢阳应天书院。

烟笼清波，水光亘古一色；天飞秋鸿，人物忧乐同声。应天书院，依水坐落；扶疏杨柳，傍路飘摇。

二十三年前，吾辈学子就读商丘师专，树林王先生既为良师，教读诗书文章，又为益友，照顾饮食起居。后，先生于南通大学做学问写文章带学生，培育九州桃李荣。暑期，先生回家乡小住，书院获悉，请其讲学于应天书院。先生慨然应允。先生年近花甲，而面若童颜；岁将六旬，而声如洪钟。先生讲归德八大家族文化之宋氏文化，既高屋建瓴，沿波而溯源，纲举目张描绘背景；又详略得当，条分而缕析，张弛有度细说端详。内容翔实而生动，艺术排比而夸张。莘莘学子，端坐笔直，聚精会神，恍惚又回教室课堂；宋氏后人，虔诚静穆，全神贯注，仿佛重见列祖列宗。不闻喧嚣，但听秋风吹细浪；不闻杂音，但听寒蝉鸣高柳。先生一气呵成，中不间歇，先生重游故地，老夫又发少年狂，谈吐字字珠玑；书院枯木逢春，老树春深更着花，散溢醉人书香。

虽时长而人不怨，叹之而兴永长。人皆曰：不虚此行。后，欣然满载而归。

课毕，师徒聚于芙蓉小镇。村肴野蔬，清新宛然，犹含乡情乡韵；佳酿玉液，绵软醇香，只藏师徒情长。徒毕恭毕敬，端三盏酒，表达悠悠赤子心；师语重心长，送一席话，书写殷殷慈父情。觥筹而交错，谈笑以风生。或说宦海沉浮，切勿失本心；或话收成桑麻，力戒欺青天。师耳提面命，春风化雨，谆谆教诲甘霖入心田；徒洗耳恭听，脱身迷津，阵阵劲风清洁我精神。此间此时，师曰：此，吾莫大幸福矣。

师徒相聚，开诚布公，坦然相陈，感慨良深：

立秋三日，寸草而结籽；身届不惑，业应有所成。人寄逆旅，不过百年。花有红黄蓝紫，人分穷达尊卑。人之为官，全自身而竭尽全力为民奔命，虽不显贵，定无灭门灾殃；人之为商，营微利，谋福祉，切莫丧尽天良；人之为师，力争德侔天地，学贯古今，教学生一技之长，馈赠载物厚德；人之为文，眉头无心事，下笔有千年，书写风花雪月，怡神于当下；传记盛衰兴亡，借鉴于后世。搦管铺纸，我自帝王将相，气吞万里，指点锦绣山河；付梓杀青，我乃贩夫走卒，忍气吞声，经营惨淡人生。世皆有道，道法自然，心怀敬畏之心，可高枕而无忧矣。

日月光华，旦复旦兮。人之繁衍，生生不息。青竹有节，日长而葱茏挺拔；大族有继，历久而强盛兴隆。晴耕雨读，置幼儿于诗书，教乳子学礼让。家风家纪，传家宝代代流传，长如东流水；福缘福禄，福音书页页相连，暖如日月光。人之为人，尚可因秉性唯唯诺诺，不能违良心蝇营狗苟。背行囊，跋山涉水，游遍东西南北，胸中有丘壑；披经卷，涵诗咏文，阅览古今中外，心间织锦绣。

俯仰人间，吸纳草木精华，养我浩然之气；寄形宇内，体察人间晴暖，走我康庄大道。

允公允能，日新月异。生活顺乎本性，窘途也似天堂。

夜游园记

几近立秋，夕阳西下。缘堤行，曲折逶迤，忘路之远近。披绮霞沐晚风，聆听河水潺湲；践青草穿荆棘，目睹高云翻卷。

久之，河引入园。园广阔而生机盎然，芳草萋萋，秀木蓊郁，翠竹挺直，木槿散香。萱草衰可思花朵金黄；合欢落能忆枝接云霓。清河贯园，尤添灵性，更有苍苍蒹葭，粉粉素荷，风影摇曳，清芬四溢。

石蹲草丛，替时阅兴衰之事；桥跨河上，助人渡是非之波。

走石径，听夜虫鸣，尤显园静。漫无目的，走遍幽径，热汗淋漓，寻石以坐，石热烘身，深感熨帖。

仰观星月闪烁，俯察树木扶疏，不禁浮想联翩：

天常花好而月圆，身渐发疏以齿摇。

居常食无鱼，出无车，身绝锦绣，但愿读有书，赏有景，胸有丘壑。

作三尺草木独自扶摇直上，弃万丈凌霄凭他攀缘登高。

听蝉鸣，思独饮三载黑暗潮湿换得引吭高歌一曲，了无遗憾；观水流，想历经万里艰难险阻获取一泻千里，尽是欢歌。

才疏而学浅，不干权贵；人微而言轻，莫傲众生。

曾奢望跋山涉水看万里锦绣河山，只可偏居一隅，读一笺人间兴衰事，饮一盏南北草木春。

我等卑微，不念琼浆玉液，只啜绿蚁浊酒。想家乡，一斗米，一坨麯，一泓清水，酿得一壶好酒，饮得酩酊大醉；励自身，一支笔，一卷书，一台墨砚，书得一纸佳作，诵得大快朵颐。

不置田园不理财，家境捉襟见肘，惭愧惭愧；仅购书册仅买茶，书屋清香弥漫，喜乐喜乐。

有幸做一先生，深谙学高为师，德高是范。一枝秃笔，写之乎者也，三尺教鞭，谋柴米油盐，乐此不疲，幸甚至哉！

得学生而教之，乐无穷也。生似羔羊，驱之草之肥美；生为乐人，奏之曲之郑声。生之为璞玉，便如切如磋，如琢如磨，以成大器。

人曰：腹有诗书气自华，果然。读书养我浩然正气，令我无欲则刚。闲暇，饮香茗，读黄卷，得诗词歌赋之韵，风斜诗梦瘦；蘸清水，临原帖，涵真草隶篆之美，风散墨花香。

通观人事，虽接履于云霓不可裘马轻狂；直视己身，纵沦落于草芥切勿妄自菲薄。

风摇杨柳，黄叶簌簌飘落，仰望星空，月已高，更已深；蛙跃沟渠，涟漪圈圈舒展，极目四野，园愈静，林愈幽。

起于石，离园而返。念及亘古汇园三江水，晨昏拂我一笛风，自觉其乐融融。

金达莱盛开于路旁，蛐蛐儿吟唱草间，夏夜，美！

游园而归，夜而记之。

捉蛙记

家近公园。每清晨，约赵君游走，惯常如初。

昨日大雨，未行。

今晨，天蓝云白。我等游走公园，园中路洼积水，游走不畅，便独辟蹊径。

东部，有一石砌池塘，不大，干涸无水。

穿树林，踏石径，赏青竹，听蛙鸣。心旷神怡。

走近池塘，起初，不见其他。熟视之，见众幼娃活蹦乱跳，焦躁不安。盖昨日大雨，雨水裹挟幼蛙于此，云散水干，因池深蛙弱，竭力逃跳，皆无功而返。幼蛙惶惶不可终日。

赵君见之，动恻隐之心。寻扫帚，觅米袋，欲聚之放生水中。

赵君不信佛，但佛心宛然。其游走公园，路见蚯蚓，动辄以草茎挑之入湿地，方释然。又，去买早点，见有落难母子，留数元购早餐，其余悉数赠之。

我等恐扫帚伤蛙，乃一手执米袋，一手轻捉幼蛙，小心翼翼，置袋中。恐闷热致蛙死伤，捉一阵，便放诸水中，往返者三。

人见情状，甚异之。围者渐多，且发问:“捉之，喂鸟？”我等不语。其问之再三，答曰：“放生。”其大惑不解，哂之。我等不予理睬，只默默捉蛙入袋，及时放生。

本大腹便便，加之蹲蹴太久，日渐高，便挥汗如雨。

经细察，无幼蛙落下，方心安离去。

回望，见幼蛙游弋沟渠，嬉戏翠苇红荷，我等心花怒放。

此时，树筛日影，浓荫匝地。心想: 这百许只青蛙可于炎炎烈日下沉浸清凉矣。

午，果然日如烈火，炙烤万物。

傍晚，我只身游走公园，去池塘复验。无干热致死幼蛙，我心安然。再看，仍有幼蛙在阴凉处悠闲蹦跳。我弓身拣拾，又十数只，我轻握手中，复置之于水中。

入夜，月光如水水如天。一袭月光，一缕清风，一泓清水，一片翠苇红荷，一阵蛙鸣。

沉浸其中，此情甚惬。

清明梨花开

梨园，等候了许久。于今日，于天光重开时，我践约，一睹万顷梨花。

雨后放晴，天朗气清。春天的田畴，生机盎然。一树树梨花绽放，一朵朵梨花洁白，一阵阵清芬弥漫。

许是久雨，未见蝶飞，不睹蜂舞，未免显得有些落寞。可是，梨花一枝春带雨也是一种别样的美。

游人如织，熙熙攘攘。欢声笑语于花丛间飞荡，渲染了春意的闹。

一片白，另一片依然白，眺望所见，白色依旧。这洁白，这素淡，这千人一面，让人觉得单调无趣，顿生恹恹欲睡的情绪。我很亢奋，这么大的白，这么雅的白，这么痴的白，不是举首就可轻易见得的，宛若一场雪造玉树琼枝之境，宛若一片云簇拥我们的春心，心底种植一片春，一年就喜乐，就安宁，就生机勃发。

我们像鱼儿在花丛穿梭。一阵风过，梨花拂了一身还满。人们身上洒满了白白的花瓣，亦作一树一树繁花开呢，长成一棵树，开成一朵花，心仪的臻境。

孩子在花海间，烂漫怒放，一次次攀缘树枝，折下一枝枝梨花，仿佛春天就握在掌心，笑得很是灿烂。在这里，孩子是父母放飞的风筝，风筝在碧云天飞翔。

这时，父母抓住这美好瞬间，定格成永恒。有人说，梨树上结满孩子，比结满梨子还美。众人会意开怀而笑，我觉得他俨然一个诗人。

悠游自在地走，于幽远处觅得一片桃花，桃之夭夭，灼灼其华，桃花业已凋零委地，人面桃花已是昨天的情话。杏树已是青叶取代花朵，小小青杏缀满枝头。更远处，一派金黄，那是油菜花。

桃花红，梨花白，菜花黄，春天的原野，一幅套色的版画。

一些人只看得梨园的广袤，梨花的洁白以及恣意的畅游，其他就不再关注过问了。其实，所有的果实都曾经是花朵，所有的花朵未必结得果实。梨农深谙此道，从授粉梨树上采撷花粉，而后登梯一朵一朵地传授花粉。授粉是关键，有了这程序，秋天方果实累累。他们全神贯注授粉的形象，也是入画的一境。依稀见得一棵棵梨树结满黄澄澄的果实。

猛然想起家乡了。三十年前，我的家乡许洼村，被梨树桃树苹果树环绕，俨然百花园了。

家乡的梨花也洁白如雪，轻柔如云。花开时节，男男女女或架梯子，或到树上为梨树授粉，为秋后的收获作一处伏笔。

夏天，梨子结得稠密，沐浴着阳光，一天天变大，一天天变白，继而变黄。梨子成长阶段，我们把床设在梨树行里，享受一派田园风光。

梨子成熟了，一抬手，就采下任意一枚梨子。凉甜多汁，是消夏的珍品。梨子多，是吃不尽的，就采下来，装进驮筐里，下面铺上麦秸，上面铺满梨树的青枝绿叶，到周边集镇叫卖，换些零花钱，贴补家用。

梨子是我村的树上银行，与之匹配的还有鸡屁股银行。

再贫困拮据，梨子是不会全卖的，储藏一些，熬成梨膏，专治咳嗽。有了甜甜的梨子，许洼村极少有人咳嗽，梨树是乡村的守护神。

梨树带来的乐趣不胜枚举。

后来土地分到家户，嫌弃果树结果不多，兼耗费肥力，都刨掉了，甚是可惜。好在，刨下的果树，有了好去处，迁移至宁陵。当时，乡间土路上，飞达车往返穿梭，把梨树运往宁陵。

今天，站在异乡的梨树下，有一种他乡遇故知的感觉。这梨花的颜色，这授粉的程序，与记忆中的毫无二致。在这里，我回到了家乡。

梨花开时，自然而然有叫卖梨子的。品尝之后，梨子的味道唤醒了久违的舌尖上的记忆，这么温暖而亲切。邂逅梨花，消解了我浓浓的乡愁。

在一株梨树下，我伫立很久，仿佛我又回到了家乡，嗅到家乡炊烟的味道。

梨花宠辱不惊地盛开着绽放着，为悦己者顾盼神飞，为悦己者频送秋波。在这里，我近似戈壁的心域，宛若惊涛拍岸，迸溅激情的浪花，有一种枯木逢春的愉悦感。

梨花是洁白的，梨花是圣洁的，梨花是远离红尘郁郁寡欢的。千年等一回，为了心仪的人，不惜白了鬓发。梨花的痴情感天动地。

独自登高听寂曲，梨花梦里远凡尘。梨花，涤烦振爽，令我们超凡脱俗，似茶，令我们神清气爽，玉宇澄清。

梨花在清明时节盛开，想必以自身的白，渲染天下缟素，为清明添一抹淡淡的哀伤。

有如此花语，我定不负，我折一枝梨花，送至先人的面前，寄托我的缅怀之情。

梨花，是清明时节最好的天使，馈赠我们一片洞天福地，馈赠我们纯粹的乡村情感。

梨花，我迷醉的家乡的花朵。

赊小鸡儿

过去，朝有雄鸡报晓，夕有鸡栖于埘，没有鸡，是不可成为其家的。鸡鸣桑树颠是乡村的标识。

乡村，因有了鸡而生动了许多。

其实，乡村人朴素却也聪慧。春季，村妇只要见惯常下蛋的母鸡不再咯咯下蛋，而是赖在鸡窝里慵懒倦怠，就断定母鸡即将落窝孵鸡雏了。

可是，村妇并不赋予母鸡做妈妈的权利。曾多次尝试，母鸡孵一窝子鸡蛋二十多天，却没有几个鸡雏破壳而出，即便孵出几个，也是懒懒的，打不起精神。这些鸡蛋大多是所说的水蛋，不具备孵出鸡雏的资质。村妇不做这些劳而无功的活计。

三月，村子胡同旁的古柳眉眼乍开，就有赊卖鸡雏的来了。

赊小鸡儿的，大多是东南方向的，村里人都喊他们是东南乡的，东南到底有多远，并不得而知。

东南乡孵小鸡的，术业有专攻，孵出来的小鸡活泛机灵，生命力强盛，并且信手抄起鸡雏，稍加端详，便可辨出公鸡母鸡，毫厘不爽，因此，颇受村妇青睐。

赊卖小鸡的，都是常客，几乎年年光临。村民热情好客，除了赊些鸡雏，还与他们谈风俗话桑麻。

日头偏东南，赊卖鸡雏的就到村子了。他在古柳下铺就塑料布，用芦苇编织的褶子做成围墙，塑料布上撒匀清水浸泡的小米，把鸡雏小心翼翼地放出来，而后，扯着嗓子，洪亮地吆喝：赊小鸡儿……

此时，正值乡村早饭。村妇系着围裙，慌忙地跑来，讨价还价，挑拣鸡雏。男人端着热气腾腾的早饭在古柳下吃着，谈论一些无关紧要的话。

有要母鸡的，母鸡好下蛋，开一家鸡屁股银行；也有要公鸡的，公鸡可以打鸣，每天早晨喊孩子上学，不误时间。当然，一个村子，清一色母鸡，是不合时宜的，总要有一两只公鸡挑逗撩拨母鸡，这才阴阳得道。

春季，乡村大多青黄不接，村民买了小鸡，也不付现钱的，这是惯例，是乡村规则。

赊卖小鸡的，按照村妇的要求，或多或少，或公鸡母鸡地挑拣，然后郑重其事地交给她们。他知道，如果，赊卖的鸡雏成长过程中，有死掉的，或者公鸡母鸡分辨率不高，这些素常看来不苟言笑的村妇，会在他要账时喋喋不休地刁难他的，不过，最终，会毫厘不差付钱给他的，赊卖小鸡的先送你鸡雏，一年后才来要账，够体贴乡人的了，人家仁，咱不能不义，不能毁了咱村子的名声。

即使村子里最贫穷的，也不会偷走鸡雏。这是外乡赊卖鸡雏最信任的。

春阳煦煦，微风吹拂，柳叶筛碎的影子在围墙里闪动，里面的鸡雏嬉戏着随影，兴高采烈的。

鸡雏叨食香甜的小米，闲适安然。当村民看到鸡雏断炊了，就自告奋勇地去芦苇荡取来清水，帮赊卖者浸泡小米，以便喂食鸡雏。

竹外桃花三两枝，春江水暖鸭先知。村子有翠竹，有桃花，有芦苇荡悠悠春水，没有鸭子，便是大煞风景。

村民大多是乡俗审美者，鸭子是基本的诉求。

赊卖鸡雏的，善解人意，急人之所急，竟也玉成美意，捎带一些鸭子来。

鸡雏毛茸茸的，一边觅食，一边唧唧鸣叫；鸭子嘴巴扁扁的，黑黑的，憨态可掬，煞是可爱，它们一边蹒跚游走，一边呀呀叫着，与鸡雏相映成趣。

赊卖鸡雏的，记账匠心独运，堪称一绝。

他向来不记买者的姓名，而是在送鸡或送鸭时，留留神，然后从褡裢里掏出皱巴巴的账本，还有一支铅笔，记下村东头第一家，赊小鸡二十只；大柳树底下第二家，赊小鸭十只……明年春天要账。

村民并不看他记了什么，赊卖的鸡雏小鸭数目是否有误，也毫不关注的。来年春天，赊卖者来乡里要账，顺顺当当的，没有一笔死账。

信任提升境界。

赊卖鸡雏地走了，有点恋恋不舍，村民也有点意犹未尽。村民看着鸡雏小鸭，仿佛看到了无限希望，也生出了无限动力。好好劳作，明年春天要还账呢，细心照看鸡雏小鸭，这关乎一家人一年的生活的。你的鸡鸭折损太多了，显得多没本事，再者，明年赊卖鸡鸭的来要账，怎么跟你要呀，为了他人，也要用心过日子。

鸡雏慢慢长大，母鸡咯咯嗒下了很多鸡蛋，富足了人们的生活；公鸡每天凌晨几遍地鸣叫，村民知道鸡叫几遍，估摸着要做什么了，孩子去学堂再也不会忽早忽晚了，乡村生活安详自在，有条不紊。芦苇荡，春江水暖，鸭子先知；一群白鹅，白毛浮绿水，红掌拨清波。芦苇荡畔，绿柳依依，桃花灿然，戏蝶时时舞，娇莺恰恰啼。

春天的乡村，是一幅套色版画，五彩缤纷，生意盎然。

桃红又是一年春

家乡是美的，尤其是春季。

芦苇荡里，群鸭戏水，冷暖自知。岸边，房前屋后，桃树合围，桃花锦簇。素朴的乡村宛如坐落在云朵上。

桃树怀抱乡村，不知始于何年何月，也许就像芦苇荡的流水那么悠久漫长。

那年月，乡村是灰色的，只有油菜花桃花轻描一抹色彩，画龙点睛，乡村才刹那芳华，妩媚生姿了。

春天，青黄不接，小孩子从学堂归来无所事事，径直就奔赴桃花源了。

桃花源很热闹，蜂浪蝶舞，翻飞花间。每每看蜜蜂采蜜，目不转睛，每每见粉蝶飞舞，目见心随，与老师咿咿呀呀地教，照本宣科地念相较，到底饶有兴味得多。

每当我玩起来不知读书时，母亲就拎着我走近桃源，指着辛勤的蜜蜂现身说法，要我辛勤苦读，也像蜜蜂那样采得百花成蜜，过上甜美的生活。

我铭记在心，我尝试着蜜蜂采蜜似的读书，居然过目成诵了。一个漫长学期，一本语文书，有点杯水车薪，没有足够的桑叶填饱我春蚕的胃口。

我在芦苇荡边疯跑，我在桃花丛中留恋，我爬树掏鸟窝，我穿乱坟岗，我马不停蹄地奔跑，一刻也不肯宁静，终于累到了，身体发热，弱不禁风，整天恹恹欲睡，毫无神采，母亲慌了，连忙去桃源砍下树枝，刻成桃剑，挂在我的衣衫上，叮咛道：这桃剑驱鬼避邪，过几天你就活蹦乱跳了，只是别去没人迹的地方了。几天后，我果然好了，我觉得我的母亲宛若神明，仅凭一把短小的桃剑就能为我营造一个安宁吉祥的世界！这把桃剑我佩带了好久，直到初中毕业。

其间，我觉得书不够读，天天荒废时日虚度光阴，很惋惜，就去央求奶奶，求她借书。奶奶德高望重，说出话来很有分量。奶奶就去我的远房伯父那儿去借。伯父面有难色，奶奶心领神会，说，你是右派，怕借出的书招麻烦，放心，把心放在肚子里好了……伯父心有余悸战战兢兢地找出一本厚厚的泛黄的书，郑重地交给奶奶，轻声地说，这书好，有点难，有障碍，我偷偷讲给孩子。我奶奶真诚谢过，踩着月光回家了。

我像饥饿的人扑在面包上，如饥似渴地阅读。这书读起来比语文课本美多了，我借助一本破烂不堪的字典，点亮一盏油灯，在文海中踽踽独行。年岁小，虽不通精义，却也朗朗上口，品味欣赏其中织锦般的华美。

夜深人静时分，我捧着书去伯父处求教，伯父难得获取机会，重登舞台，把一首首诗讲得深入浅出，诗意毕现，一个个典故，追根溯源，讲得清晰透彻，忘情处，手舞足蹈，侃侃而谈。我说，伯父，小心隔墙有耳，伯父回过神来，压低声音，神色凝重地重讲开来。

我在伯父那里几乎读遍他所有的藏书。他启蒙开讲有关桃花的诗文最多，一枝枝桃花盛开在黑暗之夜。

伯父以一种静谧的方式，在我的心里自然而然地植入一枝枝桃花，令我的童年不再单薄，不再苍白，而是芬芳缤纷花影妖娆。

如今，有关桃花的诗文，诸如《诗经》中的“桃夭”、崔护的《题都城南庄》、陶潜的《桃花源记》等，我依然背得滚瓜烂熟，而且，还知道貌美的女子称作“桃夭柳媚”、女人的胭脂唤作“桃花粉”、女人化妆美曰“桃花妆”等，仅这与桃花有关的名字，就古典清芬，就溢满无限清韵。

杜甫《绝句漫兴九首》道“癫狂柳絮随风舞，轻薄桃花逐水流”。可见杜翁对桃花不怎么待见，他说过这番话，桃花真的就不大入画了，梅兰竹菊占尽风流。可是，这妨碍不了乡村对桃花的挚爱。

记得有一首歌《在那桃花盛开的地方》，很是流行，歌词很美，旋律也很美，我想当然地认为，这是到这儿采风的杰作吧。也许歌儿脍炙人口，也许这歌儿就是家乡的写照，村里很多人都把这支歌唱得全神贯注声情并茂。

美的村庄，女人们拥有美的期冀。她们采撷三月三的桃花，烘干，拌以蜂蜜，制作成丸状，取芦苇荡水烧开，温水送服，祛除面黄肌瘦或者蝴蝶状斑纹，一个个神采焕然，呵气如兰，楚楚动人。

男人们也不甘示弱，独出心裁，酿得桃花酒，他们饮得有滋有味，饮得杯中日月长，饮得苦涩的生活一派好风光。

村庄的人们，就地取材，拿家乡朴素不过的桃花插在生活的发间，点石成金，我的乡村就超凡脱俗，步入仙境了。

五月，桃子成熟了。红中隐白，白中映红的桃子成熟了。碧绿的叶片托着红红的桃子，倒映在芦苇荡清澈碧透的水中，画出绝美的画卷。乡村的芬芳甜美生活留在我的乡村，也乘着流水展现在远方。

乡村是贫瘠的，五月的桃子，富裕了乡村家家户户的日子。每一个人都能不受拘束地歆享桃子的美味。一则俗语说得好："桃保人，杏伤人，……。"是说，桃子可以多吃，多吃养人；杏不可贪吃；李子吃的更应该少之又少了。许洼村虽然也贫困不堪，饥馑岁月，因有仙桃贴补，一个个并没有忍饥挨饿，而是依然健朗，生活无忧。

桃子，还是长寿的象征，过去，奉桃为"仙果"。每有老人庆祝寿辰，除了具备丰盛的菜肴，一盘仙桃是断不可少的。记得《神异经》载："东方有树名曰桃，其子径三尺二寸，和核羹食之，令人益寿。"寿诞有仙桃上席，老人乐得笑逐颜开，真真能得在喜乐的情绪中颐养天年，健康长寿。

赏着桃花，品着桃子，读着有关桃的诗文，我离开了家乡，走进了大学。

不枉我爱桃成痴，青帝感其诚，命我交得桃花运，以相貌甚寝之躯，娶得美人归，也算三生有幸了。

一家人，蛰居城市，其乐也融融。可是，乡村家中的母亲已年迈苍苍，我小时候，母亲能以一把桃剑为我撑起平安的伞，为我遮风挡雨；母亲霜染鬓发，我怎样为母亲尽跪乳之恩而令她颐养天年呢！母亲，我身处何地，忘不了乡音，身在何地，没忘娘亲！

山一程，水一程，在人间蹉跎岁月已逾四十几载，可是，依仗心底的一枝枝桃花盛开着，鲜艳着，芬芳着，我的人生诗意盎然。

记得家乡，记得家乡的桃花，记得依然身居乡村的母亲，记得母亲的教诲，我从不怯懦，从不迷惘。人生有险阻，苦战能过关。

心底植入一枝桃花，所向披靡。

春分，天暖了，桃花开了。

桃红又是一年春。

散 步

于周末，于二月二，于春分，沐着春风，浴着春光，聆听着鸟鸣，我散步在田间。

我喜欢散步，无拘无束地游走，漫无目的地游走，悠游自在地游走，像炊烟舒展飘逸，像云一样闲适自然，像流水一样随势赋形。

自然是一本书，按照二十四节气的线索，缓缓行文，不枝不蔓，宛如文章本天成。

立春是开头，开得温暖，开得简约，开得妙手偶得。

雨水淅淅沥沥，润得大地湿润望年丰；惊蛰的几记春雷滚过，万物复苏，一切都像刚睡醒的样子，欣欣然，张开了眼。

春分是继立春开头之后的又一次点题，点得春意盎然，点得春风得意。

前几天还是一派春寒料峭，几天的蒙蒙细雨，织成一道迷蒙的雨帘掩护着，撤去雨帘，春这小姑娘就由豆蔻年华出落得花枝招展了。

春分的时光，煦暖烂漫。

我散漫地游走着，边走边看边倾听，看着听着边思索。看得漫不经心，想得野渡无人舟自横。

一丛丛迎春花，攀缘在枝条上招来春天之后，完成使命似的，显出疲惫的神态，那花瓣弥漫着薄薄的凉意。莫非，完成使命后的归宿就是这样哀怜吗?

那一树一树的白玉兰，在枝条上燃烧着，放射着白炽的光焰，把一个春天都渲染得暄和了许多。前几天，枝头上还是一个个蓓蕾，蓓蕾被灰色的壳护着，在冷风中灰暗着，丑陋着，不受人们待见。只几天，玉兰花怒放了，出落成白天鹅，惹得游春踏青的人群驻足欣赏，倍受青睐。也许，这世上没有一味的丑陋，也没有一味的美好：这世界是变化的。

柳树，在心里存放了一个梦，天还寒冷时，梦躲藏着，梦亦无声。天暖了，柳树的梦孕育得成熟了，在柳枝上以柳叶柳眉的形态绽放，舞动翅翼，在春风中翩翩起舞。不要随便轻视任何事物，看似貌不惊人，可是心底有梦，一旦梦想腾飞，便可成就不凡的业绩。

远处，是一片树林。一边是开白花的树，一边是开红花的树。开白花的已是落英缤纷，开红花的依旧含苞待放。四季应是不寂寞的，人间四月芳菲尽，山寺桃花始盛开，抑或是白花开后红花开。红花不应耻笑白花，不几天，红花也逃不脱花瓣委地的命运。俗话说，花无百日红，看来是有几分道理的。苏轼说人有悲欢离合，不错的。人间白色寓悲凉，红色托喜庆，两种花色的树尚且比邻，人间的悲喜又怎会离得遥远而泾渭分明呢！

年年岁岁花相似，岁岁年年人不同。虽然，不曾懈怠，不曾荒芜，依然阅览诗书，依然教书育人，可是一年年过来，总觉得书还是读得不够，同时，教书也没有达到心仪的境界。

树在光阴中集聚一圈圈年轮，人也在不可避免地步入老迈。朱颜辞镜花辞树，任谁也逃不脱的。苦心孤诣炼制仙丹以求长生不老，自欺欺人而已。柔柔的柳枝挽不住青春，清清的河水照不出不老的容颜。孔夫子也曾感喟：逝者如斯夫，不舍昼夜。

我想，一朵花不要乞求永不凋零，而是在春光里倾情绽放；一个人不要企图青春不老，而是在时光里活出本色，活出精彩，活出无憾！

不由自主地想起家乡，想起母亲。父亲二十多年前去世了，我的母亲为帮助我暂时寄居在城里，当孩子长大无须接送时，就回乡村的老家居住，怎么也挽留不住。母亲已过古稀之年，除了腿脚不灵便，身体还好。以前，很少回家，偶尔回去一次，也很少陪母亲说话，撂下一点钱就匆匆返回了，还自以为很孝顺，很心安理得。这时想想，觉得无地自容。一只乌鸦从上空掠过，短促悲怆的“嘎”的一声直抒胸臆地鸣叫，把我击成严重的内伤。从今天起，不再推诿，有时间了，就回家，看看白发老母，陪她说说话，陪她吃吃饭，为老母亲在庭院中晒晒被褥。

不知不觉走到了路上，前面是平坦笔直的大路。前方是一个戏台，于春分唱社戏的。好戏就要开演，那锣鼓敲得惊天地，泣鬼神！

春分，阳光明媚。我也乘着社戏的鼓点，摩拳擦掌，跃跃欲试，在新年里写新词奏华章。

欧阳修说，今年花胜去年红。我续写，祝愿明年花更好。

春分，散步在春光里，真真切切地喜乐！

年

很小时候，北风吹来雪花，千树万树梨花开；也吹来了民谣俗语：吃了腊八饭，就把年货办。到了腊八，年的帷幕就拉开了，年的味道就弥漫了，年的精彩就纷呈了。

过去，年岁苦，可是乡村的农民很智慧，很早就开始为过年储备了，吃了很多杂面馍，白面留给了年；吃糠咽菜好久，把喷香大快朵颐的猪肉留给了年；好久舍不得花钱，钱留给了年；愁眉苦脸了好久，笑逐颜开留给了年……淳朴勤劳的乡亲，善良智慧的乡亲，在年的关头，把年装扮得喜气洋洋张灯结彩的，把年点缀得像温馨浪漫的洞房，把年洗涤得天朗气清风和日丽，把年拾掇得妖娆迷人……在这里，在这个章节，写出最出彩的一句，令一家人铭心刻骨地热爱生活，满腔热忱地憧憬生活。年，是一年这一个树干里最斑斓的年轮。

腊八早上，母亲就煮好了米饭。许洼的习俗，腊八喂枣树米饭，明年的八月，枣树会硕果累累，密密麻麻，结的像去年腊八饭里的小米粒那么多。我舍不得狼吞虎咽，小心翼翼端着小米饭，走向枣树。我看到小枣树张开稚嫩的小嘴巴，津津有味地吃着，心里乐开花。我依稀看到我的小枣树结满红红的枣儿，密密的，红红的，像漫天星辰。这树上的枣儿，我尝过，蜜甜蜜甜的。现在，我又垂涎三尺了。

奶奶见我把米饭都喂了枣树，心里欣然自乐，夸赞道，饥荒年月，能把难得的饭食喂枣树，一定是个有爱心的人，奶奶喜爱。说着把她的米饭给了我，并命令我吃下去。我望着奶奶，泪眼婆娑着吃下。我觉得我奶奶就是神明。我的兄弟姊妹看着我，充满羡慕。

我小时候，调皮顽劣，常在外面玩耍不知进家，父母当担心我。奶奶说，一个男孩子整天闷家里，能长啥能耐。父母就不再言语了。

我去芦苇荡划船，采莲藕，捕鱼捉虾；我去野间爬上树掏斑鸠，把衣服剐得一派褴褛；我召集本村的孩子与邻村的孩子扔坷垃仗，把对方追得丢盔卸甲；我自制小钢炮震得许洼村地动天摇……回家了，奶奶亲昵地说，回这么晚，饿坏了吧，说着把热气腾腾的饭菜送给我。一抹嘴，又去扯疯了。

最妙的是放了寒假，无须进校读书了。我们就在田野里策划导演别有风味的游戏。我们拿着弹弓去弹射叽叽喳喳的麻雀，每每百步穿杨弹无虚发，拿着战利品去芦苇荡做一番清洗，撒上从家里偷来的盐巴和作料，用干枯的荷叶裹上，糊上泥巴，用干枯的芦苇秸秆点燃烤炙，很快一顿丰盈美味的野餐就告成了。我们肠胃也好，顺便喝一肚子芦苇荡的水，又去玩耍了。那时候，生活拮据，味蕾一片冷落寂寥，而这场牙祭使我们的味蕾千山万壑红遍，一派姹紫嫣红。奶奶和队长那时候，不阻碍我们，更不批评我们，那时，麻雀是害虫。我们还不知不觉做了好事呢。

最妙的，是下点小雪，扫出一片净地，撒下一点秕谷，拿一根绳子系在一根短棒上，支起一面筛子。众多鸟儿贪食，吃得忘乎所以，机警地一拉，一些鸟儿来不及飞走，便罩住了。我们还想故伎重演，奶奶阻止了，要我们把鸟放了，品尝捕鸟的乐趣就好了。或者，放在笼子里，在雪天听鸟鸣，决不能伤害它。我们乖乖地言听计从了。鸟儿放飞了，一路欢歌飞了，眼睛深情地望着我们。笼子里的鸟儿起初诚惶诚恐，声音颤颤地，慢慢也悦耳动听了。于皑皑雪野中聆听鸟鸣，委实是一件快乐无比的事情。

到了腊月二十六，一天天忙碌起来，开始筹备年货了。蒸馒头，一半白面的，一半杂面的，全是白面是一种奢望。我看了一本书，借用了名字，这过年蒸馒头，一半是海水，一半是火焰。奶奶听后，想了一阵，笑了，笑得心满意足。这一天，杂面馒头是管够的，白面的像花儿开在那里，只可远观而不可亵玩焉。奶奶看着我们失望的神情，也有点黯然神伤，很快，就笑了，好好干，慢慢地，过年就能敞开肚皮吃白面馒头了，白面馒头是等不来的。我顿时就摩拳擦掌，一定好好努力，战天斗地，美美地品味白面馒头。后来，我顿悟，奶奶这位乡村哲学家，说的话是对的。如今真的圆梦能天天吃白面馒头了，而且还有点翻身忘本，对白面馒头有点腻味了。

煮肉了，肥美的猪肉，一清二白的葱段，芬芳馥郁的八角桂皮，平日习以为常的盐巴汇在一起，熊熊的火焰烧着，不久，肉的香味扑鼻而来，令我们不能拒绝。我们来来回回地走动，一会儿也舍不得远离。奶奶最了解我们，知道我们抗拒不了肉的诱惑，嘴馋呢。别说孩子了，就是大人也胃里伸出手来，想撮一块大快朵颐。

肉煮好了，奶奶把骨头拆了，剩下少许的肉，把骨头递给我们。我们兴奋地啃来啃去，把骨头啃得溜光后，扔给了狗。那条狗起初大喜过望，但是一会儿就沮丧了，就失望了，连一点肉也没啃下来。小黑走了，不满地看着我，我心里一阵愧疚。人穷狗也贫，一年四季不见荤腥呢。奶奶用肉汤烩了白菜粉条，做了难得的菜肴，我们一家人也吃得美味满足。

炸菜，也是一件不可或缺的事。自家的棉籽油，炸出来菜肴，色泽金黄，味道夺人，我们也多多少少捡得了一点吃上。

除夕晚上，奶奶命令爷爷把芝麻秸秆捆成捆儿，放在庭院里一棵树最高的枝丫上，说是接福呢，爷爷就照办了。奶奶让我去用一根木棍横在大门外，我就去了，我怕家里的元宝滚走了。奶奶让我母亲用灶里的青灰均匀地洒在大门外，母亲就做了。这样一洒，大鬼小鬼莫进来。这样，庭院里，都是福祉，都是财富，都是祥和，都是平安。奶奶又发话，除夕，一家人，可以白面馒头、猪肉、炸菜等吃个够。我们高兴得欢呼雀跃。红红的蜡烛，燃起红红温暖的火苗，照耀着红红的春联，我们的日子红红火火，温温暖暖。

大年初一，我家照例是许洼村起床最早的。一挂大地红铺下一片红彤彤之后，响过一篇除旧更新的宣言以后，母亲就把热气腾腾的饺子下好了，然后毕恭毕敬地端到爷爷奶奶面前，爷爷奶奶笑呵呵地说，喝汤吧，咱家的日子会越来越好。我们在鞭炮声中，在氤氲热气中，在开怀的笑声中，吃饺子。

吃完饺子，爷爷奶奶给我们这帮孩子发压岁钱。以往，爷爷奶奶很吝啬，很少给个毛儿八分的，这次很大方，给了几块钱。我们很高兴，兴高采烈地嚷着，天天过年多好呀，祝愿爷爷奶奶万岁万岁万万岁。奶奶喜乐得脸庞绽放花朵，信心十足地说，奶奶会长命百岁的，奶奶年年发压岁钱，发很多很多压岁钱。我仿佛看到奶奶发很多很多的钱，我们家的日子越来越好。

奶奶对我们的管教，向来是张弛有度的。她说，你们先去捡炮去，千万等一阵再捡，免得炸伤手。回来了，大的带着小的，只要辈分长的，挨家挨户去拜年，能剩一村不剩一家，全去，一年一个时候。奶奶还说，懒得连年也不拜，还是过年吗。

我们虔诚地一家一家地拜年，所有的人家都夸我们家风好，我们虽然膝盖有点疼痛，心里还是乐滋滋的。

走亲戚也是必要环节，不可以省略的。走亲戚兴味无穷，好的饭菜能填饱肚皮，还能落点压岁钱，还能欣赏异地的风景，领略不同的风俗。

过了初十，快是元宵节了。我们知道，过了元宵节，年就渐行渐远了，远得抓不住尾巴。

元宵节吃汤圆，点灯笼。

汤圆圆圆的，甜甜的。吃了过年饭，汤圆的甜美像花一样盛开在我们的味蕾上，令我们记忆犹新。

灯笼都是爷爷父亲动手制造的，为避免单调，增添喜庆，还别出心裁地彩绘，一盏盏灯笼挑起来，我们的心也烂漫起来。

一盏盏灯笼在村庄的胡同里徜徉，像船上的渔火，像天上的星星，绘出每一个孩子的煦暖春天。

奶奶无疑是智慧的，她清楚知道，年过去了，孩子会百无聊赖，就建议我们多挑几天灯笼，纪念转瞬即逝的年，弥补缺憾。同时，还命令我们去田间玩火把。火把的做法很简单：用一个破旧的锅上用过的篦子，一般是芦苇或者高粱秸秆做的，卷上麦秸，一层层卷上，再用韧性很强的绳子捆绑。夜幕四合时，我们一伙各人带着各自的火把，簇拥着流向原野。我们点燃火把，用尽膂力，疯狂地甩着，火把呼呼生风，火焰熊熊，像春天的花开得最盛。

奶奶说，乡村的冬天冷，甩甩火把就暖和了；乡村的冬天是局限的，点燃火把，就看清了前方的路，许洼的后生不能浑浑噩噩地过生活；许洼这个乡村像别的村庄一样沉寂，甩动火把时那呼呼风声，就是前进的号角；许洼有芦苇荡，有吞吐船只的渡口，甩过火把，就要弃岸登舟，寻访前方的路。

奶奶是诗人，火把一簇簇火苗，温暖了大地，各色花草也要蓬勃而出了；火把一簇簇火苗，温暖了我们的心域，为我们读书点火启航……

我们没有使奶奶失望。奶奶年近百岁寿终正寝，清明时节去世，安卧在金黄的油菜丛中。

许洼走出的很多大学生，工作在许多岗位上。由于村风家风威严，一个个励精图治，一个个有所作为，成为我村庄的自豪。

……

年，一个个地过去，谁也阻碍不了。岁月流逝中，我们得了很多，年龄、皱纹、衰老、白发以及所谓的成绩，可是，我们因为成长也失去了很多，年轻的容颜、如火的激情，健朗的身板，高远的志向，我们如花似锦的梦……我们航行在并非我们设定的河流上。我们劳动着，疲惫着，支撑着。人生是一次身不由己的航行，快乐与否，由你掌握。

我在由许洼渡口起航的船上航行，心境愉悦，烟花三月下扬州。

年，过完了，回忆关乎年的往事，抚慰薄凉的心，柔和板结的志，填充欠缺的能，让自己在春天，能嘹亮地朗诵：面朝大海，春暖花开。

雪花儿那个飘

几近冬至，依然没有落雪的迹象。一个冬天，没有瑞雪纷飞，就减了冬的况味。

爱冬天，爱冬天大雪纷纷扬扬，“六出雪花入户时，坐看青竹变琼枝。”绝美的景观。端坐暖阳，期冀落雪，渴盼野桥梅几树，并是白纷纷。

小时候，刚入冬，芦苇荡畔芦花飞，芦花慢慢就引来了雪花。落了雪的冬天才是人们中意的冬天。

也有一直艳阳高照，晴空万里的，一直不见冬雪的踪影。晴天固然好，落雪才别有风味。

黄昏，放学了，一群麻雀似的顽童扑向芦苇荡，或帮家人采芦花做棉草鞋，或帮家人收割一些芦苇秸秆，做酿酒的柴禾。更多的是，飞上一条空荡荡的小船，在平静的水面上恣情飞蹿，别有一种野趣。学堂里的枯燥憋闷百无聊赖的情绪像水鸟般扑棱棱飞走了，孩童自由烂漫的天性似荷花盛放，一朵朵昂天独立。

另有一条小船闲着，几个孩子像小鸟儿栖息上面。有人提议，恰好两条船，看看哪一条先划到远方的那片菖蒲丛里，输的一方要俯首称臣，还要过年时拿一挂鞭炮上贡。许洼村的孩子最具挑战性，不服输的，况且鞭炮是男孩子过年时的唯一玩物。不是常说新年到，新年到，女孩儿要花，男孩儿要炮吗？

一条船像过江之鲫，跑得从容不迫；另一条也不甘示弱，像飞鸟惊掠水面，奋起直追。那丛菖蒲近在眼前了，在葱茏的菖蒲前方有一片稀疏的，船儿闯过才能抵达终点。

前面的那条船看后面的将要逼近，优势渐小，用一损招：一人划船，其余的一边手执芦苇秸秆，狠命抽打菖蒲棒，一边念念有词：芦花飞，菖蒲飘，芦花飞舞迷小鬼，菖蒲飘飘迷老妖。菖蒲也是水生植物，暮秋时节，上面的细长的秸秆上长出一个赭红的菖蒲棒，这棒像一串山里红穿在上面。他们密密地贴在一起，一旦用物抽打，菖蒲棒便四下飞散，就像雪花飘飘。

舵手只是手飞舞着，扇去菖蒲花，怕眯了眼。后面的船就迷失了方向，就慢下来了。正当前面的船沾沾自喜时，后面的想到自己带着自制的水枪呢。连忙朝芦苇荡吸了水，仇恨地射向前面，当前面的舵手头部中水枪扫射时，不经意回头看时，水枪射得更强烈了。后面的也唱道：芦花白，荷花香，朋友来了有好酒，敌人来了有水枪。

趁前面的舵手一派狼狈之际，后面的船冲破芦花菖蒲花编制的迷阵，一路高歌，勇往直前了。结果是后来居上，反败为胜。

天晚了，我们回到庄上。根爷知道来龙去脉之后，对淋水的表示了心疼呵护，同时也呵斥了他们。根爷说，比赛要光明正大，许洼村的人不能搞阴谋诡计。后面的船胜利了，庆贺；前面的输了，要心悦诚服，过年时，送一挂鞭炮给胜的一方。

于是，冰释前嫌。我们就融为一体，喜鹊一般叽叽喳喳地回家了。回家路上，我们欢唱：北风那个吹，雪花儿那个飘，雪花儿飘飘年来到……我们稚嫩而真诚的歌声上干云霄。

也许节令到了，也许我们芦苇荡的芦花和菖蒲花飞至天际，架起了一座桥，接近了雪花，也许我们的歌声触动了苍天，那天夜里，居然下起了雪，雪越来越大，谁将平地万堆雪，剪刻作此连天花。

雪把乡村包起来。暮秋初冬的斑驳昏暗化作一派银装素裹。

下雪的乡村诗意满怀。

雪，下着，无忧无虑。孩子并不因为下雪而窝在家里，而是穿着芦花做的棉草鞋，走在旷野里，仰面望天，张着樱桃小口，静待雪花入口，那一派可爱痴迷，令人心生爱怜。

也有略大一些的孩子，不屑吃雪，而还唱起通俗的童谣：吃雪屙沫，吃琉璃屙棒槌。

有几分才情的，善于深入生活用眼睛去发现，看着雪的情态，吟诵着空中撒盐差可拟或者未若柳絮因风起的诗句，还有吟诵雪温暖如芦花的。雪覆盖着村庄，诗歌萌发着春芽。倘若冬天的村庄只有雪花而缺席诗情，这是个呆板而死气沉沉的村庄，并非钟灵毓秀，人杰地灵。

有新婚的，一对新人在雪的掩护下缠绵，柔情似水，做爹妈的心疼孩子，想让他们多睡一会，这几天他们够折腾的，可是新娘子不可以一直懒在床上的，若迟迟不起，村人爱嚼舌头，对新人指手画脚，说东道西的。婆婆舍不得媳妇儿背坏名声，就心疼地喊起媳妇，帮着做些轻来轻去的活路，白白的雪花，谱写婆媳新曲。

一些老人，起得很早。他们爱说，醒了不起床，受罪呢。他们穿得厚厚的，暖暖的，去牛屋，烤着火，话桑麻，一台老旧的收音机爱不释手，豫东人爱听豫剧，唐派的“李世民登龙位万民称颂”令人荡气回肠，刘派的“听父王与我儿加封官职”，已是耳熟能详，他们一边听，一边手打节拍跟着吟唱，神情忘我，陶然独醉。

雪，依然落着。都城十日雪，庭户皓已盈。田野里，白雪皑皑，一地银白。千树万树梨花开，玉树琼枝的，很是可爱。雪地上，有野兔子留下的印痕，饿了几天，兔子也跑不动了。村里的猎户左牵黄，右擎苍，原野，一群冬日无事的村民浩浩荡荡，走向原野，看兔起鹘落，看猎狗追逐野兔，由于处于劣势，几个回合下来，兔子就成了牺牲品了。虽然不是剑拔弩张的两军对垒，虽然不是旗鼓相当，愈战愈烈，这场景足以令枯燥无味的村民兴高采烈了。这是冰天雪地里上演的动人情景，生动了村民生活，旖旎了心底的风景。

当然，还有根爷，他没有随波逐流看打猎，而是在麦场的空地上扫雪，裸露一块净地，在上面撒一些五谷杂粮，撒了很厚很厚的一层，然后踏着积雪回家了。惊魂甫定的鸟儿见得粮食，只只欢呼雀跃，看看没有张启的罗网，就安心地啄起食来。各色鸟儿纷纷飞来，享受盛宴。根爷说，庄稼别收净，留儿粒给鸟儿，没鸟儿的村庄，没有灵性。

村里也有读高中的。读高中，离读大学近在咫尺。每年，芦苇荡畔的许洼村都有考取大学的，不仅仅是人杰地灵，也还在人能吃苦耐劳，孜孜以求。坐对韦编灯动壁，高歌夜半雪压庐。多么刻苦的情怀，多么执着的梦想。我为天地立诗心，浩然正气动寰宇。高考，鱼跃龙门，多一个为民请命的服务于民的具有赤子情怀的农家子弟，幸甚至哉。可以骄傲自豪的是，从许洼村走出的，一个个天地苍茫一根骨，一个个光明磊落，书写着天地正气日月光华的绝佳篇章。

当然，我的村庄，也不是一味地苦苦劳作不懂生活的。平常，他们用汗水浇灌收获，冬天下雪了，他们用自己耕种的粮食，用芦苇荡的清水，用芦苇荡里的芦苇秸秆，用自己的朴素而热爱生活的情怀，用自己的手工作坊酿酒。我以为，酿酒就是酿造生活。黄澄澄的粮食是现实生活，是大地，而自酿的酒就是盎然浪漫的精神生活，是歌诗，是风雨后的彩虹。许洼村，人人都有一个瑰丽而烂漫的梦。

做出的酒，清澈绵香，不逊于包装精美的勾兑酒。酿得一冬，喝得四季，其乐融融，唯心独醉。左邻右舍的掂一只海碗，径自走向酿酒之家掀起桶盖，舀一碗酒就走，甚至连一声招呼也不打，连一声谢谢也不说。主家也不见怪，反而大度地说，人家能不见外喝你的酒，是人家心里觉得近，要不，备好酒桌请不来客呢。民风淳朴，可见一斑。

喝了咱的酒，什么烦恼都飞走呀，喝了咱的酒，全身劳累都不留呀，喝了咱的酒，生活起来气抖擞呀……自家的酒，朴实的歌，书写着许洼村人的生活状态。

冬天，太萧条清冷了，由多彩的乡村变作黯然消瘦的村落，很让人怅然若失的。飞来一场雪，把许洼村送进一个晶莹剔透的童话世界里。村人因而就一半清醒一半朦胧一半现实一半浪漫地生活着，让他们暂时忘却生的艰难，而品味到生的快乐。一场瑞雪是一个襁褓，孕育许洼村的美好生活，一场瑞雪也是一个温暖如春的驿站，让村人饱满精神，微笑着开始崭新的生活。

……

可是，今年至今还没有落雪，我的村人对一场雪已是望穿秋水了吧。

但愿我的一篇祈祷的拙文，能触动天庭，浮在云端的积雪，悄然飞起。

萦空如雾转，凝阶似花积。雪花儿那个飘，真好！

故乡的花朵

故乡花儿很多，田地里的油菜花棉花，芦苇荡里的荷花芦花，美不胜收。

三月，油菜花开，一片金黄，一片花海里，蜂飞蝶浪，花枝喧闹，一派生机。我等孩童于花海，恣肆畅游，追蜂赶蝶，追得它们落荒而逃。自然，油菜花丛给践踏得一片狼藉，我们累得气喘吁吁，身上涂满金黄的清幽的花粉。回到家，自然免不了遭受一顿呵斥，可是，这不快很快就烟消云散。

三月，油菜花是一篇诗章，孩童的心性在花海里酝酿腹稿，慢慢地，一个个孩子的烂漫诗心比天上的纸鸢飞得还高。我们的心域，草长莺飞，杂花生树，一派斑斓。

肥沃的素朴的土地上，长满了庄稼；金黄的油菜花海里，孕育了孩子们的葳蕤诗情！

毕竟荡里六月中，风光不与四时同。接天莲叶无穷碧，映日荷花别样红。六月，芦苇荡，绿波依旧东流。芦苇渐长，覆盖清水。荷花盛开，红的，粉的，白的荷花，层次相间，一幅朴素自然的油画。

普通的人，只见得花儿的颜色，只嗅得花儿的清香，只懂得热了折一片硕大的荷叶遮拦毒花花的阳光，只明白采几片大荷叶，切成碎片，炮制成清热去火的荷叶茶。这些还远远不够，还要约请年高德劭的读书人，讲解荷的文化要义。村里的龙潭大伯是读过私塾的，一肚子学问，又写得一手隽秀苍劲的蝇头小楷，村里人对他须仰视才见。

大伯见我等问学于他，竟也欣然应允。他先教背一些咏荷的古典诗词，我们就摇头晃脑地背诵，虽不知义，却也朗朗上口，齿颊生香。大伯开讲了，讲得果然好，他口吐莲花，字字珠玑，富有节奏感，藏有音乐美，那词汇都是我等未曾听过的，是几何精美，几何纯粹，几何醇厚，好像他施展法术，在我等心田洒满神奇的种子，顿然，莲叶何田田，满塘素红碧。一池荷花妖娆妩媚我等原本坚硬板结的内心。

荷花为教具，我等明白自然是伟大的法典，任何想践踏自然风物和凌驾其之上的念头都是浅薄和罪恶的，我等学会了敬畏自然。

在芦苇荡，秋阴不散霜飞晚，留得枯荷听雨声。这时的荷已是风烛残年，风流殆尽。芦苇枝头，穗穗芦花，秋风中摇曳，虽是没有着色，未曾染香，也是芦苇荡迷人的景观。尤其，一道夕阳铺水中，半江瑟瑟半江红，红红的晚霞，照耀着满塘的芦花，白白的芦花也成了红红的了，芦花那么柔，那么软，那么蓬松，那么朴素，那么令人亲近，我觉得她在此时此地比荷花还令人痴迷，令人钟情。这时候，欸乃一声，划来一只小船，母亲荡着悠悠的船儿，采得几杆芦苇，做成平展的托盘，以备新年使用，常言说，新年伊始，万象更新，崭新的托盘能亮丽一年的生活，能芬芳居家的心情呢。白白的芦苇秆贮满了日月星辰的光辉，吮吸了荷花的清芬幽香。

母亲还不忘采撷芦花，母亲知道，芦花填在枕头里，枕上去，软软的，绵绵的，自然清香的气息弥漫，很快就进入梦乡，会使梦境旖旎，鸟声呢喃。许洼村没有失眠的，也许是，芦苇荡流水潺湲，送人入梦，抑或是芦花枕，催人酣眠。

再采些芦花，放在小船上。回去，趁着月光做芦花鞋。那时候，生活拮据，数九寒天，脚冻得皲裂了，又买不起皮棉鞋，布棉鞋虽然御寒，却不可雪水泥水里趟，芦花鞋是最好的，既防水防泥，又柔软暖和。

许洼村人是有福的，天赐那么多芦苇，芦苇叶子可以在端午节包粽子，苍老的叶子是牛羊的美餐；秸秆可以作燃料，把苍白的生活烤炙得津津有味；芦花可以做枕芯，美妙梦境，还可以做成芦花鞋，令我们的脚没有寒冬。

其实，我最看好最触动情怀的是棉花。

严格地说，棉花是算不上花朵的。一般的花，总是叶的使者，花儿落了，引来叶片。而棉花，是一片片叶子，翘首以待，棉花才姗姗来迟。一般的花，是铺垫，是渲染，叶子才是主题；棉花，叶片是伏笔，是映衬，花儿才是根本。一般的花，是润饰眼睛的；棉花，是包裹身躯的。

刚过年，母亲就顶风冒雪去田间地头，培育棉花苗了。打一畦畦棉花钵，一粒粒棉籽小心翼翼置上，蒙上塑料布。远远望去，宛若白云委地。

然后，一株一株，整齐地栽种，一行一行的，像葱茏盎然的诗行。

五六月间，地肥水足，阳光煦暖，棉花像雨后春笋，窜得飞快。一片片叶子，墨绿墨绿的，像墨玉。见状，母亲却唉声叹气，显得很是无奈。我莫名其妙，发问，棉花长势这么好，你该高兴呀。母亲说，肥力都供到叶子上，开花时就无力了，棉花会减产的。母亲有意无意地说，养料要用在当用的地方才好。我听得似懂非懂的。母亲令我和她一起打花叶。不大一会儿，肥硕的棉花棵就见得瘦骨嶙峋了，我们只好回家了。

棉花长得还好。花棵上结满了铃铛似的棉桃儿，母亲开心地笑了。又一场雨，下得很大，棉花的枝条疯狂地往天空钻，母亲就带领我给棉花打尖。母亲说，土地的肥力供在长枝条上，等枝条高了，就遮阳光了；枝条疯长，就少结棉桃，结的棉桃也开不好。不能太贪心，太贪心了，到头来，什么也落不住。母亲的话，土里土气的，仔细斟酌一番，还真有点哲理。母亲成了乡土布衣哲学家。时至今日，我力求不奢望，不贪婪，只向往于平凡平淡的生活，也许得益于母亲的教诲。

待叶子几近干枯时，母亲就带领我去田间，捋去棉花的叶片。母亲说，叶子干了，供不上养分了。去了叶子，阳光直接照，棉花开得快，开得盛，开得白，开得舒展，能多出棉线多织棉衣裳呢。的确，最直接便捷的，便是有用的，最好的。剥去迷人眼的繁华，生活的脉络历历在目。

冬天，母亲开始把收获的棉花轧好，搓成细长的棉花条状，在一架简陋的纺车上，纺成均匀细长的棉线，然后织成布。

以前，一家人穿着，都离不开棉花。家织棉布做成衣裳，穿着既舒身又熨帖。冷了，做一床棉被，棉布作里表，其中铺满白白柔柔的棉絮，一家人就可一冬向暖，温煦无穷了。豫剧《朝阳沟》有戏词，做了一套新铺盖，新里新面新棉花，这欣然于心的唱词已耳熟能详。乡里人说，家织棉布衣裳，穿着养人呢。难怪有人说，要吃还是家常饭，要穿还是粗布衣。

穿着家织衣裳，脚踏实地，以布衣情怀，以乡土胸襟，乐观闲适地生活，是原始的是本真的也是最佳的生活状态。

权高位重者，穿穿粗布衣，踏踏黄土地，接接地气，置身乡间，聆听父老乡亲的谆谆教诲，会清白做官，造福乡梓，一生无虞。

土地上生长的东西养人；乡村法典的教义养心。乡村是人的洞天福地，乡村法则是人生的路标导航。

故乡的花朵，意义不仅仅是花朵。

我一介书生，从故乡的花丛中走向城市；蛰居城市，我憧憬着故乡的花朵。

芦花白，菊花黄

几近立冬，芦花白，菊花黄。

我的村庄依傍芦苇荡畔。一条河西北而来，于低洼处蓄一泓碧水，然后歌唱着逶迤东行。

芦苇依水而生，河河汊汊里密布芦苇。河水令芦苇葳蕤，芦苇使河水碧透。我的村庄在芦苇荡畔，宛在画中。

记得幼时，很少读书，几乎所有时光浸泡芦苇荡里。

芦苇苍苍，中间隐藏很多水鸟。几多顽童窜入，惊得水鸟鸡飞狗跳，水鸟洒下一片惶恐的鸣叫，然后落荒而逃。芦苇荡是我们的领地，我们在其中洋洋自得。

最好的是夏季，从根爷那里哄得一条小船，几个人轮流使舵，逆流而上，去很远的地方。然后，系好船，去肆无忌惮游泳，去打水仗，去水底采嫩藕生食，竟也津津有味。

芦苇荡，翠苇红荷，色彩明艳，风景旖旎。芦苇荡风光生动了我的童年。

母亲见我顽劣懵懂，却不想进得学堂，有点焦急。母亲就说，芦苇荡好，进学堂读书，去更远处读书，比这里还迷人。孩子目光短浅，是没出息的。我将信将疑地去读书，觉得读书并不难，不过尔尔，远没有在芦苇荡玩要费心思。老师不大待见我，我的问题往往令他张口结舌，哑口无言。我不再为难他，听完课，写完作业，飞一般赶赴芦苇荡。芦苇荡是个大课堂，里面的文字，生动而颇富情趣，读着，令我留恋不舍。

慢慢，长大了，只是读书，只是钻芦苇荡，游手好闲，整天滑得像泥鳅，不干了活路。母亲就命令我干点轻来轻去的农活。我提一个条件，干完了，我可以去芦苇荡游玩。母亲应允了。芦苇荡真美好，我的天性挥洒得酣畅淋漓。

那时候，生活清贫，别说吃荤菜打牙祭，就是填饱肚子也是奢望。尤其是三月，青黄不接，常常饿瘪了肚子。母亲就撸榆钱儿，为我们充饥。有时，推半夜石磨，得一点面粉，为一家人做点像样的馒头，馒头因麦面太少，几乎不能成型。

母亲想，只吃得馒头，没有菜，还不满意。母亲就央求邻居捕几条鱼，自己又去荡里采些芦笋。鱼是清炖的，芦笋用清水洗净，开水焯过，拌以陈醋香油，真的美味佳肴。贫困的年代，母亲匠心独运，把一家的生活打理得有滋有味，令人很是难以忘怀。

芦笋是很好的菜肴，味道醇美，营养丰富，对人有很多益处。翻开《本草纲目》，有关芦笋的条目，林林总总。

母亲自己很少吃饱，总是食得残羹冷炙。她知道，孩子正是长身体的时候，想方设法让我不受委屈。

我的村里有一私塾老师。以前他家有几顷地，藏许多书。他博览群书，品德节操十里八乡无人媲美。母亲请他教我断文识字，修养品德。我也聪颖好学，困难处我总能领悟，当我说出领悟时，他总是颔首赞许。

夏天，村里唱村戏。此时，我每每被赶至戏场，聆听剧目。为了教化孩子，村里年高德劭者，往往亲点剧目。依稀记得上演《鞭打芦花》一幕：闵子骞催马随父外出与友会文，因天寒打战手执马鞭落地，其父怒以打之，衣破竟飞出芦花，再剥其弟之衣，内为上等棉絮，其父方知其继母所为，怒写休书，子骞跪求曰："母在一子单，母去三子寒"，感动继母倍加疼爱，全家和好。剧目演得声情并茂，感人至深。

我懂得母亲的良苦用心，就不再调皮捣蛋了。在学堂，听老师谆谆教诲；在私塾，受老师耳提面命。我很有长进，学校里，为我颁发奖状；私塾老师说，我是读书的料，留住我喝一辈子芦苇荡水，不大可能。母亲很欣慰，觉得付出没有像芦苇荡的水白白流走，几多疲惫几多委屈都烟消云散了。

家里养了几只羊。母亲去芦苇荡剥些芦苇叶子喂羊，我把活揽去了。母亲微笑了。端午节，乡里风俗包粽子，母亲打芦苇叶子，我又去照办了，母亲微笑了。

母亲并不是一个自私贪婪的人，她只不过爱自己的孩子，近水楼台，用了芦苇荡的自然资源哺育了我。芦苇荡畔的许多母亲都是这样。

秋天，芦花白的时候，母亲划着小船去采撷芦花。采得毛茸茸暖软软的芦花，爷爷编鞋子。芦花编就的鞋子轻便暖和，是冬天养脚的最佳鞋子，胜却皮鞋。在冰天雪地，脚踏皑皑白雪，仰首望天，豪迈之情充溢胸中，酒酣胸胆尚开张！

芦花鞋，母亲让我捎给学堂的老师；芦花鞋，母亲让我送给私塾的老师。她说，给咱们饭菜吃的，咱谢谢人家；教咱知书达理的，咱心底敬着人家，这些是咱的贵人呢。

我心里萌发一枝嫩芽，这枝嫩芽比芦苇荡的芦笋还茁壮：腹有诗书是好的。我暗暗地打算，我要好好读书。

为了我好好读书，心无旁骛，母亲常常靠山吃山，去芦苇荡拎几条鱼，去芦苇荡采些莲藕，去芦苇荡打一些芦苇叶子，去芦苇荡砍伐一些干枯的芦苇秸秆，芦苇荡采撷芦花……

在那个饥馑的年代，有了芦苇荡的富足，有了母亲的妙手偶得，我没有忍饥挨饿；在那个文化生活宛若沙漠戈壁的年代，私塾老师为我开垦了一片文化的绿洲，我啃遍萋萋芳草：我是那个不幸年代里的幸运者。

我考上了一所师范学院。毕业后，我忝列一所高级中学，苦谋生计。

在这里，我只爱读书。购书款项是最常规持久的开销，即使买书没有读完，我也并不后悔，看见书，都有一种莫名的亲切感。我很欣赏这一句诗：粗缯大布裹生涯，腹有诗书气自华。读书，使人内心强大；读书，令我心底风景旖旎；读书，令我无论在谁的格局里都不迷失自己。人可以没有地位，可以没有资产，唯独不可没有尊严。我说：尊严，是书籍铸就的。一个爱读书的人，性格坏不到哪里去，一个性格好的人，命运坏不到哪里去。斯言诚哉！

这是一个喧嚣的时代。一个个为了追名逐利，而失却了很多美好的东西，的确令人扼腕痛惜。慢慢，附庸风雅，学着喝茶，绿茶红茶黄茶白茶黑茶，茶茶清涤污浊；发酵茶半发酵茶，茶茶温润我心。一生有茶，不复求矣！

我心里曾大言不惭地孕育了一首打油诗：雁去衡阳云悠悠，金菊簇拥小红楼。经书一卷茶一盏，冷眼笑对帝王侯！我自知有点自不量力，我却优哉游哉，自得其乐，且乐此不疲。

但丁说，我看见了花儿，不由得停下了脚步。我也生性爱花，只是对一般花儿爱得浮光掠影，爱得轻轻浅浅，并没有铭心刻骨般痴爱。

读书多了，慢慢就爱上菊花。菊花为天地交感而生，它令人感到天道的存在，菊花被视为天道的象征。菊花多为纯黄色，我们的民族约定俗成地认为，黄色是中华民族最尊贵的颜色。并称黄色是“中色”，也称“正色”，所以菊花象征做人正直，不偏斜。白居易《咏菊》写道：耐寒唯有东篱菊，金粟初开晓更清。看得出菊花具有并不随波逐流的品性。花山花海，密密匝匝，琳琅满目，消弭了个性，再名贵的花，也降了价，掉了分，花这样，人亦然。

据记载，可能菊花开在重阳时节，菊花也是吉祥健康和长寿的象征。当然，陶潜赋予菊花的“花中之隐士”的文化情怀，人们耳熟能详，不再赘述。

少年时，爱牡丹，追逐富贵；青年时，爱莲花，仰慕其清洁精神。但是，人到中年，我觉得，菊花是我的图腾。

在秋天，木叶瑟瑟。很多花朵都已香消玉殒，这个季节显得灰暗清冷。

菊花，为秋涂上了色彩，散发出了脉脉清芬。还有，在乡村，在我的家乡芦苇荡畔，一片片芦花盛开，宛如一片片白云；风浮动芦花，高低起伏，像大海里浪花翻卷，蔚为壮观！

秋天，我回到家。在夕阳时分，在芦苇荡畔见到我的母亲。母亲坐在夕阳下，芦苇荡畔，放牧着几只白白的羔羊，羔羊甜美地觅食枯叶，欢快地追逐着。

我好好打量母亲：母亲的确苍老了，腰肢不再挺拔了，曾经宛若瀑布的乌发也被岁月漂白，白如芦花。母亲曾经光洁滋润的脸庞，也被岁月风化得沟沟壑壑。为了我，母亲累弯了腰，把我供至云蒸霞蔚的城。我身材高大了，我的母亲却变得越来越矮，加之，腿脚不好，更显得弱小衰老，我的母亲！

夕阳红红的，照耀着大地，照耀着芦苇荡的朵朵芦花，照耀着我年迈瘦小而又慈祥伟大的母亲。白白的芦花，变得红红的；我母亲的满头白发也镀上一层令人迷醉的红。

我为母亲买来一些菊花，摆放在庭院里，令她在芦苇荡能看到白白的芦花，也能看到金黄的菊花，而不至于感到单调乏味。我送给母亲菊花，我也送去祝福，愿年过古稀的母亲吉祥健康长寿。

我也把我的追求，我的价值取向，告诉了母亲。母亲仰起脸望着我，喃喃地说，你做得对，能一辈子钟情菊花，我也没有什么担忧的了。母亲微笑着，母亲的模样最优美，母亲的神态最动人。

今年，两个农历九月，两个重阳节。在第二个重阳节来临之际，我想起了母亲，想起了家乡芦苇荡的白白芦花，也自然而然想起我钟情的金黄菊花。我有一个梦想，在都市，我把自己钟爱的菊花开得盛，开得清香馥郁，开得一尘不染。

芦花白，菊花黄。

想家乡

秋风起，雁南归。雁声长鸣，勾起我思乡的情怀。

弹指一挥间，离开生养我的家乡已经三十年了，其间，从没有像今天这样，故乡的模样清晰地映现出来。

过去，一个村子，很少有人能跳离农门。考上大学，是乡村孩子挣脱乡村的一个途径。城，是一个诱惑，强烈地吸引着我，心里隐隐觉得城里的某一扇窗，会打开，安静地等我。随着哥哥拉车进城卖瓜后，我觉得城里是奇美的地方，这里比我的乡村好多了，有汽车，有马路，有看起来无论到多大都显得年轻的女人，况且，他们无须种地。

还有，我的表兄表弟相继考上了商丘师范学校和上海机电专科学校，他们鱼跃龙门以后，亲戚看待他们的目光就多了些羡慕，多了些赞许，甚至还有膜拜的味道。我觉得我也能成为他们中的一员，欣享异样的目光。我暗暗较劲，我知道，我不是一个轻易服输的人，为着我的梦，辛辛苦苦地努力着。我的心事是秘密的，我谁也没有告诉。奶奶看出了端倪，喃喃自语，嗯，这孩子，心野着呢，看样子，不会情愿在家安分地种地。我心照不宣，只是笑笑，我铆足了劲，我不能让我的奶奶食言。

我一边读书，一边帮父母种地。那时候还时兴去公社粮店交公粮，俗话说，种地就要完粮打差，天经地义。刚刚收割麦子，连天加夜打场扬麦，晒干扬净，精心装进尼龙袋子，第二天，天还没亮，我就早早起来牵着毛驴帮父亲去离家十五里路的粮店去交爱国公粮。

有人去得比我们还早，我们只好安分守己地等候排队，等候工作人员检验公粮。那时候，我们不敢想象卖到高等级，只要能卖掉就万事大吉了。漫长的等待，我累得恹恹欲睡，饿得饥肠辘辘，父亲看着我，既心疼又充满歉意。

好容易等着了，那个年龄不大语气却很严厉的女孩说，不行，赶快拉走，糠多，筛去；麦湿，晒去。她的语气没有任何可以商量的余地，我看看她，充满了厌恶。刚刚还觉得像花儿一样漂亮的女孩儿现在还没有我家的毛驴中看，我狠狠剜了她一眼，几乎能使她鲜血淋漓。我去那边的树上去牵毛驴，毛驴竟然跑掉了。我与父亲慌里慌张，忙碌了大半天，才找到。我想狠狠地抽毛驴一顿，我忍住了，毛驴也没有吃草，我有点同情它了，我好好打量这毛驴，毛驴委实比那个女人好看。

暮色苍茫时，我们才回到家。一个强烈的念头充溢在我的心间：坚决不能在家面朝黄土背朝天地种地了。

我很狭隘很自私地看待乡村，乡村也有点面目可憎了。

后来，读书，复读，终于考取了一所师范院校。我终于圆梦了，跳离了农门，挣脱了土地的束缚，更是不再受粮店里那女人白眼的刁难了。

父亲送我去学校时，我很是扬眉吐气。奶奶也替我高兴。

读书，分配，工作。家乡被我遗忘得无影无踪。

只是在读书读到芦苇荡，读到荷花，读到芦苇等字眼时，我才想到我的家乡也是这么美丽。

我在城里安家，娶妻生子，俨然成了一个城里人。我也暗自庆幸，自己终于成了一个无须耕种土地就可以生存的人。

我牢记家训，在城里这片地域，我好好读书学习，唯恐自己知识不足而误人子弟；我好好修养品德，城里光怪陆离，诱惑太多，唯恐稍有不慎，一失足成千古恨，辱没了先人，辱没了生养我的乡村。

日子像流水一样流淌着。我没有什么追求，只是周而复始年复一年地送走一届又一届学生，只是好好经营自己的所谓的事业。我没有商业头脑，所以日子一直窘迫。

如今，在城里，在学校，别人一个个都日子丰盈，家备一辆汽车了，我还是一辆自行车，一辆电瓶车，有点相形见绌。可是，我竟然没有低人一等的感觉，我真是落后得不可救药了！

偶尔逢年过节的，从家乡出去的又回到家乡的人，也是两层阁楼庭院，还有一辆不错的汽车。回到家乡，相比照，我依然是一个清贫的人！

我还是不思进取，只是好好工作，领取每月的工资。

我又有两个不良嗜好，爱喝茶，爱买书。这两个爱好又都是耗费资财的项目，可是别人看得不合时宜，我却固执地乐此不疲，我想，我是不是该看心理医生了。

书，是我的圣地，是我现实里去不了的地方，拥有了书，我拥有了别人不曾拥有的喜乐，脉脉书香是我最钟情的味道。茶，是我的钟爱，从来佳茗似佳人。茶，滋润了我庸俗的人生。人生就像茶，没有热水的浇灌，就没有芬芳的人生。没有起始的微苦，就没有回味的甘甜。有时候还突发异想，这茶在一个地方，在云雾之中，默默等候了好久好久，终于，在一个清晨，由一个清明可人的女孩儿采摘，然后手工加工，一连串多么美好的故事。

离开家乡很久了，我教着书，读着书，品着香茗，培育着桃李，总觉得自己苍茫天地间，仰不愧于天，俯不怍于地，问心无愧，心安理得。

今天，我回味，我感悟，其实，我是一个心胸狭隘自私偏执的人。

我的生命，是家乡给的。家乡土地上的粮食养活了我，家乡芦苇荡清澈的河水是我的生命之源，沿袭传承多年的传统民俗熏陶了我。没有家乡，就没有沾沾自喜自以为是的我。

我跳离农门，是一种超越，还可以博得些许赞许，可是，后来厌恶家乡，漠视家乡，对家乡不理不睬，对家乡几乎淡忘，这是不可饶恕的罪恶，就像父母生养了你，你却嫌弃了他们一样，我觉得羞愧难当，无地自容。这是心情自然流露，一点矫情的成分也没有，况且我一向蔑视矫情。

可是，我一个教书匠，即便热爱家乡，可是又以怎样的方式热爱呢？我一筹莫展。

苦思冥想，慢慢有点眉目：让我的家乡在心里有一席之地；闲暇之余，多回家乡，看看家乡人，多陪曾经有恩于我的乡亲说说话，谈谈心，令他们领悟到我的没有忘本；走向田间地头，干一些力所能及的农活，亲亲金黄的麦子，抚摸田间的泡桐……

可是，这还远远不够。我突然茅塞顿开：在讲台上，好好做好工作，学高为师，德高是范。呕心沥血，教给学生谋生的知识，没有知识，无以立身；苦心孤诣，教给学生特立独行的节操，无节操，行而不远。我想，在三尺讲台，能亲手培养一个个德才兼备的学生，也是热爱家乡的一个表现吧。

还有，近水楼台先得月，除了学识，除了修养，还要灌输孩子们环保意识，好好学得真本领，保护家乡天蓝云白，保护家乡碧水长流。让家乡变得更美好，更富饶，让家乡幼有所学，老有所养，让我的家乡美如画，让家乡四季如歌，最适宜生存！

家乡，原谅我。我醒悟得太晚了！

如今，我心里有说不出的轻松与亢奋。

从今天起，想念家乡，热爱家乡。

喝茶，读书。凭自己的良知，在三尺讲台演好自己的角色。

家乡，我的家乡，你感觉到我对你的思念了吗？

想家乡。

等候梅花开

已至寒露。天气已由天高气爽，渐渐变得萧条萧瑟。

在一座常去的公园，黄昏，我慢慢游走。

那条河依旧流淌得舒缓无澜，几近凝滞不流。水中的蒹葭已经苍苍，可是，我望穿秋水，伊人依旧芳踪难觅。只一年，芦苇就年迈得白发苍苍了。衰落的芦苇倒映在水中，令人心生寒冷。唯有一片晚霞抚慰着，可是晚霞也瞬息消散了。

我走在曲折迂回的石板路上，漫无目的地望着夕阳。夕阳显得疲惫不堪，极力挣扎着，不想离开，她展现出最后的妩媚也无济于事，树枝不挽留她，鸟儿不挽留她，我也漠然。终于，她无助地凄楚地一点点坠落，滑向天涯。我想象到她泪光点点的模样。

一只斑鸠，在一片空地上，东张西望，很焦灼。我不小心走近它，它惊慌失措地飞了，飞起的时候，尾巴的羽毛，白白的，像雪，把暮秋染得很冷。我很同情它，凄清的黄昏，只身行走，只身飞舞。

路旁的蔷薇，苟延残喘。曾经花朵灼灼，艳丽无比，这时光，却是红衰翠减，一副失魂落魄的弃妇模样。我走近她，用手抚摸着毫无血色的花朵，久久注视，想到，所有的花朵都要沦落到这般地步吗？我只能自作多情地与她做一会儿的伴，用我并不温暖的手输给她些许温暖，看到她的憔悴形容，于我心有戚戚然。

那条小路，风儿扫得洁净，等候着有人踏上它，踩疼它，以便不再荒芜麻木下去。路上少有人的痕迹，小路也很落寞。路畔的石凳，恰能容纳两人。石凳上很洁净，泛着微微的光辉，我想坐上面去，以免石凳太寂寥。可是，我没有，我一人呆呆地枯寂地坐着，只能徒增我心底的孤独。我绕过石凳，慢慢地走，偶尔，回头，挥挥手，我知道，我们懂得彼此的孤寂。

我走进那片树林，树冠上还残存着树叶，可是已经拥有衰退的气象，原本葳蕤的茂盛荣光已经荡然无存。树下，是一层散落的树叶，踩上去，窸窸作响。也许，树也懂得，秋抵不住严冬的侵袭，总没办法令树冠蓊蓊郁郁，只好用枯枝败叶围着树根，暖脚。脚不冷，树就会挺过凛冽严冬的。

游走在树丛里，心底凛凛生寒。

严冬了，没有一抹绿色生动我的双眸，我原本就荒芜凄冷的心可不就是雪上加霜吗？愿哪怕某一个角落，能残存一丝绿色的生命，与我惺惺相惜，与我抱团取暖。如果能有一树梅花，那该是怎样的喜出望外，怎样的欣喜若狂？

在拐角处，我遇见了一片松树。松树的苍翠淹没在秋的谢幕之际，还不能彰显一色独秀。也许，其他树叶抛落殆尽，皑皑白雪中，一树树苍松傲然挺立，或许能为我立起一座灯塔，为我在迷惘中导航。我知道，松树是不能靠近的，她有不近人情的秉性。很羡慕陆游，一树梅花一放翁，多美的景致。茫茫中原腹地，无用说一树梅花，即便是一朵梅花又是几何难得呀！

夜撒下网，把许多都网进去，夜网恢恢，疏而不漏，我也只能束手就擒。

前面月亮幽幽地亮着，她怕我看不清前方的路，懂得我的心境。虽然月光是冷的，我却感到些许温暖。一朵朵星星是月亮的花香，整个苍宇下，弥漫着芬芳。

没有月亮，我会举步维艰。没有星星，我会感到生着了无情趣。

可是，这些都不算什么，只要能偶遇一树梅花，哪怕仅仅一朵梅花，所有的苦楚艰难都会烟消云散，等来的是花影妖娆的暖春。

耗尽一生，等候一朵梅花盛开。

散 步

早晨醒来，鸟声盈耳，或者，鸟儿啁啾，唤醒了我，总之，欢快无忧的鸟儿与我有个约定：早上，花喜鹊或者黄莺，忠贞地守候我。

披一袭红红的霞光，喜乐地游走在林荫下。

林间，是鸟儿的天地，它们各自欢唱着，纵然是琵琶、二胡、古筝等乐器也奏不出这么美妙自然的声音。

风是杰出的指挥家，柔柔的柳的枝条，河堤上的葳蕤芦苇在和谐的旋律下舞姿翩跹。舞池里的人的动作少了自然舞蹈的活泼舒展与酣畅。

我走近河水，细柳新蒲把河水染得绿绿的，像温润的玉。水里，莲叶田田，清水出芙蓉，耳濡目染，能否把自己修成一株荷一朵莲。错落有致的莲叶，掩映着一朵白莲，你羞涩袅娜地开着，素面朝天，妩媚的笑靥，拂开我心间的浮萍，幸福的涟漪像花朵一样悄悄开放。我们有一个约定，其实你不只是一朵莲花，你我是彼此的风景，世间无人能够看破。早安，白荷！你也温和，以水为镜，照出不染尘的模样，也心欣然吧。我走了，你莫伤心，我记得约定，彼此不负，一生终老。你荡涤我的躯体，妩媚我的心。你于清水中，洁身自好，没有尘埃可以沾染你。

心底，种一池荷花，也就无所畏惧，宠辱不惊。心底一派葱茏，一派锦绣，一派花团锦簇。生得兴味盎然，源自一池荷花。

……

日之夕矣，鸡栖于埘，牛羊下来。

沐浴一袭绮霞，闲适悠游地走着。与牵我衣襟的垂柳凝眸，与林间轻吟的蛐蛐儿清唱，与沉在河水里的星星对话，这是一种盛宴，丝毫没有鸿门宴的况味。

路灯幽暗的光映照着路，三三两两地游走着人。他们或夫妻，或同事，边走边聊，聊天气酷热，侃官场地震，议柴米油盐，论三从四德，神采飞扬的，眉飞色舞的，一幅人间生态剪影。

那一处，我是一定要穿行的。那是一片秀竹的园林。朦胧的月色下，竹影婆娑，风动竹梢，竹叶飒飒作响，宛若天籁。竹篁中，洞穿一条迂回曲折的鹅卵石小路，踩在上面，恰恰按摩脚底经络，那轻轻的疼，那缕缕的爽，那一江春水向东流的通达，令我回味无穷。就像泡了一道茶，先是苦苦的，慢慢甜甜生津。

人生在世多不称意。天下熙熙，皆为利来；天下攘攘，皆为利往。我自知难以脱俗，只好游走在红尘边缘。红尘蒙蔽双眼，我穿行竹篁，借竹拂去尘埃，还我一朵莲花的清洁。

竹的节，竹的雅，竹的清芬，是我一生未必能修完的课程。自然界的大学学无止境，对世人启蒙，有所裨益。一朵花，一只鸟儿，一丛秀竹，远远胜出所谓的一流大学。

竹林深处，人迹罕至，没有他人在场，你在等我。一有人的声息出现，你倏尔化为一竿修竹，浑然天成，自然无痕。

你说，化为一竿秀竹陪我，不离不弃。

我说，你是一处胜地，妖娆我的阅历。

你说，这世界太多诱惑，你莫要乱花渐欲迷人眼。

我说，路有千千条，走向莲，走向竹，走向梅。

你说，你集聚好词汇妩媚我的心境。

我说，我没有恭维，只是我口说我心，自然，真。

你说，我信。你说话的神情是春天。

我说，我想牵着你的手，在河畔，在竹篁，在梅园。

你说，这世间，清静多好，不惹出事情为佳境。

那边有了声息，你瞬间化为一竿秀竹，我温情脉脉地望着竹子，心旌摇荡。那人从竹林穿过，仅仅看见我，自然没有了谈资。他离开后，我们忍俊不禁。

你与我站在一起，冲洗一张张自然朴素的黑白照片，令我们的生活朴素而有一种冲淡之美。我们恪守诺言，只演绎你我的故事，不得有一个看客。一跑光，胶卷里所有的幸福往事都要荡然无存，这会令你我痛心疾首，扼腕叹息。

人生路上，我们一起拍出一帧帧自然的美好的无可替代的黑白照片，共享绝代风华。

清晨，我不敢穿行竹林，一片片竹叶上缀满了露珠，我担心，走向竹林，惊扰了竹子，那一滴滴清露落在你的身上，令你清凉彻骨。缀满清露的竹子最美，我们共同呵护，不去惊动她，她是我们心底最美的意境。

夜深了，你我各自走向回家的路。我们离得很远，远得触摸不到你如兰的气息；我们离得很近，住在彼此的心里，感觉你的心跳，欣赏你的旖旎。

夜深了，晚安。

散步，使我的生活，镀上一层釉彩。

细雨中行走

黎明，清凉。没有鸟鸣，小雨，淅淅沥沥，扫了鸟的兴致，鸟儿遁迹无形了。

撑一把天堂伞，细雨中行走。

小雨，浥轻尘，路上已没有了飞扬的尘埃。路途上，人们依旧来来往往，小雨没有碍人们做要做的事情。

走在大路旁，雨点洒在伞面上，沙沙作响，飞出欢快的音符，挺醉人的。

大道旁，排列着道旁树。大树密集处，可以收起雨伞的，葳蕤的树冠权作一把大伞，为我遮风挡雨。

小雨把树叶洗涤得清亮，泛着幽幽的光。

雨，也许下了一夜，击落了一地花瓣。

夹竹桃，一丛挨着一丛，密密匝匝的，很茂密。夹竹桃，开满一树树繁花，白白的，红红的，很耀眼。白色花，落得最多，多得令人伤感。一地狼藉，杂乱无章，像人的弃儿。我看看落花，落花宠辱不惊的，或许，她很安然，花落归根，化作泥土，催开下一个花季，是她的使命。花儿很有素养，知道该干什么时，安静地做着，没有怨言，也不怨天尤人。

花，落了。后面排满花蕾，花还可以开一些时日。

我注目恬静的夹竹桃，凡是怒放过的，他们都是枝繁叶茂，舒朗清爽。没有绽放，也没有点缀蓓蕾的，病恹恹的，气色不好，缺少一种华贵的丰腴之美。花是草木的心事，绽放了，就吐露了，吐露了，就神清气爽了。人吧，到了季节，记得要爱，要深爱，要不，也像夹竹桃似的，面黄肌瘦的，逝去了女人的妩媚妖冶之美，委实一件憾事。沐浴着爱的女人，就像细雨洗涤过的草木，清亮，饱满，富有风韵。

红色的花，开得艳丽，阴暗细雨中，惊艳着人的心，使人们阴暗潮湿的心底多一抹亮色。红色花，凋零的少，可能是肩负着亮丽人们心境的使命吧。

夹竹桃，在道旁立着，不仅仅吸附尘土，还烘焙着人们潮湿的心，可谓用心良苦啊。

这时就想，人活着，能像一棵树，一朵花生活得有分量，有意义，也不简单了。

路旁，夹竹桃，一路逶迤，翠绿的叶，红的白的花朵，织成一道屏风，令路人心底五彩斑斓。

罩住夹竹桃的，是高高的合欢树。合欢树也叫“绒花树”，叶片朝开暮合，很是害羞敏感。花儿毛茸茸的，上红下白，一朵朵簇拥着，像天上的彩虹落在树上，很美的景观。

细雨浇湿了花儿，花儿一副落魄的模样，少了一些韵致。但，往上看，青翠的树冠上笼着红红的轻纱般的梦，让人心生柔和。

雨击落了合欢花，花儿委地，就像凋零的红颜，令人惋惜心疼。

一个青年妇女，雨中两手泥巴，捡拾着梦一般的合欢花儿。我问，这花儿，有什么用呀，这么大的雨。

她露出怯怯的神情，说，人家说，这花儿能入药材，有人收，十几块钱一斤呢。

我没有搭话，默默走开了。但愿她能拣拾更多的合欢花儿，贴补家用。

合欢花儿，在树上生着，能点亮人的梦；落地了，能肥沃一片土地，或者温柔地济贫，也真的大公无私。

人生在世，能像一棵合欢树那样，也难能可贵了。

细雨中，我行走着。轻花飞似梦，真的别有一番韵味的。

雨中走师院

清明时节的雨，无论下得多么绵长，人们都会宽恕的。也许与“清明时节雨纷纷”的诗句有关吧。昨天下午，小雨淅淅沥沥，我没有介怀，反而领略着雨趣，走了走师院。

清风中的雨是清凉的。可是雨没有浇冷我的心情，我的心情煦暖如春，有种约我我不至，今日意外相逢的感觉。

我心仪信阳师院由来已久。

生在农村，有种跳离农门的渴望。那时，不知道有名目繁多的大学以及种类繁杂的专业，只想上个师院，做个为人师表的老师就足以欣喜若狂了。

其实，我是有考取师院实力的，无奈家境贫寒，生活无赖，致使高考时日缺饭少粮，饿得两眼昏花，以至于连设考场的三层教学楼都登不上。结果可想而知，我与师院失之交臂，只好屈身读了本地一所师专。

河师大也挺好的，只是位置偏北，我情有不愿。而有毛尖的信阳，是我钟情的。可，这成了心中尘封的梦。

蒙蒙细雨中的师院是迷人的。雨把一切洗涤得鲜亮清丽。那一幢幢楼显现出别具匠心的艺术韵味，哪一座都是百看不厌。一棵棵树，青翠欲滴；一株株草，葳蕤繁茂；一朵朵花，使出浑身解数，妩媚妖娆，也有飘零的，飘进了李清照的词句：花自飘零水自流；池塘大的所谓的湖泊，烟雨迷蒙，雨滴调皮地挑逗着水面，水面以涟漪般的微笑接纳了她。最美的，还是学院的学子，三三两两，撑着雨伞，幸福地谈笑风生。如果是油纸伞，可能就弥漫出戴望舒雨巷的况味，这在大学校园是相融的。

真艳羡他们，他们心想事成，成了学院的一员。

人间最好的所在当时大学。大学可以使曾经备受压抑的心再度像花儿一样舒缓地开放；大学可以浸润心灵，使心灵不再干若枯井；大学可以流给人甘泉般的知识，使人终生受益匪浅；大学书香四溢，人们沉浸其中，如痴如醉。不读大学，真是人们不小的遗憾！

学院里的路，都散发着文化的气息，启迪人生。思齐路，崇德路，新民路……哪一条路，按图索骥，都可以在中国的典籍里寻得到。行走在路上，就翻阅着书籍，就学习了，就养德了，慢慢就可学贯古今，德侔天地。

因是假期，学院的教学楼多是寂静无人，但是也不乏学习者，在连廊上就有一个女大学生心无旁骛地背着法学方面的知识，想必是为考研蓄能充电的吧。祝她好运！

人文楼的文学院，我是要去的。这个地方，我已苦苦等了三十年。看看一个个学科，倍感亲切；看看每一个教授，好像似曾相识，其实不相识的，我却一厢情愿地有了家的感觉。楼层的几个教室都虚掩着，我悄悄地坐在教室里，想象着做一个信阳师院文学院学生场景，这是一件妙不可言的事情。我想我一定是最好的学生之一，聚精会神地听讲，无一遗漏。我还一定不会坐失良机，去找老师谈经论道，如沐春风。已过不惑，坐在教室有点不伦不类吧，我自我解嘲地笑了。

我竟然不自量力，突发奇想，我如果有机会讲一节大学课程，也许能博得满堂喝彩呢！

坐在教室里，做个大学生能安心聆听真好。素常，我在讲台上口干舌燥苦口婆心地讲课，自以为讲得神采飞扬，可是莘莘学子依旧心不在焉，我只好心理默叹，孺子不可教也。

因为要登鸡公山，游南湾湖，我心血来潮，狷介癫狂，走上讲台，手持粉笔，龙飞凤舞，拟了上联：鸡公山南湾湖山清水秀；征下联呢，呵呵！我心惊肉跳，好在没人看见，要不，会手足无措狼狈不堪的。

开学了，不知学子是否对得出了。我苦思冥想，得一下联，未必恰当，只当博人一笑，完成使命。下联：十二夜红楼梦夜长梦多。呵呵。

有冷雨，而无凄凉心境，我暗自得意。

雨中走师院，真好。有机会去信阳，我还会去约会久违的你。

真想化为一棵树，生长在师院里。观赏四季如画风景，聆听琅琅书声，轻嗅芳醇的文化气息……

可是，我还是恋恋不舍地离去，在雨里……

信阳看茶

千里迢迢，奔赴信阳。昨天，安顿虹宇宾馆时，已近午夜了。

天亮了，有点暗暗的阴冷，也许是清明时节的标识吧。清明时节雨纷纷，飘起了雨丝，细若幽梦。这天气，于登鸡公山游南湾湖是不合事宜的，那么，就去东双河看看茶吧。

信阳，我心仪已久的地方。令我迷醉的就是一种叫作信阳毛尖的绿茶。这茶纤细，泡出的茶，晶莹透碧，微微一品，有一种微苦的味道，一会儿，肺腑里就涌出清爽的甘甜，如花香馥郁，如余音绕梁，绵绵不绝。秋季冬季，我钟情湖南安化黑茶，春季夏季，我独爱信阳毛尖。

在某一路车的尽头，是浉河区的东双河镇。这已属郊区，高低起伏的地面上是诗行一样的茶蓬，茶蓬蓊蓊郁郁，墨玉一样的，有俨俨的颜色。这儿，是茶的家，一棵棵茶英姿飒爽，颇见情致。偶尔可见几丛油菜花，都在很贫瘠的地方。油菜花像遭贬谪流放了一样，灰头土脸地向隅而泣。

我的家乡有的是金黄金黄的油菜花。我痴迷的是茶。我登上低矮的后山，观赏采茶的景观。以前，我只是想，采茶的必是二八妙龄的楚楚动人的姑娘，用纤纤细指，一丝不苟轻轻采撷。其实，不是这样，这只是文人遐想的唯美境界。我看到的采茶人是人到中年的农妇，甚至是花甲老人。这些人是没有多少风韵的。这幅图景击破了我心底贮藏已久的美感，不由心生悲戚。老妇是可以采撷春茶的吗！好在，雨大一点了，那些人落荒而逃。我暗自庆幸，好大的茶林里，没了采茶的人，只有茶树沐浴在蒙蒙春雨里，一会儿便出落得清亮怡人。伫立在雨里，看茶从云雾氤氲，便觉得飘飘欲仙了。

从后山回来，我去了一家茶场。他们是自己加工自己销售的，是简单的加工作坊。我去时，他们正忙碌着，杀青呀，揉条呀等，忙得不亦乐乎。加工进程中，有三三两两的农妇去买生茶，讨价还价后，大多成交。

主人很热情好客，他们忙着为我泡制新茶。我静静地品咂着，的确先苦后甘，很地道的信阳毛尖滋味。我喜出望外，先前喝着茶，总是要生发无穷的联想和想象，当然不乏臆造的情节！这么近近地观赏着，美美地品咂着，总有一种别样的滋味。这滋味里，少了一丝脂粉的香艳气息，多了一缕泥土的质朴芬芳。我想，茶在香艳温柔乡里浸泡了，就失去了本真，茶是大地的孩子，无论怎样包装都不能失却本分。我喜欢这里的茶了。

我买了一些纯芽茶，确乎有些贵。比照茶市同类，觉得物有所值，也便心安理得了。

我为自己庆幸，我喝着春茶信阳毛尖，就可以攘除浮躁了。如今，是集体浮躁的年代，浮躁得记不起回家的路。我见得一个个手舞足蹈志得意满丑态百出，不由心生担忧。哎，不说吧，其实我也好不到哪里去。

主人说，我的茶卖得不贵，倘若卖到茶市，价位就高多了。我姑且承认他说的是真的。我买了，即使买贵了，也不后悔。喝茶，就是要一个畅快惬意心情，老是患得患失，为什么还要喝茶呢？

回到住处，我即兴泡茶。喝着，心里心花怒放，在茶都喝茶，确实是一种妙不可言的事情。仅做一件事，就不枉此行。

与当地人谈及信阳毛尖的事情，有人说浉河区的茶不是最好的，五云茶，龙潭茶才为地道正宗，浉河区的很俗气充其量下里巴人，于五云茶雅若阳春白雪，二者比拟，有云泥之别。起初，我还心生不快，以为没有一双慧眼，买了赝品。

后来，我揣摩着，五云茶就是隐士，芸芸众生中，有几多真隐士呢。得不到地道正宗茶的人应该如恒河沙数吧。

我等俗人匹配俗茶，也算是天造地设的吧。

我喜乐，我得了最新的信阳毛尖。

鱼

天地间织着如烟细雨，飘着芦絮般的雪花，远处传来沉闷的鞭炮声，小城内熙熙攘攘，杀鸡的，宰鱼的，买礼物走亲串友的：年来了。

看到鱼，我忆起许洼芦苇荡有关鱼的往事……

古老得没有记载的大河从许洼村旁流过，留下烟波浩渺的水域后，清波依旧东流。那水域后来就有了芦苇，就有了荷花。

从此，芦苇荡为许洼村源源不断地传递着福音。

记得有关鱼的几个片段：

一年夏天，芦苇荡水很大，溢得坑坑洼洼尽是，荡里水落了，小坑洼少了芦苇荡的补给，水面渐落，落在里面的鱼，慢慢手忙脚乱，极力翻腾。这无疑自我暴露，大一点的鱼儿将被捕光了，只残留小鱼烂虾的。

那天午后，太阳刚有点收敛，我就约了村里大我两岁的侄辈肥儿，其实他瘦得跟棒子似的。我们佯装割草，篮子里各自藏着一口瓷盆，急不可耐地奔向原野。

天依然炙热，我们先跳到荡里恣意地洗一通，然后撑着硕大的荷叶晾干身子。

我们左瞅右看，掂量这个坑洼水深浅适中，可能有令人惊喜的收获。

我们各在一端叠堰，而后，脱得只剩一条小裤头，各执一瓷盆，小屁股撅得跟打飞机似的，一盆盆往外剐水。

飞溅的水珠打湿了我们的全身，小裤头湿湿的，可没办法拧掉，脸上尽是泥水，跟泥鬼似的，彼此相顾，扮个鬼脸，心里乐开了花，我们剐水更卖力了。

太阳的火力渐弱，坑洼里的水渐落，天空偶尔飞过几只水鸟，甜美地鸣叫几声，矫翼逝去……

当天边铺满绮霞时，坑洼的水剐尽了，可是坑底的鱼并不多，心里不免有些落寞，有些失望。不过，不快很快就像芦苇荡的水一样淙淙流走了。

鱼儿离了水，像人剥光了衣服一样羞愧得无所适从，只有翻腾，只有活蹦乱跳。

红红的绮霞，铺在坑洼里，银白色的鱼儿泛着温暖的红晕，像漫天的小星星。我们的心里也铺满绮霞，幸福得手舞足蹈。

我们打捞战利品，只有一条七八两大的，其余全是一两寸长的小鱼儿。

肥儿很快地分作两份，一份是只一条七八两大的，一份是半盆小鱼儿。肥儿故作高姿态，任我先挑。我犹豫不决：要大的吧，有成就感，有自豪感，可是毕竟孤零零一条，心里空落落的；要小的吧，看着银白银白的半盆，可尽是小鱼儿，俘虏一个将军抵得上一群士卒，心里也不满足，我看看这份，盯盯这份，优柔寡断。日之夕矣，牛羊下括。肥儿急了，说，你不挑，两份全归我了。我动作干净利落，就近顺手抢了那份小鱼儿。

我觉察肥儿神色不快，有点于心不甘的味道，我说，你大我两岁，自然干得多，我再补给你一些，肥儿笑了，那脸上立即就绽放幸福的花朵。肥儿嬉皮笑脸地说，这小叔啊，岁数小，可风格高，喊定你一辈子叔了，哈哈……肥儿的笑，像珍珠溅落芦苇荡，激起一圈圈涟漪。

我为我的大度和豁达啧啧称赏。

我们无暇割草了，草草扯些苍苍芦叶，支在篮子里，覆盖着我们的鱼儿。

暮色苍茫时，我们哼着歌谣回家。

我没割草，山羊饿得咩咩叫，可奶奶照例没有骂我，更没有打我，只是无限亲昵地说句，这顽劣的孩子，啥时候能不调皮啊！

奶奶亲自下厨，用自家压榨的菜籽油面煎小鱼，用朝天椒、花椒、麻椒作料，熬制了味道精美的小鱼汤。

我有些疲惫，有些饥饿，狼吞虎咽地风卷残云，一会儿，我大汗淋漓，直呼痛快。奶奶看到我的吃相，慈祥地笑了。奶奶命我为肥儿送碗鱼汤，说，水里泡半天，易受寒，鱼汤驱寒的。

月亮升起来了，月光如水。我躺在芦苇席子上，惬意、愉悦。慢慢，我酣然入梦，梦中我还清晰记得，来自许洼芦苇荡的鱼的鲜美使我的味蕾翩翩起舞！

故乡的味道，积淀在我的心灵深处。

还有一件有关鱼的往事。

小时候，许洼村的我、肥儿、长海是形影不离的，村里人戏谑地喊我们“铁三角”，只要见到其中一个，那俩就不会远走。

上学了，只读那有限的几本书，无休止地做作业，日子白开水一样单调乏味。

暑假是隶属于我们的幸福时光，芦苇荡是我们美丽的天堂。

躲避着家人去芦苇荡酣畅淋漓地洗澡，我们赤条条的身子撞着鱼，鱼儿惊吓得落荒而逃，我们胜利地欢呼雀跃。

我们满口袋装满麦子，三人争先恐后地咀嚼，嘴角源源地流着白白的面水，相视一笑，又乐此不疲地咀嚼起来。我们跑到麦场，在太阳炙烤得滚烫的石磙上加工面筋，直到面筋黏黏，觉得可矣，然后手执修长的竹竿，去小树林粘知了。我们技艺精湛，粘有面筋的修竹悄悄靠近知了，待它毫无察觉时，猛地一戳，就牢牢地粘着翅膀，知了只顾垂死地凄厉地鸣叫，可已经无力回天了。不多时，我们便硕果累累。

我们走进村庄把断了翅膀的知了喂鸡，鸡咕咕鸣谢着，我们兴高采烈。

我提议，饿了，咱们烤鱼吧。他们欣然应允。可惜，没有盐巴，鱼味道不够鲜。肥儿诡秘地拍拍衣袋，自豪地说，备着呢。

我们用蚯蚓做鱼饵，很快就钓上两条鱼来。

我们挖了一个小土窑。两条鱼剖膛、去脏、撒盐巴，夹上从根爷那儿偷来的大葱，然后用青翠的荷叶包裹，外面糊上泥巴，架在小土窑文火炙烤，待到火候，用烧热的沙土覆埋，焖上。

一会儿，烤鱼出炉了，鱼香、葱香、荷叶清香交织融合在一起，凝成芬芳馥郁的浪潮强劲地撞击着我们。我们自己动手，消受这空前绝后的美味佳肴。

芦苇荡的水鸟抵不住鲜美气味的诱惑，扑棱棱飞来，在这儿盘旋一阵，依恋不舍地离去，一步一徘徊。

以许洼的原野为纸，以芦苇荡的水为墨，以或芦苇或修竹为笔，以许洼芦苇荡的风土人情为素材，我们创作了一部部具有乡村标识的五彩斑斓的童话。我们阅读着乡村的书，像家乡的小树一样慢慢长大。

还有一则有关鱼的往事，这件往事是许洼村所有村民创作的。

乡村的生活是贫瘠的，乡村的生活也是单调的，即便是过年，若没有红红的春联，若没有小姑娘的红头绳，若没有谁家结婚红红的洞房，许洼村也还是水墨画一样缺乏喜庆的色彩。

许洼村的队长在芦苇荡不远处就势建一鱼塘，盛夏，把清澈的水，还有形形色色的鱼引进去，然后，在芦苇荡与鱼塘之间树一张坚韧的网，鱼儿不能漫溯到芦苇荡。

鱼塘的水温略高，鱼儿也长得快，慢慢，就依稀可见满塘鱼翻水花了。

腊月二十三，就是小年了。队长派两部水泵去抽鱼塘的水。水泵夜以继日引吭高歌，鱼塘里的鱼儿，像树上结满的果儿，令人喜出望外。

鱼儿一跃一跃的，闪烁着银白的或者淡红的光，光芒照彻许洼村民的脸庞，脸庞像涂了一层润洁的釉质。

草鱼，花鲢，红鲤鱼，活蹦乱跳地，慢慢就温顺了许多。看来，鱼儿离不开水，瓜儿离不开秧是千真万确的。

束手就擒的鱼儿，以大同社会的方式均分到家家户户。

分到的鱼儿，有的清蒸，有的红炖，有的煲汤，有的挂在门旁，彰显着许洼村的自豪与养尊处优。

小年分鱼渐渐成了许洼村一个不可或缺的仪式，是许洼村民过大年的一个彩头。

有了这个仪式，许洼村的年就有了色彩；有了这个仪式，许洼村的年生活不再像其他村庄一样死水一潭，而是波光粼粼，摇曳生姿。

许洼村最有资本解读连年有余（鱼）意蕴。

……

后来，我成了所谓的城里人。也曾出入歌楼酒肆，品尝过各色各样的鱼，也曾品味过其他地方的全鱼宴，甚至也曾暴殄天物，吃过人工饲养的中华鲟，可是，无论怎样花样翻新地吃，我都吃不出许洼芦苇荡那独有的鲜美味道。

也许，吃的鱼多了；也许，如今的鱼添加了某些东西，篡改了鱼的本色。鱼，忘记本色，也是不可饶恕的。

过年了，看到买鱼的络绎不绝，我不禁想起许洼芦苇荡的鱼儿。这时，我电话响了，是许洼村的肥儿打过来的，依旧是他嬉皮笑脸的声音：小叔，我送鱼去，芦苇荡野生的，备好酒啊，一会儿到……

夜深篱落一灯明

当袅娜的炊烟被风吹拂得渐行渐远时，已是牛羊下来，鸡栖于埘的黄昏了，悠闲的犬吠扯开了夜的帷幕，一个个篱笆院落次第燃起一盏盏灯火，乡村的夜降临了。

一盏盏灯火次第燃亮，整个乡村迷蒙在昏黄而温馨的灯光下。缕缕光芒像脉脉的花香弥漫，简陋的乡村给人一种四季如春的感觉。

那时候，我家院落里亮起如豆的灯光时，一家人围在饭桌旁，听奶奶讲述过去的故事，那故事平白如话，为我们并不富足的生活附丽上了无穷的韵味。

爷爷很少问事的，只是老黄牛一样默默地耕耘，奶奶让他早歇息，爷爷温顺地答应了。我父亲是队里的干部，日夜操劳，奶奶知道父亲疲惫不堪，喝令他早休息。

很多夜晚，那暗淡而温暖的油灯光亮，通常把奶奶、母亲和我的影子画在斑驳的墙上。那幅线条并不清晰的水墨画，至今记忆犹新。

奶奶像柔韧的藤条，永远不知疲惫似的，日夜劳作着，白天为一家八口人做好一日三餐，还要敦促爷爷扫盐土，淋盐；夜晚，燃起干柴火，火焰腾腾地熬盐，待到天刚亮，奶奶就迈动小脚，扛着还余热没散的盐，到邻近的集市上叫卖了。

奶奶是出身于乡村大家户的，一无例外地裹小了脚，但这并未妨碍她辛勤劳作。奶奶用卖盐换来的钱津贴着这个贫困的家庭。

在油灯下，或者说映着熊熊的火焰，我乐此不疲地读书，一直陪伴到深夜，为此，奶奶很喜欢我，她看我时，我有着被阳光照耀的温暖。

乡村的夜黑魆魆的，别人家的灯火渐渐熄灭，而我家的灯火把夜绵延得很长，很长……我学累了，到庭院里站一站，仰望天空，月朗星稀，天上的光与家里的灯火交相辉映，变幻出奇异的色彩，形成一道迷人的景观。

我母亲目不识丁，但心灵手巧，是裁缝的好手，被选拔到大队部做裁缝，日复一日地裁缝，为他人作嫁衣裳。别人靠在田间劳作挣工分，母亲靠裁缝养家糊口，母亲的劳动强度很大，挺辛苦。

当母亲赶到家时，常常已是繁星满天了。母亲不顾辛劳，帮我奶奶烧火熬盐。我记得，奶奶与我母亲婆媳关系极好，我从没见她们生气吵嘴。

母亲很朴素，任劳任怨，对爷爷奶奶充满孝心，对她的孩子永远都是一腔的慈爱，我奶奶很满意。母亲很少说话的，母亲梳着两条黑的油亮的长辫子，奶奶很喜爱她。

有时，遭到阴雨天，奶奶就不熬盐了，母亲也不去裁缝了。奶奶纺棉花，织棉布；母亲为一家人一针针一线线纳鞋底做布鞋；我在如痴如醉地读书。

雨天的夜，点点雨声渲染的夜很是宁静，我的篱笆院落里依然一点灯火，照得我的心里亮堂堂的。那盏灯火红红的，为乡村的夜披上一层温暖的衣衫。

有时候，奶奶和母亲不在家，我点亮灯火，沉浸在书的境界里，感到心里很幸福，那书里的文字也像一点点灯火，让我温暖，为我呈现了一个全新而美好的新境界。

我好像一直在黑暗中游走，蓦然发现，书的灯盏为我散发光芒，心里有了奔头。抬头仰望星空，月亮挂梧桐，群星闪烁，点点星光诱惑我浮想联翩，欲罢不能。

从此，我更执着于读书了。

那时候，没有钟表，有时只凭窗外的光亮程度判断天是否该亮了。

尤其是冬天，夜尤其漫长，加之月光如霜，很早很早我就起床了，我端走了家里的油灯，我用透亮的纸张糊一个灯罩罩住，使凛冽的寒风吹不灭我暖暖的灯火。

我走出篱笆院落，高声喊一句："上学了！"一会儿，全村的孩子听得命令似的挎着花书包，端着油灯，涌向了学堂。

天上有银河，我们这些孩子的灯火汇成灯的河流，在大地上汹涌流淌，像地球红红的飘带，舞出最美丽最梦想的风景。

我们的小手冻得紫芽姜一般，我们这群孩子的心却暖如灯火。

红红的国旗还没有伴随太阳冉冉升起，简陋的校园已飘满琅琅的书声。

老师夸奖，我们许洼村的孩子很爱学习，一定会有出息的。从此，我们的心里就埋下了希望的种子，这粒种子慢慢生根发芽。

整个冬天，从我们的许洼村到学校路途上，每一个白露为霜的凌晨，都一如既往地流淌着灯火的河。

奶奶在我仰望星空之后，与我母亲窃窃私语，这孩子执着地抬头看天，很有志向的。母亲点点头，我发现母亲嘴角绽放了不易觉察的笑容。

篱笆院落的那点灯火，一到暮色苍茫时分，就及时地点亮了，就像春风吹拂，花儿绽放一样准时自然。

奶奶或者说母亲为我点燃的灯火，让我品味了人间温情，也为懵懂的我照亮了前方的路途，使我矢志不移地行走下去。

那点灯火，那点微弱的灯火，只点亮了黑夜的一隅，启迪我开拓疆域更辽阔的漫漫长夜。侥幸我没有完全淹没在黑夜里。

我仰望苍穹，仰望星空，行走在大地上的平淡无奇的我生出强劲的翅膀，我坚信我要在美丽星空下翩翩起舞，舞出一个乡村娃的灿烂梦想。

油灯下，双鬓染霜的奶奶依然为这个家操劳着，母亲业已朱颜辞镜，脸上爬满皱纹了，我依然故我地读书。

有一段时间，我走向大自然，看万里平畴，欣赏翻空白鸟时时见，照水红蕖细细香的佳境……

我开始逃开奶奶和母亲的视野，偷偷地到池塘里洗澡，偷偷地爬到树上掏鸟窝，偷偷地牵着我的忠诚的"小黑"到无垠的原野撵野兔，游玩得意兴未尽，乐不思蜀……

最终，劣迹还是败露了，那个很赏识我的很美丽很温柔的乡村女教师去了我家里。奶奶狠狠地揍了我一顿，我很坚强，没有掉一滴眼泪。我没有记恨我的奶奶。但我挨揍时，我发现我母亲已是泪光盈盈。

回到了久违的学校，我见到了那个美丽的女教师，我居然一丝也没有恨她，发现她具有从未有过的美丽魅力。

奶奶和母亲在夜幕四合时，依然准时地为我点亮那点灯火。

灯光下，我如痴如醉地读书，心无旁骛；站在庭院里，我仰望星空，遐思如鸿……

一天傍晚，我正读着书，奶奶喊我，她认真地挑大灯头，一边郑重其事地说，娃儿，我给你说个故事。我从没见过奶奶这样的神态，我也庄严肃穆地聆听。

奶奶说："我小时候，有个算卦灵验的瞎子经过我家门口，问道，你家爷爷读书读出出息了吗？"

奶奶说："我爷爷应该有出息的，可是家道中落了，成了一个种地人。"

瞎子说："你爷爷成了个种地的，可是你孙子一定会读书读出出息的，我看了你的手心，那在手心里刻着的，算卦的不会捉弄人的。"

奶奶说："从那以后，我一直铭记着，我的孙子一定有个爱读书的，一定会出息的。"奶奶说话的时候，眸子里闪烁着希望的光芒。她无限怜爱地望着我。

奶奶的话，像一粒种子种在我心里。我精心呵护着，一定要生根发芽，长成一棵郁郁葱葱的挺拔的参天大树。

我一下子成熟了，少了些许顽劣，多了几分勤奋刻苦。

日光流年，那盏油灯陪着我，读完小学，初中，高中，大学，毕业后蛰居小城，从事一种教书育人的事业。

我知道了奶奶的良苦用心。我奶奶手法独特地馈赠我一支撑杆，让我轻松地跳到我的兄弟姐妹没有到达的高度。

我由一个不谙世事的顽童成长为一个风华正茂的中年人，而为我点燃灯火的奶奶却年老辞世了，享年九十八岁。

奶奶是在甜甜的睡眠中去世的，她去世的那天是农历三月初三，是瑶池西王母举行蟠桃宴的日子。我的一个德高望重的大伯说，我奶奶去赴蟠桃宴会了，不必太伤心的。我才略感安慰。

下葬那天，骤雨初歇，天光重开，无边无际的原野一片金黄，油菜花开，我的为我点燃了灯火的慈爱的奶奶安卧在鲜花丛中，永远不会关爱我了，我潸然泪下。

我的母亲依然在家，依然住在那个篱笆院落里。几次诚恳的请求，母亲都不答应来城里居住，她说，乡村的家才是真正的家，住着才心安。我拗不过母亲，只好任其住在乡村里。

近几天，树木飘落着干枯的叶片，一片萧瑟。我回到家，见到我的母亲，母亲腰弯了，背驼了，头发斑白了，想起母亲年轻时的美丽的长长的辫子，我不由得黯然神伤。尤其是，我母亲年轻时行走疾步如风，而如今却因骨刺而步履蹒跚，我再也看不出我母亲年轻时的模样，那个每个夜晚为我点亮灯盏的母亲，那个美丽健康年轻的母亲哪里去了呢，我撕心裂肺地呐喊……

看到母亲如此衰老的模样，我好像依稀看到母亲就像那盏油灯一样，在风中摇曳，我切切实实地体味到什么是风烛残年了，我的眼里饱含热泪。

如今的城市灯火辉煌，霓虹闪烁，我却迷失在这盏灯火与那盏灯火之间。我时时想起篱笆院落里的那盏灯火，回忆起那盏灯火下的无限温情。

夜深篱落一灯明。

家在乡村

我的家在乡村，我是乡村大地上生长的一棵庄稼。

乡村很美：桑树润泽，竹影婆娑；良田万顷，喜看稻菽千重浪，跃上葱茏四百旋；小桥流水，河里的白鹅，白毛浮绿水，红掌拨清波。

乡村，童话到处流传：乌鸦喝水，小马过河，龟兔赛跑，小猴子掰玉米，小蝌蚪找妈妈，当然，大风车的故事长得永远也讲不完。大人们讲述着，我聆听着有关乡村的童话，像庄稼一样慢慢成长。

又是一年三月三，风筝飞满天。春天的大地上，我把理想放飞得像风筝那样高，摩挲着蓝天白云。盛夏，小河里、池塘里，我是弄潮的好手，像鱼儿一样自由游弋。金秋时节，看平畴万里，白白的棉花怒放，像白云飘飘；干枯的树叶，像美丽的蝴蝶翩翩飞舞，我去贪婪地捕捉。最喜欢的还是铺着皑皑白雪的冬天，欢呼雀跃的我们，掷雪球，堆雪人，谁还拿来母亲的胭脂，涂在雪人的脸上，那雪人顿时生动得鲜活起来，我们哈着冻得紫牙姜般的小手，欣喜，得意。

庄稼，春种，夏长，秋收，冬藏。一茬又一茬。

我在童话里，幸福地生活着，一年又一年。

母亲说，我要进学堂了，于是我就进了学堂。

母亲说，一棵庄稼养一个人，一棵树遮一片阴凉，养只鸡能下蛋，喂条狗可看家，人要生而有用，当时，我记得我只是似懂非懂地点了点头。

学堂里，我很专心，低矮简陋的教室上空飘荡着我动听的琅琅书声。一年一年，我家的墙壁上贴满了奖状。母亲说，我会成为有用的人。母亲说话的时候，脸上绽放着菊花般的笑容。

家在乡村，我深深地爱着我的风景如画的家。

那年，芒种前后，爷爷套两头黄牛在火一样的日头下，碾下了黄澄澄的麦子。

种粮打差，天经地义。

翌日，天还没亮，父亲和我就去交公粮了。父亲驾着车，我走在前面，牵着那头毛驴。

前面是一条长龙，待到测检我们粮食的时候，已是中午了，我饿得饥肠辘辘，累得骨头散了架似的。

测检我们粮食的，是一个姑娘，一袭红红的裙子，把她衬得很美很美，我喃喃自语，镇里人就是洋气，真是漂亮。

她轻描淡写地看看我们的麦子，简单地扔一句，麦子潮湿，麦子不干净，不收！

我们悻悻地走了，求一块空地，晾晒那黄澄澄的散发着泥土芬芳的麦子，又借了一只筛子，筛过所有的麦子。等一切停当后，那姑娘说，下班了，明天吧。说完就旁若无人地走了。

父亲和我只得在粮店过夜，我们蹲了漫长的一夜。

第二天，照例是苦苦地等候。等候时，那头拴在树上的驴子，跑了。真给害苦了，还要找驴子，还要交公粮。驴子回来了，羞赧地温顺地低着头；那姑娘还冷若冰霜，还鸡蛋里挑骨头，幸亏那个好心人为我们说尽好话，我们才侥幸交上公粮。

我好好打量一番，我觉得眼前的这个小女人还没有我的那头毛驴可爱。

父亲把故事讲给母亲，母亲无限爱怜地看着我，好久好久。

就在那时，我心里萌发了一个念头：我有点厌恶乡村了，我要离开祖祖辈辈生活过的乡村。

于是，学堂上空的读书声，响遏行云。

记得那一次，月上中天，很冷，人迹板桥霜。一家人，在月光下的旷野里劳作——把红薯塑成一片一片，然后晾晒在大地上。

天，彻骨的寒冷，我的手冻得猫咬似的疼痛，摆的红薯片几乎覆盖了属于我家的这块田地。摆放的红薯片与皎皎的月亮交相辉映，散着美丽而寒冷的光芒。

塑红薯片的声音，歌一样的优美动听，却没有休止符。

我缘着沟渠，猫着腰，悄无声息地溜回了家。等到父母发现时，我已经到家了。

鸡声茅店月。一家人干活回来，刚进村，就听到了鸡鸣、犬吠，还有我疲惫而高亢的读书声。母亲泪眼蒙眬，喃喃地说，看样子，乡村是拴不住这个孩子了。

一张张奖状铺就了我走出乡村的路。

接到大学通知书那天，我欣喜若狂。像笼子里关闭的鸟儿，终于有了自由，可以展翅蓝天。我终于挣脱了乡村的束缚，走向我心仪已久的城市，我狂呼，我呐喊。

当背着行囊离开乡村的时候，我是多么兴奋，多么得意。我趾高气扬，挥挥手，作别生我养我的乡村。

城市里，高楼大厦，笔直马路，车水马龙，红绿灯，发廊，美容院，写字楼，灯红酒绿，纸醉金迷，光怪陆离，乱花渐欲迷人眼。

我好奇，我痴迷，我用我黑色的眼睛打量着这充满诱惑而又魅力无穷的城市。

我庆幸，我成了城里人，我可以心安理得地享受城市的文明，我有资格陶醉于养尊处优的优越感里。

慢慢地，我觉得我还是一个乡下人，地地道道的乡下人。在城市，我水土不服，我顿悟：我只是生长在城市的一棵庄稼。

夜阑人静时，我默默地比较城市与乡村的区别：

城市里，几乎见不到月亮，刚刚暮色苍茫，一盏盏路灯就殷勤地亮起来了，觅不到一缕月亮的清辉；乡村的月亮，有盈有亏，盈时，月光如水水如天，亏时，像弯弓，像乡村姑娘淡淡的眉毛。

城市里，凡是有空地的地方都长满了房子；乡村，凡是有空地的地方都种满了庄稼。

城市里，做什么事情都要一遍遍地彩排；乡村，做什么事情只是一个简单朴素而诚挚的仪式。

城市里，人被时间同化得近乎古板，不管春夏秋冬，还是刮风下雨，你必须按时间到达岗位；乡下人就自由多了，想什么时候下地就什么时候下地，生活得诗意而舒展，轻盈而美满。

城市里，门挨门，面对面地住着，不知道姓甚名谁，住得近，心里远；乡村，不论住在哪个角落里，见面都可认出你，可以不假思索地喊出你的乳名，甚至对别人家的一切都如数家珍，住得远，心里近啊。

城市里，你面对的是人，或真诚善良，或口蜜腹剑，或漠不关心，应付这些，很要智慧，会搞得力不从心，疲惫不堪；乡村，你侍弄的是庄稼，省心轻松，人勤地不懒，一分耕耘就有一分收获。

城市里，干点活儿先考较多少钱，白白尽义务无论如何是不可能的；乡村，谁家有活路要做，人就自觉地去了，卖命地做活，一天干不完两天，付他钱，会惹恼他，他脸红红地说，这是干什么，乡里乡亲的。

城市里，人脸上涂着厚厚的油彩，或者戴着面具，总也看不到他们的真表情；乡村，人顶一头高粱花子，素面朝天，喜怒哀乐全朴实地写在脸上。

城市里，处处充满诱惑，像一个个倚楼卖笑妩媚的风流的风尘女子，挑逗或者撩拨你，让你热血沸腾，令你焦躁不安；乡村，一帧帧清新的风景像母亲的手摩挲着，慢慢地，使你安宁，令你沉浸在惬意里。

城市坚硬，乡村温柔。

我慢慢地明白：我是漂泊流浪在城市的游子，我思念我的乡村，我的心里弥漫着浓浓的乡愁。我为我先前那个幼稚的赌气而羞愧难当。唉！那时，我是多么聪明啊！

蛰居小城，喜读诗书。

我看出来许许多多的象形文字在几千年前，就从这块土地上像庄稼一样生长出来。一个个生动而又亲切的形象浮现在我眼前：

土，最初的样子就是一棵苗破土而出，或者一棵树站立在地平线上。

田，不仅仅是生长植物的土壤，还是纵横的阡陌、灌渠、道路。

禾，一棵直立的植株上端以可爱的姿态斜倚着一个结了实的穗子。

我依稀看到了那些使这些字具有了生动形象的人，从井中汲水的人，操耒犁地的人，以臼舂米的人。

我的祖先，祖祖辈辈在乡村的大地上种植了一个又一个生动而亲切的象形文字。

我知道乡村的大地上不仅生长粮食，还长满了诗句，“关关雎鸠，在河之洲”“轻鲦出水，白鸥矫翼”“两个黄鹂鸣翠柳，一行白鹭上青天”“鸡声茅店月，人迹板桥霜”“一水护田将绿绕，两山排闼送青来”“自在飞花轻似梦，无边丝雨细如愁”“稻花香里说丰年”“花自飘零水自流”“枯藤老树昏鸦，小桥流水人家，古道西风瘦马”，绝妙的，脍炙人口的诗句，熏陶浸染了一代又一代读书人，他们至今齿颊留香。

本来，这些字字珠玑的诗句就生长在乡村的大地上，文章本天成，只是妙手偶得之而已。乡村的大地是歌诗的渊薮。

《老子》里，老子说，上善若水。

《论语》里，孔子指着流水说，逝者如斯夫，不舍昼夜。

《孟子》里，孟子说，斧斤以时入山林。

《庄子》里，庄子看到了蝴蝶，就有庄周梦蝶的迷人故事，看到濠梁之鱼，就演绎一段耐人寻味的佳话。

这些先知先觉者，很久很久以前就在大地上采撷到有些哲学意味的果实。

“种瓜得瓜，种豆得豆，种蒺藜得刺”“瓜熟蒂落”“水到渠成”“水往低处流”“山羊跪乳，乌鸦反哺”“花无百日红”“树倒猢狲散”“杀鸡取卵，涸泽而渔”“木秀于林，风必摧之”“是骡子是马，牵出来遛遛”，这些长在泥土里的语句，熟悉得不能再熟悉，朴素得不能再朴素，却在深入浅出地诠释着永恒的真理，就姑且称之为朴素哲学吧。

乡村的大地，像打开的书页，上面写满了乡土哲学。

乡村还有这么一个好处，它使你觉得世界上的一切东西，都是有根有脉，有因有果，有条不紊的。乡村很是信赖地把大地上的一切事情交给了一个叫“节气”的名词去管理执行。

就说惊蛰吧，也不是陡然的一记惊雷这么简单。据我多年的观察，惊蛰也有怀柔的一面，它在到来之前，常常会有几个暄透的好日头，笑容可掬的样子，把藏匿于瓦砾、枯草里星星点点的残雪融掉，再把僵硬的泥土弄酥软了，然后是一记重雷。再比如霜降，它的威严是由立秋、处暑、白露、秋分一点一点铺垫起来的，只有当这些“法律程序”走完之后，它才冷下面孔说“不”。而它一旦说“不”，就是铁板钉钉的事了。乡村里的节气就是这样有规矩，也守规矩，该冷的时候冷，该热的时候热，该立的时候立，该废的时候废。然而冷与热，立与废，都令你心服口服。

天道有常，这严酷的哲学命题，只有在乡村才得以表露，得以实践，并且执行得原汁原味，不折不扣。在城市，最起码展现得不那么彻底，城市，有时就是常常乱规矩的地方。

乡村的大地，是广袤的，是伟大的，是丰厚的，是苏醒的，也是生动的。

乡村，我的家，真的令我魂牵梦绕，我渴望扑到她暖暖的怀抱。

那年五月，我回到了乡村，迫不及待，日夜兼程。

我要好好审视我的乡村了：五月的乡村是一副套色的版画，金黄的麦浪，火红的石榴花，青翠的黄瓜藤蔓，蓝蓝的天，白白的云，还有天空中飞翔的催促“割麦插禾”灰色布谷鸟，驻足这幅自然而鲜活的画卷前，我依依不舍。

我在田野上行走着，进行着邈远的想象，广袤的大地是硕大的书页，一行行整饬的庄稼，就是大地上绿色的语言，一棵棵树，一条条河，一片片芦苇，就是绝妙而恰如其分的插图，而潺潺水声和啾啾鸟鸣，使乡村的大地永远苏醒着，传送着永不消解生命的律动。

夕阳西下时，我看到那晚风中的炊烟，怎么看都像是一幅悬腕挥就的狂草，云烟尽态的样子，该虚的地方虚，该实的地方实，那是我们在绢纸上无法做到的，可谓真正的“天书”了。

乡村的大地是一本无字大百科全书，召唤着人类观察，启迪着人类思索，让人类由懵懂走向文明。这本书常读常新，供给你所需的一切，她需你一生潜心阅读，永不懈怠。

诗人见诗句，画家见图案，哲学家见思想，音乐家得天籁，书法家得行云流水的流畅。

我对我的乡村顶礼膜拜。

我不得不回到城市，并按城市的生活方式生活。我发现，乡村供应城市的是清流，城市流回去的却是污水；乡村给城市的是宽容，城市反馈的却是伤害。城市高耸而挺拔的烟囱，汩汩地排放着烟尘，把乡村上方湛蓝湛蓝的天空复印得暗淡而模糊。城市扬言使乡村更美好，而可爱美丽的乡村却被城市蹂躏得满目疮痍。

城市这只势头强劲的蚕，正饶有兴致地吞噬着乡村这枚肥美的桑叶。

真的没有了乡村，就没有了粮食，没有了诗篇，没有思想，没有规矩，没有了天籁，也没有了人类心中的宁静；真的没有了乡村，我就像那飞舞的红蜻蜓，永远也找不到才露尖尖角的小荷来栖息。

不久，我就会找不到回家的路，焦虑、迷茫；或者，成为无家可归的羔羊，怅然若失，潸然泪下。

梦中，我撕心裂肺地呐喊，乡村，我的乡村呢！

小　说

芦苇荡纪事

芦苇荡很大，日月之行，若出其中。芦苇荡很美，天光云影共徘徊。不大也不小的许洼村傍水儿坐落着，不知送走多少岁月。

村头的院落里，荷叶啜泣着，很伤心。丈夫水生套着村里的小红马小青马两匹好马，跟村里的老把式欢根去城里卖瓜，水生新手上路，见车来车往慌了神，该减速偏偏喊了加速的号子，两匹好马蹄子奋起，一路奔腾，马车颠簸，水生摔下来，摔伤了脊柱，家里的支柱塌了，荷叶绝望地悲痛欲绝地望着天，依旧不住地啜泣。老把式欢根无颜见许洼父老，没及到家，就投芦苇荡自决了。

说来，村里的两匹好马是轻易不用的，只有队长去公社领奖，只有谁家娶媳妇，只有去城里出差，才可以同时起用它们。就像焦点访谈，只有报道重大事件，才起用敬一丹一样。

水生，就是用这两匹好马驾着油漆得锃亮的马车，把漂漂亮亮的荷叶娶回许洼村的。

水生老实木讷，荷叶是邻村一家地主的女儿，很有能耐。队长怕水生领不住荷叶，队里面有事情，常让水生出马，好让他风光风光，也好让荷叶心里亮亮的，暖暖的。

水生出去卖过苇叶，销过莲藕，售过许洼有名的苇席，一路风光，每每领回现金补助，凯旋，交给荷叶，荷叶也心安理得了。队长对着芦苇荡笑了，用清澈的湖水照一下，自己的模样还是蛮不错的，抬头望天，天蓝云白。

这几天，队长白了中年头。他力排众议，决定给予水生满工分计酬，以缓解其家庭经济压力。

荷叶常常以泪洗面，一个活生生的，力壮如牛的年轻后生，说倒就倒下了，地里的活还要做，回家来不及歇息，要拉扯两个孩子，八岁的儿子，六岁的女儿，还要伺候永远倒在床上的水生。

荷叶苍老了许多，脸上笑容难觅。

荷叶不想老待在家里，她想提着篮子下地，散散心，照照清澈的湖水，看看自己的模样。队里给的那点药费杯水车薪，水生看病需钱，荷叶不好开口了，只是心急如焚，加之，自己身强力壮，欲望燃烧，水生又如同一个废人……

夏天，芦苇荡江水泱泱，芦苇苍翠欲滴，荷叶如盖接天，风光旖旎。

荷叶有了一个念头，扯些苇叶去芦苇荡那边的集市上叫卖，挣些钱给水生抓药，想到这，她有些惴惴不安，毕竟那时还不允许自己撇开集体做买卖。

荷叶决定铤而走险，但是，还是有些犹豫不决。把孩子还有水生放在家里，荷叶只身一人走到芦苇荡，看着这如画风光，心潮难平，想想以前的幸福生活，心里有如许的温暖，回想眼下的境况，真想跳水身亡……

碧天如水夜云轻。芦苇荡旁边的草庵里飘来悠扬的二胡声，如泣如诉，令人抑郁感伤。

拉二胡的是大民，大民是许洼村地主的儿子，善良聪明，因出身而不善言辞。人长得仪表堂堂，因出身，娶不上媳妇；因出身，不能考大学；因出身，不能披红戴花去当兵；因出身，不敢走出许洼。当时的中国，没有地主儿子生存的土壤。

大民有灵性，喜爱自然风光，主动要求在田野间建一茅舍，看管庄稼。大民还说，许洼村有许多人，到芦苇荡那边串亲戚，要转很远的路，自己用木筏子摆渡，不收费。队长毫不犹豫地答应了。队长很惭愧，因为大民娶不上媳妇，因为大民不能前程锦绣。大民见队长抽屉里有一打为自己开具的证明信，还有红红的印章，公社风声紧，大民只好百无聊赖地待在这里。

大民心里也是天光云影共徘徊，心里酝酿着情感，不敢表达。

村里有个瞎子，弦子拉得出神入化，炉火纯青。他喜欢在夏天的夜晚，在村里，在芦苇荡边，拉起心爱的二胡，在没有任何娱乐的贫瘠年代，悠扬婉转的二胡声就足以快乐村民的心灵了。

大民拜瞎子为师，大民很专注，很快就拉得像模像样了。瞎子很快慰，心平气和地说，有了大民，许洼村就不寂寞了，那把二胡就像三月骀荡的春风拂去盘桓在许洼上空的凄凉落寞。

月光如水水如天的夏夜，老瞎子与大民的二胡同时响起，琴瑟和鸣，许洼村就拥有了快乐和幸福，同时也拥有了村庄的防伪标记。

以前，听到二胡声，荷叶心有戚戚焉。尤其是大民的二胡声，让她心旌摇荡，幸福无比。自从水生摔伤，荷叶再也没有心思聆听了，荷叶的生活没有了亮色温暖。

老瞎子老了，慢慢拉不动了，老瞎子驾鹤西去了。

埋葬老瞎子时，许洼的村民缅怀老瞎子，都来送葬了，村民回忆起老瞎子带给人们的幸福生活，一个个痛哭失声，大民一边涕泪涟涟，一边拉起二胡，渲染得哀乐低回，把老瞎子的葬礼演绎得如此庄严肃穆。队长破例为老瞎子三鞠躬。

荷叶听得大民的二胡声里，有对老瞎子的亲切怀念，更有自己心事淋漓尽致的倾诉。

荷叶，大民，都是地主子女，上小学时，他们同一个班级，老受别人欺负，常受别人谩骂，人们把鞋子常投向他们，大民老护着荷叶，那些感觉良好的赤贫子弟见状，就恣意地喊道，大民小地主，荷叶地主婆，然后笑着走开了。

大民，荷叶受尽了屈辱，敢怒而不敢言，只好忍气吞声。一天天，他们有了同是天涯沦落人的感觉。

荷叶嫁到许洼村，他们有意不照面，以免尴尬，以免心事重重。民风淳朴的乡村容不得伤风败俗的风流韵事。

这一夜，荷叶专心致志地聆听，听着听着，就潸然泪下了，为防止自己痛哭失声，荷叶掩面跑回了那个令她伤心的院落。

芦苇荡边，大民的二胡如怨如慕，不绝如缕。

荷叶家里揭不开锅了，甚至连称盐灌油的零花钱都没有。水生木讷，也急出了话来，发自肺腑地说，荷叶，嫁给水生，难为你了，看见家里这样，看你愁容满面，我心像针扎一样，男人不能让自己的女人幸福，活着都没有脸面，下辈子我做牛马报答你吧，现在，我是欲死不能啊，说着，水生大放悲声。荷叶，急忙捂住大民的嘴巴，说，别哭，别人听到了，笑话，孩子听到了，会伤心的。这是荷叶的命啊！

自此，水生无奈，水生心如死灰。

荷叶心里想，水生是自己的男人，要心疼他啊，要抓药看病啊。

荷叶到芦苇荡扯苇叶去了，扯了满满一篮子，很沉重，在这里是卖不出的，这儿不稀罕苇叶，使用时，家家都能扯几把新鲜的。荷叶想到芦苇荡的那边去卖，却束手无策。

荷叶求助大民，大民就用木筏子载荷叶而去。一路上，他们相顾无言。水面，波光粼粼，天空，水鸟翻飞，荷花艳艳的红，像熊熊的火焰。

荷叶得胜还朝，她是提着篮子走家串户卖的，没人发现。用钱抓了药，心里稍稍释然。

荷叶想一趟是一趟的事情，有木筏子，还是多扯一些。

这天，大民帮荷叶运了苇叶，大民帮荷叶叫卖苇叶。这么大张旗鼓地，弄出了动静，芦苇荡那边的集市上出动了民兵，抓了他们俩，还上绳捆了，罪名是假公济私，这尾巴是一定要割的。

队长闻讯而至，与对方交涉。队长振振有词，荷叶家的是工伤，队里没钱给他看病，村里研究决定让她自卖苇叶，挣钱为水生治病。至于大民，是地主羔子，惩罚他好好帮助荷叶，好好地接受劳改。

对方理屈词穷，无言以对，还连连道歉。队长领他们回到许洼村，他说，大民，我骂你是地主羔子，也是迫不得已，言不由衷啊，不要怪罪。

队长说，这事到此为止，不得再做声张，不是啥光彩的事情。

大民回到茅庵里，又拉起了二胡，说尽心中无限事。荷叶精心地照顾孩子，护理水生。

大民有智慧，心里急荷叶所急，又要帮助得不露声色，他计上心来。

夜深人静时，大民扯了很多很多苇叶，屯在茅庵里。然后用木筏子运到邻近村庄的一个亲戚家里，亲戚再小心翼翼地送到关系密切的邻居家里，收点钱，再转给大民。

大民把钱还有从芦苇荡里采来的饱满莲子，趁着夜色，趁着拉二胡的时候交给荷叶。大民无限温柔地说，荷叶，你受苦了，这点钱，给水生抓药，这莲子熬在汤里面，给水生补补身子，我也帮不了你多少，唉……

荷叶心里碧波荡漾，涌起许多甜蜜，眼里也泪光点点。很久没有人这样体贴自己了，水生一味地自责，反而使她疲惫不堪，了无情趣。

荷叶接东西时，触到了大民的手，她索性大胆地握住大民的手，就像上小学那样。大民猝不及防，不知所措，唯唯无语。

荷叶说，很早时，俺心里就有你，可俺娘说，荷叶要是嫁给大民，可这日子怎么过啊，两个地主的孩子，啥年月才能抬起头啊，俺才死心。

大民说，是的，我也是泥菩萨过江，顾不了你的，还给你添灾难，让你雪上加霜啊。

荷叶说，老一个人过，也不是个办法啊，连一个缝补浆洗的都没有。

大民沉默不语。荷叶说，我走了，家里还急等着我呢。

大民没有送荷叶。大民拉起了二胡，一串串音符洒落在芦苇荡里，大珠小珠落玉盘。

荷叶，辗转反侧，夜不能寐，他想起了大民，大民触摸她时，那温暖还滞留在手上，大民的清澈像湖水的眼睛出现在眼前，荷叶莫名地兴奋起来，真想投入大民的怀抱，享受幸福甜蜜。

荷叶是敢想敢做的人，他去找大民，要大民用木筏子载她去芦苇荡深处。大民举棋不定，荷叶说，你是队长钦定帮我的，再说，我还有急事，误不得的。大民看看荷叶，看到她眼里迫不及待的渴望，乖乖地去了。

荷叶让大民划向藕花深处，荷叶说，水生喜欢喝莲子粥，再采莲子吧。

荷叶低头弄莲子，莲子清如水。他们采了许许多多的上乘莲子。

然后，荷叶斗胆说，我很长时间没有洗澡了，今天湖水暖暖的，你帮看着人，我好好洗洗澡，放松一下，警告你，不许偷看我……

还没等大民走远，荷叶就宽衣解带，像一条白鲢鱼跃进了水里。

大民很老实，很听话，划着木筏子在远处逡巡游弋，为荷叶护航，不肯接近半步。荷叶急了，大声惊慌失措地喊道，有水蛇喽。

大民急忙划过去，荷叶安然无恙，知道荷叶骗他了。大民打量着水中的荷叶，荷叶真的很美，就像一朵荷花，在风中摇曳，风情万种。

阳光和煦，天蓝云白，大民还是第一次欣赏这样绝妙的风景，这已经让他刻骨铭心了。

荷叶穿好了衣服，显得楚楚动人，顾盼生姿。荷叶说，大民来啊，我喜欢你。大民胆战心惊，不敢近前，荷叶说，你看了俺的身子，就该听俺的，就这一天，一天。

大民去了，捡一片小孤岛依着荷叶坐下，他已经心如止水，任其摆布了。

荷叶说，今天我跟你。说着，拉住大民的手，摁在自己的圆鼓鼓的胸脯上，两眼盯住大民，双眸里流溢着无限的期盼。

大民顾不得什么了，把衣服扯下来铺在地上，急不可耐地扑上去。他们幕天席地，享受生活，大民势如破竹，所向披靡……惊起一滩鸥鹭。

大民怀着一种负罪感，送荷叶回家，荷叶从容镇定，泰然自若，好像什么事也没发生一样，大民没忘记从茅庵里拿出风车，轻轻地说，水生有灾，无辜的孩子也遭罪，孩子应该有斑斓的童年的，我扎的风车你送给孩子，给孩子一点色彩吧。

荷叶欣然接受了，衷心地说，你给我了一辈子从未有过的幸福感。

夜里，大民又拉起了二胡，那飘荡在原野上的二胡声宛若小桥流水般舒缓，明快，自然。队长喃喃自语，大民心里不再沉重如铁了。队长想了一番，茅塞顿开，大民这孩子可能兔子啃了窝边草，可不能愈演愈烈了。

队长说，大民，总不能一直孤家寡人，我想方设法为你张罗个媳妇吧。娶个媳妇拴住你，好好过日子吧，有人跟你最合适，可命里没有不可强求啊，认命吧，大民。

大民听出了言外之意，没解释什么，淡淡地说，麻烦您操心了。

荷叶不是那种得陇望蜀的人，慢慢消停了，只是夜里迫切地渴望，白天还是一如既往地辛辛苦苦。

队长得知芦苇荡东面的村子里有个家户，伤了当家的，女人模样也周正，也愿意再嫁，就说给大民，大民毫不犹豫地就答应了。大民聪明，知道与荷叶是没有结果的，夜长梦多，纸里包不住火，败露了，对谁都不好，况且，队长已经旁敲侧击了。

大民依然在暮色苍茫时分，拉起心爱的二胡，二胡声里弥漫着哀婉的情绪。

公社已经开会传达了上级精神，生产队即将不复存在了，土地联产承包，公有财产分至每家每户……

队长找一块上好的宅基地，建一处院落，为大民安家落户。

得知大民要娶亲，荷叶竟然出奇地平静，心里说，大民早该成家立业了，有个女人在家，也好热汤热水的，大民就不再受苦。

大民要娶媳妇了，夜里还是二胡声，荷叶能听出其中的奥妙。

荷叶回了娘家，苦苦央求娘说，亲娘呀，为大民剪一套窗花吧，你是方圆几里有名的一把好剪子。

娘知道荷叶心里苦，就顺从地剪呀剪呀，剪出了乡间最朴素最诚挚的祝福。连(莲)年有余（鱼），花好月圆，花开富贵，百鸟朝凤……女儿出嫁时，娘才剪出这厚重的礼物。

荷叶趁着月色，送给大民，荷叶投入地亲了大民好一阵，就步履沉重地走了，月光下，大民看见她粉泪盈盈。

大民娶亲了，许洼村套上小红马小青马两匹好马，风风光光，体体面面地把大民的媳妇藕莲娶来了，藕莲一脸幸福地做了大民的新娘。新婚之夜，藕莲说，你拉一手好二胡，今晚送我一曲吧。

大民聚精会神地拉着，藕莲听出了喜庆，也品味出一丝淡淡的忧伤。

大民不再住在茅庵看庄稼了，可是还出没芦苇荡，帮人摆渡。

荷叶偶尔还要坐在木筏子上，走娘家。荷叶每每打扮得唇红齿白，光彩照人。荷叶有时问道，藕莲对你好吗，你把咱俩故事说给她了吗？大民如实回答，看得出荷叶是有胸怀的人，永远拥有作为地主子女的高贵和矜持。

日子像流水一样慢慢地流淌着，时而有大民的二胡声飘荡着，许洼人各自过着各自的生活。

队长终于如释重负，许洼村的队长年年披红戴花，领回红红的奖状。许洼口碑好，民风淳朴，是个口粮殷实的村庄，是个有零花钱的村庄，是个小伙子都能娶回媳妇的村庄。

其中的惊险，只有队长体验，其中的愁苦，只有队长咀嚼。村干部不好当啊。

芦苇荡那边的生产队率先解体了，土地分到了村民的手里，每个院落里的当家的都是队长了。

听惯了铃声，习惯了队长指派的村民，顿时觉得群龙无首，不知所措，哪块地里种什么庄稼都一无所知。

许洼的田地也分了，连同小红马小青马也分了，害得饲养员看着自己饲养了十几年的牲畜被分了，忍不住伤心，忍不住长吁短叹。

队长也在芦苇荡旁边的歪脖子柳树下，宣布辞职，解甲归田，一身轻松。

只是生产队里的一堆豆粕还没来得及分开，准备沤作肥料，每家每户按斤两分配，好做春作物底肥。

一个细雨霏霏的夜晚，邻村的村民，趁着雨密天黑，用马车偷走了许洼村的最后一份公有财产，许洼村的村民从没有让人这样欺辱过，纷纷找到队长谋求解决方案。

队长说，我已经下台了。村民执意恳求队长过问此事，队长出山了，按图索骥，顺着车辙找到了盗贼处。

村民欣喜若狂，把偷走的豆粕拉回了许洼村，还有毛头后生牵走了盗贼家的猪羊，拉走了盗贼家的粮食，队长竭力制止，已经控制不了局面。

让人不可思议的是，竟然杀掉了盗贼家的猪羊，每家每户欢欢喜喜的像过节日。

队长说，这是覆水难收啊，看来，我是在劫难逃啊！

队长一直是谨小慎微，一直是与人为善，可他是风头占尽许多年啊，领奖时，许洼的队长春风得意，而其他队长都是绿叶衬红花，一直耿耿于怀。这次，他们纠集在一起惩治许洼村的队长，理由是，作为多年的党的干部，刚下台，就泄私愤，聚众打砸抢……

派出所也不敢轻慢，火速上报到局里，局里也是研究了几个深夜，最终要处理。

许洼村的芦苇荡是没法分的，队长还以领头雁的身份带领大伙劳动，卖芦絮，编苇席，刨莲藕，捕鱼虾。

那天，雪花纷纷扬扬地飘着，队长正带着群众捕鱼，准备张灯结彩过个年。一辆绿色的挎斗三轮摩托车停在了芦苇荡，那个肥头大耳的穿蓝警服的警察为队长戴上手铐，把许洼村的队长带走了，群众一直没有回过神来，只是质问，偷了许洼村的东西，还抓许洼村的队长，还有天理吗？

村民迫不及待地套上小红马小青马，一路疾驰，直奔派出所。村民一问，所里说直接送到了县局里。

小年了，许洼村民自发地套上两匹好马，带着新年的白面馒头，带着芦苇荡里产的炸鲤鱼，带着莲子，还有一盘长长的大地红鞭炮，开赴城里。

县里领导是欣赏许洼村队长的，经特批，许洼村民可以破例见见队长。

村民一个个内疚，一个个惭愧，一个个发自内心地忏悔着。

队长爽朗大笑，别伤感好不好，大过年的，笑起来！村民一个个笑得比哭还难看，很不自然。

队长放达地说，在这儿好呀，一日三餐送着吃，在许洼从没有的待遇。到医院没好事，可在医院生出个大胖小子就是好事，蹲监狱不光彩，可是许洼村的队长不贪不占，不奸不淫，没有见不得人的地方，当当城里人多好呀，别人有机会吗，一年半载就回家了，不是啥大事情，真对不起大家，大冷天的害得你们连年也过不安生，你们快回家，替我为许洼村的村民拜个年，替我为大伙道个歉，过年了还让他们牵挂！

村民说，带来一盘大地红，是想让你与我们一起过大年。大地红噼噼啪啪地响了许久，红红的炮皮铺满了偌大一个院落。民警说，很少见队长这样深得人心啊！

暮色四合时分，小红马小青马驾着马车抵达许洼村了，芦苇荡旁边，守候着许洼村的全体村民……

梦里红荷

鸟儿的啁啾，粒粒丢在夜的湖泊里，荡起一圈圈的涟漪。

鸟声击打着我的窗，我从安然的梦中醒来。夜很黑，我循着一粒鸟鸣想起芦苇荡。不知不觉，芦苇荡的水涓涓流来，往事也水一样肆无忌惮地涌来……

芦苇荡里翠苇红荷，可是，芦苇荡有那轮孤月年长吗？没有人说得出。那个称作许洼的村落的村民是土著还是从山西由洪水冲来的，史上也没有记载。

孩提时，我就知道有一泓广袤浩荡的清水，水里有翠苇红荷。许洼的孩子都是弄潮的好手，跃进水里，鱼儿一样自由游弋。

芦苇荡的水很清，村里人掂根扁担，担两只木桶，就打来了水，要是夜间，还能捎回两轮白胖胖的月亮。

芦苇荡水不自私，不吝啬，浸透万里平畴，芦苇荡一带每每风调雨顺，五谷丰登。许洼村的粮食吃不完，就源源不断地输送到一个叫作城的地方。许洼人不知道城啥模样，是不是像翠苇那样坚韧像红荷那样艳丽，可是许洼人很自豪，很豪迈。

听根儿爷说，芦苇荡畔人杰地灵。芦苇荡虽然天高皇帝远，可也风景宜人，民风淳朴。茫茫平原蓄得一泓清水，这是难得的造化。

根儿爷说，这一带的村庄常常是人才辈出。私塾先生饱读诗书，在芦苇荡的学堂里教读“关关雎鸠，在河之洲”，天籁般回荡千年；郎中深居斗室，望闻问切，为乡人绂除疾病，包得安康祥和；出个拉夫做丁的，也义薄云天，绝不会为芦苇荡丢人现眼。

根儿爷说，许洼村相去不远的一个村落，有一个地主少爷，拥有良田百顷，可他生性不安分，别家离舍，肥肥的产业视若粪土，做了壮丁。临近解放时，他已经在国民党的队伍里混得人模狗样了，可是再安土重迁，可是也身不由己，被裹挟着糊里糊涂地去了台湾，后来又去了印尼什么的……

我爱芦苇荡，这里有翠苇红荷，有动人优美的童话，有春夏秋冬，有日出日落，有驮着暮鸦缓缓归来的黄牛。

当然，芦苇荡最富有的是歌谣。结婚时，一个岁月消不去风韵的女人，端着一盘五谷杂粮，还有板栗红枣。那女人念念有词：一把栗子一把枣，小的跟着大的跑……不知是歌谣的魅力，还是芦苇荡的水土养人，芦苇荡畔出生的孩子一个个生龙活虎，凛凛生威。

可是，有一个麦收时节，我改变了看法。不是芦苇荡不美，也不是我翻身忘本，确实，我很恼羞成怒，我不做任人宰割的羔羊了。

还鸡声茅店月呢，我就与父亲兴高采烈地套上可爱的小毛驴去乡镇粮店交公粮了。我们饥肠辘辘，估计小毛驴也唱空城计了。我们耐心地等啊等啊，谢天谢地，终于可以交红红的或者黄黄的麦子了。许洼人的自豪感又要油然而生了。

那个年龄不大，打扮得妖冶可还没有脱离坷垃味的女人，面无表情地说，麦子湿，麦子还瘪，拣干的饱满的粮食来。她不屑地连看也不看我一眼。我气得七窍生烟，心里骂道，还没有芦苇荡的鳖好看，就这么大火气，成精了，还不吃了乡村人啊。我无意中看见拴在远处的小毛驴，心想你还没四条腿儿的毛驴好看，呸！我重重地吐了一口。

我腿像灌了铅似的无功而返，我的小毛驴无限温情摩挲着我。我决绝说，不管芦苇荡风光多美，我不会一生一世依偎着她。我要离开这里，奋斗到那个让人遐思如鸿的叫作城的地方。

芦苇荡的诗情画意，许洼村的隐忍坚毅，乡村的淳朴善良，我的不共戴天，这一切汇成一股波涛汹涌的洪流，我乘着来自故乡的船，漂进了神思梦绕的城。

恍惚如梦，我兴奋着，我成了一个飘扬在城市上空的风筝。我以一个乡村人的身份蛰居城市，鸟瞰所谓的城。我乐不思蜀，我盲目地生存着，梦里不知身是客……

人可能有喜新厌旧的劣根性，做了城市人不久，我就觉得城市这个由乡村哺育的孩子很肤浅，很单调，一条条宽阔的马路，一座座高高的楼房，一缕缕笑容都像克隆出来似的千人一面，了无个性，了无底蕴。跟我的芦苇荡相比，有云泥之别。芦苇荡的水鸟自由翻飞，翠苇随风摇曳，荷花十里红到门，我慢慢蔑视城市，就像粮店的那可恶的女人蔑视我这乡下人一样。什么城市，让乡村更美好，简直扯淡！城市，让乡村更糟糕可能更合适一些。

作为城市里的一棵庄稼，往往水土不服。我知道，芦苇荡的芦苇就是逐水而生，生命力蓬勃盎然。我要做一根芦苇，而且是一根会思想的芦苇。

我思忖：城市这个庞然大物，会用履带粉碎我的。可是我有芦苇荡这部大书，我透彻了芦苇荡写满的生存哲学，我暗暗萌生了挑战的念头。

我想，我不是那个骑着马单挑风车的堂吉诃德……

城市简直就是一个无赖，几乎不中道生活。

本来水到渠成的事情，偏偏节外生枝；该升迁的本来是德艺双馨的出身乡村的精英青年，经过漫漫长夜，坐高位却是名不见经传的官二代。还有，那一个个女人脸都被岁月腐蚀得千沟万壑了，还要抹啊，涂啊，弄得像没上好釉的陶器惨不忍睹。城市的官员越活越年轻，查查户籍，年龄比他儿子还小。城市人很聪慧，夜夜做着螳臂当车的美梦。偶尔，完成一回，更激发了他们的雄性，他们可以翻云覆雨，可以偷梁换柱，甚至可以狗吞日月改天换地。国人的智慧都耗在了城市的博弈中。

我每每逃过厄运。我虽然有绝处逢生的欣慰，可是更多的是劳顿困乏。我还知道，城市对乡村不会俯首称臣的，他更不会善待乡村这位饱经沧桑的老母亲。当然，我周遭的人对我充满排异的情绪，他们的伎俩就是党同伐异，可是我心灵深处是不甘心做一个所谓城市人的。

我像芦苇一样不屈不挠。可是我的胜利换来的是他们变本加厉的报复。芦苇荡的美好激发出城市的穷凶极恶，这让我不寒而栗。

还是，偃旗息鼓吧。城市满意地笑了。

我不能陪他们玩政治了，我知道乡村的玩不过城市的，有底线的玩不过没有底线的。我不是地痞，我不是流氓，我也不是无赖。我是芦苇荡的芦苇，苍翠而柔韧，我是芦苇荡的红荷，出淤泥而不染濯清涟而不妖。

梦里不知身是客，我在城市在随波逐流里恪守清高。

芦苇荡是心灵的栖息地。可是我不会轻易地返回故土，乡亲灼人的目光会令我无地自容——许洼从没有出过败将。你可以被毁灭，不可以被征服。

我心力交瘁。我渴望温情的滋润。我这片大大的荷叶上没有妩媚的阳光照射，找不到光与影的和谐。我这根高高的芦苇耸立着，没有哪怕一丝微风拂来，绘就一幅俯仰生姿的画卷。我像蝴蝶彻夜飞翔可是总也找不到可以歇息的花丛。

我像一个登到顶端的人，高处不胜寒，不闻人语声，只听得星辰说话。

我独饮这份孤独，这份寂寥。这情绪像毒液流遍我的全身，我压抑得气喘吁吁，奄奄一息。

我渴望城市里那个霓虹闪烁的地方，那里很暧昧，那里很温香，那里销人魂魄，最重要的可能是有来自乡村的姑娘，能给予我一丝散发乡土气息的抚慰。

我出来了，愁苦像蚕茧一样束缚我。我狠狠地骂自己，真是一头畜生！乡村人欺负到乡村人头上来了。

黑夜如墨，我在飞翔。无论哪一个地方，看起来都无比美好，一走近，一例的是灼伤我，使我茫然无措。

妻子看我没有生机，也没有了来自乡村的坚忍不拔和旗开得胜，吓得没了主张。女子生性善良，膜拜基督，祈祷上帝。保佑我生着能逢凶化吉，死了进得天堂。

我对糠糟妻是满怀感激的，她与我风雨同舟，她为我祈祷福祉。

我想与一个来自乡村的女同事夜间去田间散步，心里火焰奔突，却只能做得静如止水；我想与佳丽读书泼茶，沉浸文字境界，可只能是一种奢望；我渴慕蒲松龄笔下的鬼魅世界，一个个不食人间烟火的妩媚女子，千娇百媚，风情万种，我做得了一个真实的本真的自己。

每当我想在爱海情波里漂泊时候，睁开双眼，总见得妻子的剪影，她虔诚地跪着，默默地祈祷，为我赐福。我心底艰难拱出的嫩芽，被妻子以宗教的名义扼杀了。

我害怕报应，我畏惧轮回，我惊恐以后坠入黑暗的地狱，接受斧锧烫镬之刑。

我的心底彻底荒芜了，什么样的种子也不会生根发芽了。我的心滚滚荒漠，漫漫黄沙……

我感喟：诞生宗教的人一定是一个谙熟孙子兵法的人，可以不战而屈人之兵。我像一只蚯蚓默默地沉潜于黑暗潮湿的世界。

芦苇荡的芦苇是旺盛的，野火烧不尽，春风吹又生。有一个外国诗人说，为了看看日出，我来到世上。我来到了世上，并非为颓废而来，并非为黑暗而来，并非为仰人鼻息而来。

我本能地想起芦苇荡，想起家乡许洼。

故乡的原野就是一部庄严的法典，土地上的万物没有谁可以挑衅她凌驾她或者摆脱她。

到了五月，哪怕麦子再青泛再水汪汪地绿，一场热干风一吹，一轮火红太阳烤炙，麦子乖乖地就黄了，就熟了，验证了“芒种忙，三两场”的农谚；到了秋天，树上的叶片再怎么苍翠，只要霜降节气一到，便是昨夜西风凋碧树，无边落木萧萧下的景观。

履接于云霓之上的至尊帝王也没有读透乡村法典，遑论四书五经。哪有什么长生不老的灵丹妙药啊。明明大地上写着人生一世，草木一秋吗，装什么糊涂啊！

城市便不遵守法典。夕阳还没有充分地像花儿开放，人们还没来得及在夕阳里三省吾身，可是城市就殷勤地华灯初上了，城的灯偷走了夜的黑，没有黑夜的人生是完美的吗？城市里也没有了四季分明，没有四季，人们怎么可以结算岁月啊。

城市时时温吞吞的，像一个无形的烘箱笼罩着里面的人。其中的人慢慢习惯了这种温温的感觉，人们不爱动了，成了宅男宅女；人们没有了好奇和激情，天天重复着昨天。我眼前出现了幻景：人慢慢任温温的柔光照着，丝毫也不动弹，慢慢变成了一只只没有翅膀的鸡，呆头呆脑地立着。我担心我会变成那样的一只鸡。

城市尽干一些倒行逆施的勾当，事事不合时宜，处处不守法典，时间久了，这艘结构复杂盘根错节的船怎么能不樯倾楫摧，灰飞烟灭啊？

芦苇荡的船，恪守风正一帆悬的道，疾飞若奔，千里江陵一日还。

我害怕坐在城市的船上，会驶向绝境。我害怕在毫无特色的城市走丢了。我开始怀旧了。当涌起这个念头的时候，我觉得好可怕。我可能衰老了吧，我是不是在别人高歌猛进时落伍了。我可能被时代遗弃了。

我偷偷去了一趟芦苇荡，芦苇荡的蛙声响彻着，像一场交响乐。芦苇荡上空，天蓝云白，一群水鸟像演练一样美不胜收，这些鸟儿飞翔时无论多么拥挤，可是他们却永远也不会碰撞。我明白：怀旧不是躲避，怀旧也不是退让。怀旧是原先走错了路，再迷途知返，是探寻根本的返璞归真。

怀旧，也就是以退为进。

身陷囹圄的贪官忏悔，可能也是怀旧。这时的感情应该是情真意切的。不是在其位谋其政时正襟危坐叫嚣清正廉洁，可是主席台下就藏污纳垢，藏着赃款和工具女人的矫情与虚伪。

怀旧令我很兴奋。我回到芦苇荡，好好审视着，思考着，以芦苇荡为代表的乡村风物有一种无可复制的大美。人们世世代代在这里繁衍生息，人与风土建立了契合的感情，人们对乡村充满了温情的历史记忆。

土地是生长诗学哲思的。一旦，城市布满全球，一旦苍宇间没有了珍贵的土地，中国还有没有诗歌，中国还有没有使人聪慧的哲学。

城市无限地膨胀。城市掠夺去的不仅仅是土地，还有厚重的文化。国人没有可以栖息心灵的一寸黄土，该是一件多么无可奈何的事情。

我把美好的往事，对土地的留恋，还有对城市本能的抵御，援笔成文，发在我的空间里，也可以望梅止渴吧。

很多人钟情于我故乡的芦苇荡，很多人痴迷于芦苇荡里的翠苇红荷，很多人执着于我故乡原野上诗学哲思，我的文章招来八面来风，热闹非凡。

慢慢，我发现我空间常常走来一个叫“翠苇红荷”的朋友。她的图案很美，一汪清水布满翠苇红荷，色彩宜人，风格独特。

她不吝啬溢美之词，称赞我的思想，仰慕我的文采。她很诚挚地邀请我做她的朋友。我不假思索，就答应了。翠苇红荷成了我的很能谈得来的朋友。

……

我的根在芦苇荡。她说。

你是漂泊的游子。我说。

你写的芦苇荡风情，我心里很熟悉，虽然我从未去过那里。

乡村情感，难以割舍。久在异乡为异客，其中的委曲一言难尽吧。

爷爷坐了芦苇荡的船去了台湾，后来辗转到印尼，艰苦创业，创建了纺织集团公司。爷爷励精图治，夙兴夜寐，倾注了毕生心血，如今集团公司在世界上颇有声誉的。

芦苇荡的人，到哪儿都会生根发芽，都会经营出云蒸霞蔚的景观。

我读透了芦苇荡，我也试着读了你，你应该是一个外表朴实而内心强大追求唯美而苦无知音的人。

我一阵战栗惊悸，远在天涯海角的翠苇红荷，怎么对我了然于胸？

你不要吃惊，这一切都在你的文字里。她的文字有温度，还有如兰的呼吸。

翠苇红荷，你性颖神澈。

我渴望我这朵红荷能生在故乡芦苇荡的清水里，消解我思乡之渴。

我渴望我翠苇的芦絮能远涉重洋，飞进你的闺房。

翠苇，红荷无论身在何处，只要能相互依傍，心灵就不再如浮萍漂泊流浪。

我的心热血沸腾。我的心域生满了萋萋芳草。

原来，可能爱与婚姻无关。翠苇红荷就是我蒹葭苍苍中穷追不舍的伊人。

她说，我漂泊好多年，寻根回家，是一件喜不自禁的事情。我想为故乡做些什么，比如建一所学校。学校就建在芦苇荡畔，资金不是问题，可是你要张罗，为了我的情怀，为了芦苇荡的文化。

我不敢相信这是真的。她频繁地催促。

我去了侨办，汇报了有关事宜，侨办主任兴高采烈，连忙找县委政府主要领导汇报，领导们喜出望外，不亦乐乎！

她乘飞机来了，市县有关领导陪同，花团锦簇，很是风光。我忙前忙后，很快就有了眉目。学校依傍芦苇荡而建，幼儿园、小学、初中、高中一应俱全。建筑风格要与芦苇荡的风物吻合，甚至，芦苇荡的河汊可以圈进校内，学校也有一派湖光山色。

闲暇时，我陪伴她沿芦苇荡散步。当时，荷叶青青如盖，荷花映日别样红；芦苇也根深叶茂，苍翠欲滴。

她说，芦苇荡里，翠苇与红荷相互辉映，妙不可言。

我说，芦苇荡的荷花清芬素雅，是乡村人格的写照；芦苇苍苍，除了可以坚韧，还有鲜为人知的清理水质的效用。翠苇红荷是芦苇荡一幅不老的风景。

她很自然地拥抱了我，我嗅出了她身上清新的幽幽荷香。

我不再孤独，不再寂寥，不再迷茫，不在怅然若失。梦里红荷，绽放身旁，我拥有了极致精美的生活。

我说，学生除了学习教育部门规定内容的之外，还要学习乡土教材，还要教孩子读懂原野上的法典。教孩子重道，道法自然。中国已在歧路上走得很远很远了。

这也是我建学校的初衷。有了你，我这朵红荷就可以绽放在故乡的芦苇荡了，省却了我奔波劳顿。她很娇媚地依偎在我的怀抱里。

我回到家，见床头放着一封信，是妻子写的：我是一个来自芦苇荡畔的女人，我知道这是一处地方，可是我不能达到你的审美境界，你应该有与你相称的人为伴。你的学校会一帆风顺的，你的爱情可以枯木逢春了。上帝保佑你，阿们！

我……

我懵了。朦胧中，一边是芦苇荡学校里书声琅琅，芦苇荡里翠苇红荷葳蕤蓬勃；一边是曾经的妻子在忙碌布道，她的虔诚，她的泪流满面……

梦里红荷，梦里红荷……

芦苇荡的兔子

桨声欸乃，我们这群被称作兔子的动物，简陋的船上，四腿着地蛰居在笼子里，看着妖娆花影，嗅着清芬的花香，偶尔还可以临水照影，优哉喜乐。

在一个唤为芦苇荡的地方，船停下了。这里碧波荡漾，天蓝云白，真是个好地方。

一个叫海鹰的男人只有两条腿着地，风风火火地忙碌，比兔子还机灵。他围了很大的饲养场，把我们散养在里面，然后完成使命似的，仰天长啸，踌躇满志。我听得海鹰的声音不怎么美好，比兔子的叫声悠扬不哪里去。

地球上，有一种称作人的家伙，吃起来很挑剔，吃天上飞的，水里游的，想方设法地吃。吃得百无聊赖，突发奇想，叫嚷着吃野兔子，还恬不知耻地说，田地里的野兔，肉劲道，绿色，无污染，地道美味！野兔子吃得所剩无几了，人的国家不得已立法了，听说，再捕捉野兔子，要上刑了。人这家伙知趣着呢，绝不会因吃顿饭这么买单。这些家伙猴急猴急的，可是只能垂涎三尺了。这些家伙退而求其次，吃家兔吧。一听说是家养的，它们就下意识地反感排斥：人，谁吃家养的？都是什么剂填饱的，吃多了怪病丛生。人这家伙贪吃可也娇贵着呢。人真是最智慧的动物，竟想着野兔家兔杂交，我们这群活蹦乱跳的兔子就是杂交的结晶。

我们这些兔子们，怕潮湿，潮湿了，皮肤溃烂，毛飞得像芦苇絮。我们还害怕狗苍鹰秃鹫什么的，有句诗词叫作左牵黄，右擎苍吧，听得诗句，我们就毛骨悚然，心有余悸。

偏偏饲养我们这些兔子的所谓人的家伙叫海鹰，海、鹰中的任何一个都是我们兔子的天敌，海、鹰强强联合，杀伤力会出奇的大。看来，我们命中注定是不会惬意自在的。

其实，海鹰还算人道，铁丝围成家，我们可以恣意狂奔撒欢。家很宽敞，宽敞得使我们觉得自己是野兔，奔突无垠平畴。

这家伙还砌了兔窝。兔窝很讲究，就像人住的高层阁楼，阳光充足，整洁干净，比这些人的爹妈住的房屋还好。我们衣食无忧，无所事事。

人这家伙，把我们研究得很透彻，芦苇荡的水拌麦麸，就是可口的美食。春天来了，海鹰这家伙摇着船，把我们摆渡到芦苇荡中心的小洲上，上面芳草萋萋，我们放开肚子好好打打牙祭。

我们茁壮成长，发育得格外正常，海鹰这家伙整天拿一个什么家伙在我们身上比试，然后认真看看，脸上绽放笑容。我们得温饱思淫欲，公的母的你追我赶，打情骂俏，搅得家不再安宁，饭碗，芦苇叶子，粪便一片狼藉。海鹰这家伙怒不可遏，抓住一个最色情的公兔揍了一顿，它要杀鸡骇猴呢。我们收敛了很多，不敢公开发情滋事，可是心里焦热啊。海鹰还不肯善罢甘休，把家一分为二，中间铁丝隔开。它很流氓地掰着我们的尾巴看，然后公的放在一边，母的放在一边。这一招，很管用，我们只能温情脉脉地凝望，不能切肤亲昵了。

这帮兔孙们，只顾贪图享受，只发情，不长肉，你是哪根葱呀！海鹰二十好几了，还没追过母兔子呢。母兔子听得，一个个吓得面如土色。海鹰自嘲似的笑笑，我也该找媳妇了。那些母兔恍然大悟了，安心吃食去了。

海鹰见我们长得很快，兴高采烈，时常在芦苇荡畔吼一嗓子，响遏行云，我们吓得一哆嗦，食欲不振。想想，海鹰这家伙有点得意忘形，它的声音严重影响了我们的正常生活，我们绝食，我们伪装心灰意懒，海鹰这家伙一下子没辙了，兔爷兔爷的祈求，我们暗地里吃吃地笑。

海鹰这家伙不再轻易唱歌，却弄了个黑匣子，连上线，一摆弄，黑匣子就吐出了悦耳的歌，像芦苇荡的流水一样婉转清脆，伴着曲子，我们不由自主地左右摇摆，翩翩起舞。海鹰这家伙笑了，笑得深不可测。

芦苇荡水草丰美，气候宜人，我们长得飞快，按斤两早该出笼了。海鹰这家伙心眼多，觉得时间短，皮肉质量要打折扣，决定再饲养一段日子。

我们知道自己的命运，兔子就是让所谓的人的家伙饱腹的，我们别无选择，就像茵茵绿草被我们吃掉一样，天经地义。

我们想起将要成为两条腿儿人的盘中餐，未免伤心，不由得潸然泪下。

人这家伙铆足劲打着广告说，吃兔肉，要长寿。我们这帮兔崽子要呜呼哀哉了。

呵呵，人这家伙其实比我们兔子尊贵不到哪里去，也会同我们一样蹬腿儿闭眼离开这个花花绿绿的世界。

我们兔子想通了，一切不过生生死死，心里释然。最后的时光，我们心安理得地活着，也像人那玩意儿一样颐养天年。芦苇荡碧波荡漾，翠苇红荷，美不胜收。

海鹰这家伙算盘拨得噼啪作响，要好好捞一笔呢。海鹰这家伙哲学很好，欲取之，必先予之，把我们打发得心儿像花儿一样开放，自己赚个盆满钵满。它说这是双赢，我们这帮兔子听得似懂非懂。

听说，人这家伙现在很文明很人道，执行死刑用上了安乐死，很体面地死去。临行前还要沐浴，有什么要求还尽量满足。我们这些寿命长达六个月的兔子，不久也要告别这个鸟语花香的世界了，看看海鹰这家伙能做到什么，我们擦拭着通红得像灯笼似的眼睛等待着。

麦麸的分量更足了，芦苇荡的水清凉甘甜，我们的窝里也窗明几净，每个洞穴里都垫上了干燥的散发着清香的芦苇叶子，果真舒适安逸。天太热了，海鹰也一身汗水，它身旁的大黄狗也伸着红红的舌头，气喘吁吁。我们热得食不甘味，海鹰这家伙着急了，急得大汗淋漓。它仰视天空，见得天蓝云白，晴空万里，想到把这帮兔孙子送上芦苇荡的小洲吧，避避暑，降降温，好好消受一下，毕竟这些雪白的兔子就换成大把大把的钞票了，况且，小洲上花影妖娆，青草肥美呢！

海鹰这家伙踌躇满志，把我们小心翼翼地送上小洲，好像我们就是易碎的精美的瓷器。我们尽情享受着死亡的快乐，我们风卷残云地啃青草，咕咕嘟嘟喝着芦苇荡的甘泉，我们没忘记寻欢作乐，忘情地恣肆着末世的疯狂，我们这些公兔子把母兔子撵得无处藏身，也像人那家伙那样不再讲究颜面，摁倒母兔子，趴在上面摇晃得地动山摇，母兔子幸福得引吭高歌。

乐极生悲。夜里，芦苇荡上游的水急湍如奔，小洲慢慢淹没了。我们这些兔崽子吓得惊慌失措，任凭水满溢满溢，一只只兔子成了落汤鸡，在田地里，我们伶俐如电，水里，却无所适从。我们慢慢闭上眼睛，等候死神之约。如今，除了水，还是浑浊的水，我们绝望地呜呜哀鸣……

我们兔子也有急中生智者，扑到一块木板上，顺水漂流，使尽全身解数拼命登岸。也有一着急，就往看似坚实的荷叶蹿跳的，荷叶撑不住我们，我们就簌簌落水，葬身水底。

海鹰这家伙还算仁义，急急忙忙驾着小船营救我们。借着电闪雷鸣，我们跳上了船，我们进了兔窝里。我们这些兔子胆小如鼠，一场风波吓得失魂落魄，萎靡不振。天好像故意作对似的，久久不放晴，芦苇荡的上空水汽迷离。

我们这些兔子有立即就死掉的，有的先皮毛脱落后死掉的，芦苇荡的养兔园里，雪白的毛随风飘荡，似杨花柳絮，还弥漫着阴冷的死亡气息。

我是兔子里面的佼佼者，我没有死亡，甚至在这场风波中，我毫发无损，我修成了得道的兔子幽灵，可以与那个叫作海鹰的家伙形影不离，可是，它竟然看不见我，可我对它的行踪和心思都看得一清二楚。

海鹰这家伙哭了，哭得若丧考妣，惊天动地。我明白了什么叫兔死狐悲，人这家伙其实是狡猾的狐狸，兔子只能甘拜下风，心悦诚服。

看看海鹰这家伙这么痛彻心扉，茶饭不思，我悲悯同情它，毕竟它处心积虑地养育了我们五六个月，我们兔子心灵像皮毛一样莹白如雪，温润如玉。我紧紧跟着它，须臾不离，唯恐它寻了短见。

海鹰这家伙坐在芦苇荡畔的树荫下，一言不发，痴痴地一天一天地枯坐着。翠苇红荷丛中，走来一个丰盈妖娆的姑娘，它步履轻盈如风。它脸上红红的，像粉嘟嘟的荷花，它一点也不顾忌，用我们爪子一样的东西，擦拭着海鹰这家伙的眼泪，我凑近一看，海鹰的眼睛也像兔子眼睛一样红红的。我心里默默念叨，海鹰就是兔子，兔子就是海鹰。我听得海鹰的眼泪洒落了，散发着苦涩的气息。

那个也被称作人的家伙就紧挨着海鹰坐着，莺歌燕语，兔子是卖钱的，兔子死了，钱没了，谁都心痛。兔子是人养的，钱是人挣的，青山依旧在，不愁没柴烧，哀莫大于心死，别趴下啊，兔子会有的，钱会有的，媳妇也会有的。

海鹰这家伙枯木逢春，眼里发出了清澈的光芒，这光芒比看到我们兔子身强体壮还要明亮。人这家伙不简单，寥寥数语，海鹰这家伙就喜滋滋的了。

海鹰看看芦苇荡，翠苇红荷的，慢慢神清气爽了。那个细皮嫩肉的家伙时时紧跟海鹰，我几乎无处藏身，我很恼怒。

海鹰这家伙一看到那一个母性的，眼睛就栖息在鼓鼓的胸脯上，眼睛一拱一拱地，就像我们的小兔崽子吃奶一样。我识趣地笑笑。

海鹰与那个妩媚的一起，用船载来兔子。这兔子唤作“八点黑”。我围着新同类转了一周，奶奶的，真是八点黑。四只蹄子，两只耳朵，一个嘴唇，一个尾巴，不多不少，八点黑。

我曾经紧跟海鹰这家伙进了城，那个搞杂交兔的挤眉弄眼地说，这次给你的是八点黑，品种好着呢，生长快，抗病能力强，尤其是八点黑，“八”就是“发”呀，这样你好出手，还能要价高，你美着呢！海鹰这家伙笑得眼睛像月牙，那个胸脯高高的也眼睛顾盼生姿。

我恼怒得脸色发青。人这家伙想钱想得病入膏肓，不可救药了，连培育杂交兔子都想着发横财，不可思议。人这家伙还骂蛇，说蛇贪婪要吞大象，蛇要跟人这家伙比还略逊一筹呢。

我坐在船上，守护者幼小的“八点黑”，听着潺潺水声，走向芦苇荡。这些小兔崽子，吱吱唱歌呢，乐不思蜀的东西！

海鹰这家伙很谨慎，人说过，吃一堑，长一智。无论多热，它都不肯轻易放“八点黑”去芦苇荡中心的小洲。海鹰这家伙雄心勃勃，不喂添加剂，要打造绿色无公害养兔基地呢。它是那天告诉高胸脯时，我偷偷听到的。

海鹰这家伙对“八点黑”格外用心，就像人这家伙养育独生子女一样一丝不苟。人这家伙养育婴儿要看着《育婴指南》，按部就班地养育，海鹰这家伙天天

《养兔技术》不离手，哎哟！我们兔家族有这么娇贵吗，况且，“八点黑”还是杂交品种呢，杂交品种优势多着呢，多此一举！人这家伙，说聪明吧，也是糟蹋了这个称号，我真的无所适从哭笑不得。

海鹰这家伙很上心，竟然去芦苇荡深挖芦根。芦根雪白清脆，吃起来甘甜爽口津津有味，齿颊留香，难得的美味佳肴！

总之，我还是对海鹰这家伙心怀感激的。它对我们的家族关怀备至，厚爱有加，兔子家族没有一丝一毫不如意的地方。我的野兔爷爷，家兔奶奶，亘古没有享受过这么优厚的待遇呢！

“八点黑”像芦苇荡清荷一样，健康成长，一帆风顺。海鹰这家伙心情也好了，整天晴天丽日的，脸上绽满笑容。那个高胸脯的一来，海鹰这家伙眼睛直发绿光，就像我们发情的公兔！

那个夜晚，月光如水，哗哗地流泻着，荷花的清香毫无节制地散发着，我和“八点黑”深深陶醉了。海鹰这家伙和高胸脯粘在一起，不可开交，它们的舌头伸在相互的嘴里，啧啧作响，我看得它们的血液沸腾，像水开了一样。我听得它们呼吸急促，脸上火红火红，像烧红的铁块，我看看海鹰这家伙裤裆中央的家伙硬硬的，铁棍一样，急得无孔不入，高胸脯哼哼唧唧，就像母兔交配一样……

我气坏了，以前，我们只是打情骂俏，你就把我们无情地隔开。你们却是肆无忌惮，吸吮爱的快感，只许州官放火，不许百姓点灯啊。我真想跃上兔窝，蹭下一片石棉瓦，惊破它们的美梦！哎，做兔子不能这么不地道啊！东窗事发了，兔子们免不了灭顶之灾。揪着我们长长的耳朵，撕裂我们的嘴唇，我们这些兔子的生命就像自己的尾巴一样长不了。我是一只公兔子，它们把我撩拨得欲火中烧，欲罢不能，我两只后腿间的家伙也硬邦邦的，人这家伙只管自己快乐，是不会顾及兔子的……

海鹰这家伙担心我们吃了睡，睡了吃，只长膘，肉不够劲道，成天咣咣地敲一面破锣，惊得我们不得安生，我们只好没命地逃跑，我们的体质强健得很着呢！

我们公兔在一起，母兔在一起，好像井水不犯河水。可是只要我们彼此相见，我们就有欲望，我们也想享受做兔子的快乐，可是我们只能望梅止渴，我们承受不了躁动，就会同类相残，咬得皮开肉绽，体无完肤，海鹰这家伙并不为所动，也不成全我们，只是往笼子里扔一些棍棒，我们只好啃木棒，消磨牙齿，泯灭欲望，消解斗志，后来，我们这些青春期的兔子一见到棍棍棒棒的，就好像要接受阉割似的浑身不自在。

我们这些兔子出落得温顺可人，看看这么纯净的兔子就要走向穷途末路，我就柔肠寸断，痛不欲生。

一个夜晚，我与月宫玉兔一起飞向富丽堂皇的歌楼酒肆，见得我的同类被生吞活剥，成了人这家伙的下酒物。人这家伙一个个吃得脑满肠肥，打着臭臭的饱嗝儿，恶臭熏天。

我们飞快地离开了。

回去后，我恹恹欲睡，无所事事。海鹰这家伙和高胸脯有事没事地就成了连体，好不知羞，我们兔子好多双雪亮雪亮的眼睛注视着呢。

我思考着，不敢想象，我们雪白的兔家族都葬身在人这家伙的嘴里，大腹便便的肠胃里，这是历代兔家族最肮脏的去处，我为我的家族悲哀，我哭红了眼睛。

“八点黑”，快出笼上市了，我抖抖担，教唆我的兔子家族：我兔家族，向来莹白如雪，温润如玉，与人和平共处其乐融融。以前嗜杀成性的帝王，在狩猎时见到白白的兔子还心生怜悯，移开弓箭呢。如今，人这家伙贪婪无比，穷凶极恶，不足为伍，尤其我们耻于充当果腹之物，不要用我们的肥美滋养罪恶，为虎作伥。谨记！我的兔家族一个个拍手称快，颔首赞许。

开笼了，海鹰这家伙觉得对我们情深义重，并不怎么留意。我们却以怨报德，狼奔豕突，集体大逃亡。有径直跑向原野的，有奋不顾身跃向清水的，乱作一团，海鹰这家伙与高胸脯一脸错愕，呆若木鸡……

芦苇荡畔的无垠土地上奔跑着雪白的兔子，兔子天生与土地为伍的，再精美的笼子也不是家，在土地上纵然饿死也死得其所；芦苇荡里，翠苇红荷，有曲项向天歌的白鹅，还有雪白的兔子，像漂浮的白荷花，我们不是水中游的东西，纵然死，也葬身清流……

月上柳梢头

芦花白，荷叶残，芦苇荡凝滞不流。

晴川划着船，碌碌无闻。一网网撒下，捕来的鱼，又全放回荡里。手冻得宛如胡萝卜，还是网啊，放啊。晴川面无表情，冷漠得就像枯荷。

天冷了，黑得也早了，晴川收网停棹，回家时，柳树枝头挂着苍白的月亮。晴川家在许洼村东南角，脚将跨进家门时，看到一个女子伫立柴门之前。女子看得风尘仆仆，一身疲惫，可是白白的月光映照着，勾勒出女子窈窕的身段。披一身月辉，眸子发出澄澈的光：这女子不是本地人。

夜里，你怎么在这里？晴川问，声音冷漠，没有一点温度。

走在这里，这儿吸引着我，我迈不动脚步。这儿的芦苇荡很美，很熟悉，似曾相识，就像我的故乡——江南。我叫芳草。芳草幽幽地说。

晴川说，都说故土难离，你怎么离了。

我的家，四清了，清得一无所有。爸爸受不了凌辱，投水了。妈妈一生依傍爸爸，看看爸爸去了，也投水了。我不想待在那里，在那里，难免触目伤怀。芳草说。

我家也是富庶人家，经常福泽乡里。一场风刮来，我们家落得一贫如洗。只剩一个院落，一些简单的家具。爹娘都在这场风波里走了，只剩一个孤零零的我。晴川声音凄楚，有些哽咽。

芳草说，同病相怜。晴川说，同是天涯沦落人。

芳草与晴川紧紧相拥，好久没有了温暖的感觉了。芳草说，这儿就像江南，你家散发着与我家一样的气息。晴川说，留下吧。芳草说，留下，这儿就是我的家。月上柳梢头，人约黄昏后。

晴川这“反坏右”的崽子，也交桃花运，娶得这么标致的女人，天理不容。晴川与芳草佳期如梦，柔情似水。许洼村陈氏家族对此恼羞成怒，气急败坏。

陈家的青皮后生私下嘀咕，想方设法，把芳草干了，一个接一个地干，让晴川家出不匀气，抬不起头。过去，他家挣了很多财富，风风光光。虽然他家接济了陈家，可是我就是看不惯他家那高高在上的模样，看不惯他家施舍的目光。斗死了他爹娘，再奸了他的媳妇，过瘾，解气。摔倒他家，再踏上一脚，要他家永世不得翻身。

一帮后生们，纷纷叫好。

一个去调戏芳草的后生，被巧妙地拒绝了。一个后生又吃了闭门羹。又一个后生处心积虑，还是没有靠近芳草的机会。陈家说，晴川家的不容易就范。

人这家伙，奇怪得很，越是得不到，越是意犹未尽，想方设法想得到。

这一切，晴川都看在眼里。王八羔子，欺人太甚，你无情，休怪我无义。我没有犯你陈家，我不输理啊！晴川弄回了一只大黄狗看家护院。一有动静，大黄狗一扑而上，撕咬你，人不喊停，狗不松嘴。一个后生看到芳草这么风情，蠢蠢欲动，想去奸了芳草。大黄狗一下子扑到后生，后生吓得脸色煞白，芳草说，大黄，别跟街坊邻居闹，做做样子就好，松开！大黄狗很听话，立即就松开了。那后生悻悻离去，腿肚子打战呢。

陈家的男人与大黄狗不共戴天，合计毒死晴川家的大黄狗。大黄狗死了，进晴川家就如履平地。于是，他们毒死了晴川家的大黄狗。

晴川心里说，陈家这些鳖孙，心比蝎子还毒。不能让他们得逞了，得逞了，他们会得寸进尺，我们家在许洼村就没有立足之地了。

他们变得小心翼翼，晴川不敢成天地离家出门，芳草更是足不出户。奶奶的，常这样也不是法子！尽管嘴上这么说，他们还是心里憋屈得慌。

芳草爱干净，天热了，要洗洗身子。晴川一根扁担两只桶，为芳草挑来芦苇荡暖暖的澄澈的散发着荷香的水，洗澡。大白天的，应该很安全的，晴川有事情办，就出去了。

晴川前脚走，陈家的后生就来了，想伺机强暴了芳草，实现夙愿。芳草往身上撩水的声音，美如天籁，后生想象着秀色可餐的芳草，乐得心花怒放。他很麻溜地蛰进小院，好像就抱住了芳草一般，嘻嘻地笑着。

娘啊！后生嚎得没有人腔。一群马蜂围着这后生穷追不舍地蛰啊，蛰啊……他只顾拍啊打啊，马蜂就是不走，一会儿，就被蜇得鼻青脸肿。

晴川见柴门旁有一个硕大的马蜂窝，就用纤细的线扯着点缀着马蜂窝的枝条，拴在柴门另一旁的一棵小树上。人往往得意而忘形。那后生就是太高兴了，没看见机关，趟了马蜂窝，恼怒了马蜂，落得有苦难言。

陈家自讨没趣，隐隐觉得晴川太不能小瞧了。陈家刚结婚的后生，自我感觉经验丰富，纷纷商议，蛮横的点子也用上，只要干掉了晴川的老婆就行。老婆跟人家睡过，我看你还怎样逞才使能！

人常说，不怕贼偷，就怕贼惦记。一天，晴川外出了，刚结过婚的那个就粉墨登场了。他上去就解芳草的衣衫，芳草不是他的对手，眼看就要被玷污了，芳草也不讲什么了，狠狠地握住他的命根子，使劲地挤压，疼得他鬼哭狼嚎，恳切地讨饶。芳草看他面色蜡黄，才松手。没人性的家伙，快滚！那后生怎么也走不快的，拖拉拖拉地走了。从此，这后生的鸡巴再也挺不起来了，害得新媳妇暗自垂泪。

总算平静了一阵子，可是陈家的狼子野心是不会泯灭的。狗改不了吃屎。

还有一次，一个后生自告奋勇，去拿下芳草，说，我扫了雷，陈家的男人一个一个上，要雪洗耻辱。后生去了，进门就摁倒芳草，掏出鸡巴，就戳。晴川回家了，正碰上，那家伙顾不得提上裤子就落荒而逃。他趁着月光逃远了，晴川端起打兔子的猎枪放了一响，那后生腿上中了一粒铁砂，血细细地流下来，后来，听说那家伙没有扫雷，反而惊吓得拉了一裤裆。

陈家偃旗息鼓了，可是心里依旧贼心不死，愤愤不平。

芳草生下了个儿子。

一天，晴川在芦苇荡上划船捕鱼，看见扫雷的后生正哼哧哼哧地偷割生产队的芦苇。正偷芦苇呢。晴川声如响雷。

那家伙，吓得说不出一句话来。

扭送你见队长吧，偷集体东西，扣你半年口粮呢。晴川一副公事公办的口吻。求求你，放过我吧，扣了口粮，一家人没法过呢。那家伙头点得鸡叨米似的求饶。晴川说，顶裤兜吧，不能什么也不说啊，要不，人家要怪罪我包庇偷盗分子了。那家伙一动不动，任人摆布。晴川把那家伙的头插进裤裆里，像做烧鸡一样反剪了他的双手，信手扯了一棵青麻，困住了双脚。过一会儿，又用青麻系住他的鸡巴，系得紧紧的。晴川把他晒在白花花的日头下。

过了一个时辰，晴川过去看看。那家伙死气沉沉的，再也没有了往日的跋扈。红兵我家害过你家吗？晴川问。

没有，我家受过您家的好呢，过不去日子了，去你家借，从没空过手。红兵有气无力地说，还有，你家老爹还常常嘱咐我读书学习，有出息呢。

那你为啥加害我！晴川厉声喝问。你家是孤姓，你又是独苗，大运动打到你家，陈家人多户大，想欺负你，想抄你的家，想日你家的人，你看看哪个村庄不是这样啊？那家伙说的是实话。

大爷，快放了我吧，我的头憋屈得受不了了，我想撒尿，尿不出来啊，大爷，你行行好，放了我吧。晴川看看那家伙的鸡巴勒得青紫青紫的，快要坏死了，赶快放了他。

从此，陈姓的又一个家伙，鸡巴硬不了了。他头也低低地压在胸前。

陈家欺凌晴川的心思灰飞烟灭了。

晴川的儿子，长得眉清目秀的。母亲江南女子，妩媚妖娆，父亲芦苇荡傲岸英俊男人，儿子自然智聪英达。儿子的名字叫王挺。晴川说，挺者，挺拔伟岸，挺胸昂首，在任何艰难困苦面前都能挺得住……

陈家的男人一直为没有强暴芳草而耿耿于怀，陈家为自家的行径感到无耻，陈家也为自家讨得的后果心有余悸。可是，陈家还是不那么心甘情愿，虽然干不了芳草，羞辱不了晴川，可是不树口德，总想在话语上占些便宜。

当王挺出现在大庭广众之下时，陈姓的饶舌者喊，王挺喊爹，你是我做的；王挺，回家好好照照镜子，你仿我，是我留下的种子，哈哈哈哈……

南北胡同是许洼村的饭场，家家户户的男人都在胡同旁吃饭，说着家长里短，讲着或荤或素的段子，一天天过着同样的日子。王挺五岁时，只身走过胡同，又有一些好事者说些诸如此类的话，想讨得便宜。

王挺手脚麻利，端起一碗热汤，浇在了那人的头上；又飞起一脚，踢翻了另外一人的馍盘，黑窝窝满地滚。然后，王挺面南背北打坐在小板凳上，神色泰然，爽爽朗朗地说，我是你们所有陈家的先人，你们都是我的后代，你们的脸长得都仿我。说毕，扬长而去。陈家人一个个面面相觑，瞠目结舌。

陈氏族长，无限叹息：王氏一门，星星之火，可以燎原了。族长心里想，芦苇荡旁一块开阔地，是块风水宝地。一块是主人丁兴旺，人多得像芝麻粒子似的，可是后代个个平淡无奇，不会有太大出息；一块后代不多，可是出类拔萃，慢慢人丁兴旺，有漫天席卷之势。陈家以为只有人多才能势众，就不假思索地选了那么一穴地；王氏一族自然就选了另一穴地。陈氏族长已看出端倪，心急如焚，可于事无补。

陈家人见王挺走近，有意无意地说笑，说芳草的奶子真大，说芳草的皮肤真白，说芳草日着真舒服，说芳草伺候过很多很多陈家的男人，说芳草做爱叫床的腔调有板有眼很是动听……王挺最崇拜母亲，母亲俊美的面庞，黄莺打啼般婉转的声音，母亲江南故乡邮寄来的绿茶，妈妈用爷爷家流传下来的紫砂壶泡茶的模样才叫美呢，妈妈泡出的茶清香四溢呢……王挺容不得任何人玷污他的母亲。他装出好像什么也没有听到，可是却像金刚怒目，眼里喷射出缕缕复仇的火焰。

晴川三口之家，其乐融融。月上柳梢头，一家人度过曼妙好时光。

王挺读书很尽心，又聪颖，考上了一所很不错的大学。

大学毕业后，王挺进了县机关。他各项工作都得心应手，如鱼得水。慢慢地，他莫名其妙地渴望回到芦苇荡畔的许洼村，而且这种念头不可遏制。觉得自己就是一株莲花一定开在芦苇荡里，人人羡慕的城，提不起他的神来，自己就像城市的庄稼水土不服。

芦苇荡畔的许洼村，此时枉有天蓝云白，绿波荡漾。许洼村的村务一派狼藉，陈家尽管人多户大，终归稀泥巴糊不上墙，支撑不了一摊子事务，而且窝里操，弄得灰头灰脸。许洼村的班子要健全，要完善。县里决定空降村支书，王挺闻讯，自告奋勇，主动请缨。王挺回到许洼村，名正言顺地做了支部书记。

陈家族长心里呢喃：王挺杀回许洼村，陈家凶多吉少啊！

村委会修葺一新，王挺工作日常起居都在那里。原先的村委会主任是陈姓的，肉头肉脑，心里什么事都不豁亮，常常不傍边，不久前又去南方打工去了。王挺重组村委会班子，原村委会主任停职，工资补助照发。从一个村子配一个主任，从另一个村子配一个会计。

王挺的做法博得众人的好评。陈家对王挺感恩戴德，不做活，照领工资补助，喜得屁颠屁颠的。邻村也交口称赞，说王挺领导水平高，讲民主，注意团结，不搞一言堂，不拉帮结派，走群众路线，是个好干部。

其实，村委会的院子里常常只有王挺的身影，其他人很少光顾。

陈家族长心里惴惴不安。

芦苇荡畔的许洼村村委会的卧室里，王挺睡不着时，常常浮想联翩：芦苇荡畔那块地里的两个风水穴位，一个呈杂草密布形，主后代人多势众；一个呈莲花形，虽人丁不旺，后代清爽英俊，慢慢，星星之火，可以燎原……想到陈家为了消灭王家，而对母亲实施的凌辱，想让王家怀上陈家的种，而使王家在许洼村销声匿迹……想起陈家那猥琐的目光在母亲绸缎般肌肤上瞄来瞄去，心里就涌起奇耻大辱……

王挺心里涌起强烈的报复欲望，瞅准机会尽可能多地干掉陈家的大闺女小媳妇。当然，自己是上级下放的干部，得讲究策略，干得不露声色，使他们陈家哑巴吃黄连，有口说不出。

王挺动员村民多种蔬菜，一定无污染。王挺负责外运销售，许洼村的蔬菜，不打农药，不施化肥，销路当然好。村民轻轻松松就挣到了钱，以前，这儿的村民抱着金饭碗要饭，有资源不知道开发，王挺一到，这几个村子就有了钱花。村民啧啧称赞，读几年大学，有眼光；县里派的干部，为人民谋利益，人民的公仆。

芦苇荡的大红鲤鱼，双黄鸭蛋，莲子莲藕，慢慢供到了附近县城的酒店里，给的价钱高，从不赊欠。村民有了钱，心里就有了幸福感。

有人有了致富路，就吃水忘了挖井人，自己单干，对王挺置之不理，见了眼睛也不眨巴一下。王挺笑了，不久，那人的货物就卖不出去了。

王挺开了个群众大会，讲到，许洼村的好名声出去了，其他村子就打着许洼村的旗号，兜售假冒伪劣货物，有损许洼村声誉。从此以后，只要是许洼村民外出销售货物，必须持有村委会介绍信，上面写明品类、件数、日期，要有王挺的签名，并加盖村委会印章。否则，所有货物悉数打回。

村民纷纷议论，还是王挺点子高，保护了许洼村村民的权益。

王挺在上大学时，就发现自己的鸡巴很大，比同学的都大，自己没敢声张，却为此沾沾自喜。结婚后，老婆整天高兴得哼着小曲，我们的生活比蜜甜，脸上写满了丰饶的柔情蜜意。

王挺只身回许洼的，老婆孩子留在城里。父亲母亲在城里照看孩子。

王挺看到陈家的媳妇，就有强烈的征服欲望，就像见到日本鬼子一样，一定要征服她们，鸡巴硬硬的，长长的，威猛凛凛，就像握着冲锋枪，随时消灭来犯之敌。

陈家的男人去打工了，自然女人去开介绍信，去城里卖物产。王挺有一千个名正言顺的理由拒绝，他们也说不出王挺的不是。

王挺也不说话，只是默默地看她，看得她浑身不自在，浑身痒痒的，加上男人长久不在家，心里也焦渴，慢慢就半推半就上了床。这女人感到王挺的鸡巴出奇的大，出奇的硬，出奇的长，跟了自己的男人这么多年，从没有体验过这样的快感，只叫得美妙无穷……享受着乐趣，慢慢看不到了王挺的面目，他幻化成一朵美丽的莲花盛开，清香扑鼻，有蝴蝶蜜蜂自由地翻飞。自己慢慢变成了一条小鱼在池塘里熨帖地游来游去……

女人看看王挺，竟然没有一丝怨恨。王挺开好介绍信，交给她。王挺明白，女人只要交出了第一次，就没有了矜持尊严可言。

有几个女人心甘情愿地给了王挺，他们都得到了莫大的满足，他们的物产出售得很顺利。

陈家的男人有细心的，发现自己的老婆跟自己敷衍了事，有的拒绝，有的甚至讥讽说，你的鸡巴像蚯蚓，白搭了。而这些女人说起王挺时，个个眉飞色舞，个个有心照不宣。

这些女人猛然觉得自己错了，做女人就应该从一而终，不能朝秦暮楚，不能见了公狗就调腚，这些女人不再找王挺开信，也不张罗着去卖物产，专心专意伺候自己的男人，可是，总也领略不到固有的乐趣，这些女人抽抽搭搭地哭泣，不敢面对自己的男人……男人也没了兴趣。

陈家的男人坐不住了，打工的也回来了，他们聚合到族长家里商量对策。

一天，一个女人求王挺办事，王挺很忙，刚用喇叭开过会，连开关都没有来得及旋上，就忙去了。那女人赖在那里不走，很执着地等待。王挺出了个坏主意：嫂子，你模仿个叫床的声音，我就给你办。王挺身上有一股清香，令女人迷醉，那女人也缺心少肺的，躺在床上，真的煞有介事地很入戏地幸福地呻吟，很久很久……

陈家族长带领一伙男人，操着家伙，冲进村委会捉奸。王挺见状，仰天大笑，笑声震天，那女人和衣躺在床上，见状羞愧难当，捂着脸落荒而逃……

王挺泰然自若，询问，来村委会捉奸，是不信任我书记王挺，还是，不信任自己的老婆呀，岂有此理！再说，族长大爷，胡子比山羊的还长，也来凑热闹啊，陈家的脸真的丢尽了。我这就去乡派出所报案，控告你们设计陷害村干部，抓起来几个。

陈家一个个央求。一个个讨饶。王挺说，我就不追究你们拘留的事了，可是，今晚开个群众大会，说明情况，赔礼道歉。要不是乡里乡亲的，我不会轻饶的。今晚，乡里领导也要参加。

夜晚，灯火通明，许洼村召开群众大会。乡干部充分肯定了王挺在许洼村取得的成绩，也说出现了不怎么和谐的小插曲，王挺是党的干部，思想水平高，心胸开阔，面对诬陷也不深究，只要求陈家族长代表陈家做个检讨，赔个不是就好。

陈家族长众目睽睽之下，作了检讨。王挺看他面色煞白，羞愧难当。

族长说，陈家一片杂草抵不过王家一朵莲花，天啊，命啊，数啊……

当夜，陈家族长跳水自尽。王挺很隆重地殡埋了陈家族长。从此，陈家树倒猢狲散，一盘散沙，都做了乌合之众。王挺埋头苦干，为许洼村跑项目，修水泥路，有水路，又有陆路，交通方便。他玩命地忙这忙那，好像要洗漱自己的罪恶。

慢慢，陈家的媳妇挑逗他，说，王书记，老挺着，挺得了吗！？王挺一下子解放了，下面突突硬了起来。

天长日久，陈家也没有了多少敌意，男人只是象征性打个招呼啊，女人看到王挺都很迷醉，他们也说不出为什么。原先的羞耻感也浪淘尽了，有的只是一种发自心底的莫名的渴望。

王挺开会了，说，许洼村风光旖旎，人也应该生活得有滋有味。他开玩笑说，许洼村的女人都应该眉清目秀，风骚迷人，看看你们因为懒惰，腰粗得像水桶，脸色像菜叶子不是个正色，脖子短短的像鱼，自家的男人都懒得看，活着还有啥奔头，许洼村的女人要舞起来，我去请会跳舞的领你们跳，我给你们买来好音响。

芦苇荡畔，修建了一个很大的舞池。

月上柳梢头，芦苇荡的水，涓涓流淌。点点的荷香弥漫，人们心旷神怡。偶尔，一阵蛙声，平添夏夜的恬静。乡里广播站的女播音员长得水灵灵的，像一朵红荷，能歌善舞的。她来了，她踏着节拍，翩翩起舞，许洼村的女人也舞蹁跹。

许洼村的女人舞了起来。伴着奔放的节奏，身子恣肆夸张地舒展，肥硕的奶子，不加拘束，一甩一甩的，像一群鸽子，扑棱棱乱飞，许洼村的女人妩媚，许洼村的女人浪漫，许洼村的女人风骚……待王挺走来，女人们一个个卖命地跳，一个个疯狂地跳，芦苇荡上空荡漾着女人的渴望与芬芳。

月上柳梢头，跳过舞的女人去芦苇荡洗个澡，就回家睡了，就势紧紧依偎自己的男人。

有的女人，男人不在家，想得焦渴难耐。王挺一场暴雨使她滋润水灵。她们回味着王挺的粗大、颀长，惊奇王挺幻化成的荷花，还有蜻蜓蜜蜂，迷醉王挺醉人的荷香……

月上柳梢头，许洼村两个要好的女人在芦苇荡畔洗衣，看看四周无人，一个诡秘地说，王挺的鸡巴咋这么大啊，做着的时候，味道好啊，一辈子也不腻啊……

另一个接着说，现在才知道，王挺才是真男人，咱们的男人的鸡巴，像蚕蛹，像豆虫，像蚰蚓，短短的，软软的，蜻蜓点水似的，不疼不痒，咱还没尽兴，死货就泄得一塌糊涂，呼呼睡着了……

还是王挺好，使咱知道知道做女人的真滋味。

一个说，原先我做了还有点难为情，甚至想跳河，后来想想为啥要死啊，人就要活出真滋味，与王挺一次，就曼妙无穷，足矣。

另一个说，说句不害臊的话，我都想怀上王挺的，生下的儿子鸡巴绝对大，娶了媳妇，媳妇也滋润呢。咱也不少鼻子不少眼的，为啥就不能享受王挺给的滋味！

一个说，王挺不是凡人，鸡巴大，过瘾。另一个说，一见他，身子就酥，就痒。一个说，他会变莲花，迷人的香。

王挺干着陈家的女人，只是一种发泄，一种报复，一种消灭侵略者的酣畅淋漓。他想起一个故事，天山有一种良马，良马只跟良马交配，繁衍后代。可是，这种马繁殖得太慢，好事者就用碍眼蒙住公马的眼，让它与低劣的母马交配。当优良的公马发觉后，倍感羞辱，纵身跳下悬崖，粉身碎骨。王挺干了陈家的女人，只有发泄的快感，而没有丝毫的爱的气息。他既有报复后的成功感，也有莫名的羞辱感，他在午夜，跳进芦苇荡狠命地洗，洗掉羞辱，洗掉肮脏，洗涤出出淤泥而不染的自己，几乎搓掉了皮肉。

王挺只是默默地工作，为鳏寡老人办理低保，为房屋坍塌的农户进行危房改造……

月上柳梢头，芦苇荡的舞池，飘荡着美好的旋律，许洼村的女人投入地舞蹈，舞出魅力，舞出生活真滋味。渐渐地，许洼村的大姑娘也走进舞池，翩翩起舞，舞出女性无限的妩媚。跳舞的女子眸子碧波荡漾，飘出芬芳的丰饶妩媚。

女人跳舞时，借着皎洁的月光，王挺像视察似地走过，让女人心旌摇荡，想入非非。

那天，月上柳梢头，王挺丝毫没有困意，沿着芦苇荡漫无目的地游走，柳树林里，许洼村的大姑娘在自由行走。王书记啊，我要结婚了，要找你开介绍信去。这姑娘毫不拘谨，声音夜莺般婉转动听。王挺知道这女子舞跳得疯狂激情，眼里写满了渴望。

王挺走近她，她就迷醉了，抓住他的手放在自己鼓鼓的胸脯上，迷醉得靠上去……我要……王挺撩起她的裙子，这姑娘抵着树，美妙地唱着，唱得挂在柳树上的月亮笑弯了腰，姑娘花枝乱颤，柳树上的知了惊得失魂落魄，柳树上的露水一阵阵洒落……

王挺有了一种自豪感：自己不仅干了陈家的少妇，还干了他们的姑娘，他们一个个送上门来，竟然这么心甘情愿，心安理得，乐此不疲。王挺返回乡村，把芦苇荡的女人撩拨得轻佻放荡。

王挺轻轻地沿着芦苇荡赶回村委会。岸边，有洗衣的女人谈论，王挺的鸡巴真大……王挺幻化为荷花……王挺散发清香……王挺要是过去的皇帝多好啊，他想睡谁，就睡谁，是咱女人的福分呢……

王挺躺在床上，辗转反侧，夜不成寐。莫不是祖宗的莲花形穴位地脉显灵了，要吞并一片辽阔的杂草。要想清除杂草，只有让莲花开得茂盛。纷然众人中，顾我好颜色。王挺睡着了，做了一个梦：芦苇荡以及辽阔的土地上开满了五颜六色的荷花。

王挺当选最美村干部，回城升迁了。回城了，离开芦苇荡畔的许洼村，王挺心里骄傲地说，许洼村至少为我生下十个儿子，芦苇荡绽放一片荷花。

月上柳梢头，芦苇荡清静了许多。芦苇荡畔的舞池没有了生机，再美的舞姿，无人欣赏，女人也就没有跳下去的兴致了。

月上柳梢头，夜静灯残，许洼村上空弥漫着惆怅失意的气息，芦苇荡的女人骚动难安……

一人静

芦苇荡里荷叶枯败芦絮飘飞时节，比岸建起了一个温馨洁净的院落。这是许洼村的一户村民的家园。看着翠苇红荷，听着汩汩水流，涤心去忧，麦子就跟丈夫商议，把家从村里搬出来。麦子说，家在这，就是仙境。丈夫笑笑，说是。麦子爱许洼村，是因为许洼村坐落芦苇荡畔。麦子爱丈夫，丈夫文静，少言寡语，可是家里地里活好，还知道怜惜麦子。麦子挑逗丈夫说，你要不嫌弃，下辈子，下下辈子，我还嫁给你，要你疼我。丈夫笑笑，挟起麦子在院子里转几圈，只转得麦子晕头转向，苦苦讨饶，丈夫才罢手。丈夫还要搔几把痒，把麦子痒得说不得笑不得。麦子说，你真好，轻轻亲亲丈夫，丈夫乖乖地温顺得像个孩子。麦子眼里写满无限柔情，丈夫懂得。

丈夫去捕鱼，麦子说我跟着，麦子就去了。丈夫采莲子，麦子说我也跟着，麦子就去了。丈夫说，麦子啊，你是个割不掉的小尾巴。麦子笑得前仰后合，震得水一颤一颤的。丈夫下地干农活，麦子跟着，掏力地干，生怕累坏了丈夫，麦子知道他是家里的天。

丈夫这几天有点异样，有心事，欲言又止，麦子看得出来。麦子说，心里有事说啊，说出来，就随水流走了，就不憋屈了。

丈夫下了很大决心似的，终于说出来了。他说，孩子大了，花销也多了，留在家里，挣不够钱花，我试试打工。

麦子一时错愕，不知如何回答。麦子暗暗赞许丈夫，丈夫对家是负责任的。麦子心底涌出几多感动，几多幸福。

麦子说，打工也是路。可是你舍得走啊，想我了咋办啊，我想你了咋办啊，结婚以来，没分开过啊。

丈夫犹豫不决，也没有什么好主意，他心里是放不下麦子的。

一向眉开眼笑的麦子一下没了主意，辗转反侧，夜不能寐，只见长空流月。

几天了，丈夫没提这事。麦子却忘不了，绞尽脑汁地想注意，突然她茅塞顿开，一溜风去找丈夫，说，咱开个小饭馆，咱没经验，有热情；没规模，有特色。

有生意做生意，没生意下地干活，种地挣钱两不误，对孩子也好。

丈夫说这是一个好主意，能否行得通，拿不准。

麦子说，原料在芦苇荡里，算用算取，不用空间不用本钱，没风险的。

丈夫点点麦子的鼻子，说道，一个有金点子的好媳妇!

麦子爱听音乐，《一人静》流溢出的曲子旋律，很耐人寻味，有一种柔静的况味。麦子说，咱的小饭馆就叫“一人静”吧。

“一人静”落成了，起初，就是许洼村人也不知道这饭馆是怎样经营的。

近来，时兴乡下游。城里人工作负荷大，压力也大，去名山大川游览，既花费时间还要大开销，不适用，就选择乡下游，自然，芦苇荡是个好去处。

周末，还有节假日，游人如织。人们荡舟芦苇荡，看翠苇红荷，听流水叮咚，心里的郁闷飞到九霄云外。然后，一个个一身轻松地飞走了。

播放着《一人静》音乐的小院落，集聚了很多人的目光。麦子说，这小馆与众不同，只一人一人地接待，一温馨小室，一桌一椅，只待一人，消费自便，不拘时刻。

好多人，像沙漠里看见绿洲一样，心里亮亮的，暖暖的。当然，也称赏这小馆的经营模式。

麦子很有心眼，男客人来了，麦子服务；女客人来了，喊丈夫去，丈夫很有男人的味道，事情不会办砸的。

一天，终于有客人，是个男的。失魂落魄的。他径直进入一小室内，落座甫定，麦子就端上一杯荷花茶，嘘寒问暖。那人顿觉心里暖暖的。

麦子说，你点什么饭食？那人说，你懂的，看着上吧。

麦子派丈夫去芦苇荡捕鱼，麦子轻车熟路做饭，那人入神地聆听《一人静》。

饭菜上来了，一盘莲藕，一盘清炖鲤鱼，一碗莲子粥。那人说，好久没吃过这么温暖精致的饭菜了，久违的感觉。

麦子知道这人有很重的心事，音乐能化解忧虑，可是仅局限于耳听啊！麦子在那里坐一会儿，矜持温婉，一言不发。那人看看麦子，麦子笑笑。

那人说，芦苇荡水清啊，有船吗？麦子微笑点头，说，我划船，你赏风景。

麦子撑着船，像红鱼跃波一般地灵便。麦子唱着渔歌，一波一波地划向藕花深处。

那人见了麦子，很是亲切，什么都往外倒。麦子是个好听众，任凭他倾诉。麦子很同情他，把船划得慢悠悠的，唯恐惊破来之不易的宁静。

芦苇荡风光旖旎啊，可是人更美啊！那人情不自禁地说。

麦子扭过身去，看看那人，那人温情脉脉地望着曲线柔美的麦子，麦子心儿突突直跳，脸庞红似粉荷。

风吹着芦苇，细细簌簌地响，水鸟翩然飞起，扑扑棱棱，幸福的河在流淌……那人说，天快晚了，我们返回吧。

麦子回棹，船咿咿呀呀往回赶。

那人给了麦子二百元，麦子说太多，让丈夫送去多余的钱。那人说，二百元就够少的了，下次多带些来。

麦子初战告捷，一家人喜不自禁。

丈夫一脸坏笑，说，麦子你用啥迷魂药了，让人心甘情愿地掏这么多钱！麦子说，别往坏处想，就是抱座金山银山来，我也不会胡来的，我是你的麦子啊！人家乐于掏钱是冲咱芦苇荡来的。

趁孩子不在身边，丈夫狠狠地痴痴地亲麦子一口。麦子羞赧，一脸妩媚，几许风情。

丈夫说，你别见了城里的，就忘了芦苇荡的。人心难琢磨呢……

我知道，真要铸一道铜墙铁壁，别让多情的水满溢了，我多小心就是了。

丈夫稍稍显得心安。麦子说人要自尊啊，不能失了颜面，不能毁了家。

一天，一个很打眼的女子来芦苇荡了，径直去了《一人静》。麦子让丈夫接待，他拘谨地递上一杯水，一紧张泼到地上，也溅到女子的手上。他一下子手忙脚乱，赶紧放下杯子，扯住女子的手，用餐巾纸擦啊擦啊。女子吃吃地笑，麦子见状忍俊不禁，好有韵味的一幅图画！

女子说，我慕名而来，你们随意上几个菜吧。

丈夫到得厨房，变魔术似的，一刹那，菜就上来了，糖醋莲藕，清淡小鱼汤。女子吃得津津有味，如痴如醉。

吃罢，女子以玩笑的口吻说给麦子，你的丈夫我租半天，帮我划船好吗？

麦子不假思索，欣然应允。

丈夫木桩似的，局促不安的，去还是不去，定不稳弦，脸涨得通红。麦子说，去呗，男人有力气，好划船，别偷懒，免得人笑。

丈夫一点篙，小船如离弦之箭，向芦苇荡深处进发了。

女子说，划这么快啊。丈夫就慢下来了。

女子又说，这么慢啊，没劲了？丈夫就快了。女子吃吃地笑，说道这么腼腆这么温顺的男人少见啊。丈夫只是哗哗地划着船，默不作声。

女子说，陪我说说话呗。我问你答，不许沉默啊。

女子说，小饭馆开张多久了？丈夫说，没多久。

女子说，生意好吗？丈夫说，时好时坏。

芦苇荡美吗？女子问。美。许洼村祖祖辈辈生活在这里。

你常去城里吗？女子问。不常去，不适应，乡下地上长满庄稼，城里地上长满高楼，连个阴凉也没有。丈夫说。

城里有空调，女子得意地说。空调难比上芦苇荡的冷暖适宜。丈夫说。

女子的优越感摔得粉碎，也不气恼，越发对丈夫感兴趣。女子有意报复他，在小船上左摇右摆，巅得小船起伏不定，小船险些要翻了。丈夫怕女子掉进芦苇荡，连忙搀扶她。女子说，看起来你规矩害羞，你也乘机占我便宜啊，我喊了啊！丈夫急忙松开，脸羞得红红的，后悔自己太冒失，太唐突。女子咯咯笑啊，笑得丈夫一头雾水。

女子说，不给你开玩笑了，教我划船吧。女子眼里一汪秋水，盛满妩媚，丈夫不好拒绝。

女子很聪明，也上心，慢慢就可划桨了。女子说，你好好坐着，我划船送你去很远的地方，劫持你。

丈夫笑笑，说，在芦苇荡你会迷路呢。在乡下久了，就不迷路，像我。

女子很甜美地笑了，说，乡下是个好去处，尤其是芦苇荡。

女子说，芦苇荡真美，替我照几张相，做个纪念。女子手把手教丈夫摄影，他很快就会了。

相机卡卡响，美景，佳人尽收眼底。

女子羞赧地说，我没事了，想跟你说话，行吗？

我没有电话，想说了，来芦苇荡。丈夫说。

我送你一个，行吗？女子说。

我与麦子商量一下。丈夫说。女子开怀大笑，真是个傻哥哥！丈夫一本正经地说，真的，这样的大事，要麦子批准才行。

女子离开芦苇荡。女子说，我还会来的。麦子夫妇说，喜欢你来，任何时候都好。

女子走了，思忖：这里的人怎么这么澄澈啊，相识交往很随意很轻松，哪像城里人戴着面具，看不清个眉目！

麦子说，在城里厌烦了，来啊，散散心。

女子点头，微笑。女子留下很多钱，麦子说，太多了。女子说，不多，饭钱，船钱，教练钱，照相钱……呵呵呵。城里人给他多少都嫌不够，你们，给一点都嫌多，我就搞不明白了……

女子依依不舍地走了。丈夫一直目送。麦子说，走远了，别想了。丈夫默默笑笑。

城里人隔三岔五地来，来时愁眉苦脸的，走时满面春风的。人们说，芦苇荡是一个可以洗去烦恼的地方，“一人静”里贮满诗性快乐。

麦子说，咱们别只想着钱，好好待人家，别冷落了。丈夫说，是，待人家好不费本钱，时间有的是。

小满时节，有人来了，麦子送上一盘黑黑的甜蜜的桑葚，客人吃得带有些许醉意，离开芦苇荡。

有女子来，丈夫送上荷花茶，送上双黄鸭蛋，女子满心欣喜地离去。

慢慢，丈夫也不再拘谨了。麦子想，爱自己的丈夫，不能老把他拴在低矮的屋檐下，让他飞，看看别样的风景。可是，这风筝飞得再高，也要把线牢牢攥在自己的手里，别让他迷失了，找不到回家的路。

一天忙碌下来，本本分分挣了很多钱，麦子兴奋得难以入眠。丈夫要睡，麦子捅捅他，说，陪我说说话呗。

丈夫困意顿无，陪麦子说悄悄话。芦苇荡的芦苇也兴奋地睡不着，窃窃私语。

麦子说，城里人，看着很光鲜，其实很无奈啊。

丈夫说，他们很累，很简单的事，弄得复杂起来，能不劳神费心啊？自己的老婆不好好待，跑出去找不三不四的小三小四，劳神伤身，费钱买罪受，不知咋想的……

麦子说，人有吃有喝了，就该瞎折腾了，单眼皮儿多好，偏偏去割，自己动手劳动挣钱，心安理得，偏偏有人想不劳而获，天下哪有容易挣的钱啊……

丈夫说，我就不进城，空气不好，风气也不好。麦子说，傻样，要放你走，你不知跑到哪里呢。我不放你走，你要走，我用绳子拴住你。

丈夫说，咱们在芦苇荡好好过日子。不求名利，只是卖力气挣钱，心里畅快。

麦子说，我人老珠黄，枯枝败叶了，还能拴住你吗？丈夫说，我是你拴马桩的马，跑不远的，老来伴啊，怎能临阵逃脱啊，真要逃了，咱还是芦苇荡畔许洼村的人吗？

麦子很幸福地看着丈夫，心里很柔和。

麦子把什么都给了丈夫。丈夫心里星光灿烂。

芦苇荡的荷花风华绝代，芦苇荡的芦苇青翠欲滴，来芦苇荡游览的人绵绵不断。

麦子说，其实，人，有时候要宅着，一人静，是一种好状态。

丈夫说，是，有时候一个人宁静地宅着，感觉真好，无可取代。

麦子问，城里人来了，咱替他们划船，那还是一人静吗？丈夫说，老是一人静，还不孤独凄清啊。陪他们说说话，谈谈心，就掠去了他们心头的乌云。城里人有毛病，离得太近了，容不得别人的好，螃蟹都在一个篓子里待着，一团和气，相安无事，可一有人好了，他们就扯啊拽啊……他们不怕咱们的。

芦苇荡是个好所在，容得一人静。

六月，风光不与四时同。荷花像火一样炎炎燃烧，芦苇荡一派清凉。“一人静”小馆里飘出“一人静”的美好旋律……

富 贵

新民大伯随便地披着羊皮大衣，叼着青铜烟杆，悠游自在地在芦苇荡旁走着。他时而看看天，天蓝云白；时而看看芦苇荡，芦苇荡里热闹非凡，许洼村民正捕鱼过年呢。

每年这时候，是新民大伯最春风得意的时候。他在县委机关上班的儿子，要坐着霸气的轿车回家送些年货，并在村子里走家串户象征似的看望一下，朴实的村民还能趁机抽上几支醇香的过滤嘴，一个个乐不可支。

新民大伯跟在后面，身上热热的，羊皮大衣也脱了。他古铜的脸庞上溢满幸福。

新民大伯正畅想着儿子回乡的情景，儿子富贵乘着车回来了。新民大伯家书香门第，学养深厚。“新民”这名字看着泥土般朴实不起眼，其实，学问大着呢。源自“大学，在于新民……”“富贵”这名字也遥有所寄，期望这后生既富有，又尊贵。富贵在县委机关上班，遂了家族的心愿，难怪新民大伯如此养尊处优。

富贵回来了，新民大伯看出了异样。脸庞上淡去了功成名就的喜悦，多了超脱后的释然。

富贵怯怯地说，爹，我想跟您说说话。

新民大伯点着烟袋，烟锅里红了，熄了，又红了，熄了，烟雾缭绕的。富贵依然没有出声。

说啊，坐了几年机关，还没学会说话啊。新民大伯着急了，催促着。

我辞职了，不想在机关里干了。富贵唯唯诺诺地说。

再说一遍。质问里充满疑惑不解，质问里燃起熊熊怒火。

我不在机关干了。富贵回答得斩钉截铁。

畜生，这么大的事，也不跟家里人商量一下，你就有种定夺了，你眼里还有没有你祖宗？！

我深思熟虑，泼出去的水，就不再收回了。跟你们商量，你们也绝不会同意，没用！富贵淡淡地说。

新民大伯气得脸色通红，把烟锅狠狠地摔在硬硬的地上。烟锅碎成几瓣，烟火一闪一闪的，像眨巴的狐疑的眼睛。

富贵没有劝新民大伯，而是径直进屋里去了。

新年，新民大伯家竟然没有燃放大盘的响声震天的大地红。

上元节后，富贵带着行李，乘上列车，雄心勃勃地寻梦去了。

新民大伯去了富贵的单位，单位领导一五一十没有添油加醋没有添枝加叶地说了，新民大伯豁然开朗了。他不再记恨富贵，也不谩骂富贵，而是理解富贵，甚至有点肃然起敬了。我家富贵是有骨气有主见的人，新民大伯出气顺畅多了。

富贵想了许多生意，都一一否决了。还是去大城市干建筑吧，这活路好找，俯拾皆是，再者，上面有政策倾斜，干了活，工钱好要回来。

富贵在机关许多年，积聚了人脉，他找临近县的劳务输出部门帮忙，人们都给予力所能及的支持。

富贵精心挑拣了很多人，去南方城市接工地。经联系，他接了个工地，那工地的领导是他上大学的同学，两人关系很铁。读大学时，那人常跟富贵回许洼村，吃芦苇荡的鱼虾莲藕，喝芦苇荡的莲子茶。

富贵在机关干过，很有领导艺术，又懂统筹方法，干起来，如鱼得水。他带的工地进度快，用料省，监理以挑剔的眼光严加打量，也挑不出大毛病。

富贵很累，待在机关，没干过力气活，一天下来，身子累得散了架，却依旧心花怒放。毕竟，机关领导总是颐指气使，我富贵的话领导从没真心倾听过，更不消说按我的意志行事。

在南方，在一个工地上，我富贵再也不生活在别人的影子里，我还是令行禁止的，我的意见能不折不扣地照章执行，而且战果卓著，不比其他工地干得逊色，尽管我富贵初出茅庐。

富贵雷厉风行，干得干净利落。有时，动用同学关系，先支点钱给工人，工人心里乐陶陶热乎乎的。工人说，在其他工地干，这是不可能的。

富贵想得很周到，年轻力壮的工人来工地很久了，干的是繁重的体力活，尽量把伙食搞好一点，在外面不比在家里。

一天，富贵的同学说，你的工人有不检点的，去外面风流了，附近派出所喊我去领人了。他的名字可能叫二狗……你稍加注意就行，别大张旗鼓地。

富贵想想，二狗虽然可恶，也不必深究了，毕竟，他们舍家别口已有很多时日了，他们一个个像老虎般勇猛，小小工地无法安放他们全部的青春，再者，他们家里的孩子老婆也望眼欲穿了吧。

工地干到了一个段落，富贵召集工人开了个会。富贵说，咱们工期不太紧迫，谁家里有事，或者谁想回家看看，咱准假，报销来回车费，说好了，不能全走啊，倒班回去，要不，你们都走了，我富贵不就成了光棍司令了，哈哈哈……我再说一句，留在这儿的规规矩矩干活，不能干辱没家乡的事情。富贵拿余光看看二狗，二狗恨不得头能钻进裤裆里去。

尽管富贵的工人，有去有回，可是还是比别的工地工期快。富贵很欣慰，富贵知道，人心都是肉长的，工人，欺不得，你敬他一尺，他能敬你一丈哩。

一天，富贵心情好，约同学聊聊。同学欣然应允。

同学说，我一毕业就干工地了，在机关待着，没劲！干自己想干的活，是件幸福的事情。在机关里干，在别人看来，是件风光无限的事，其中苦楚无人得知。

富贵点头。一个县委大院里，只有几个人导演着日常的工作，其他，都是跑龙套的。针对上一级来说，那几个所谓的导演又何尝不是跑龙套的呢！？富贵说得鞭辟入里。

同学说，你说得入木三分。

同学说，我做工程许多年了，原来，这儿也是一个乡镇，慢慢开发，一点一点大起来了，有了现在的规模。脚下，也曾是绿波粼粼，翠苇红荷，就像你的家乡的芦苇荡，现在，都葬身林立的高楼大厦下面了。

富贵说，我怎么老觉得空落落的，原来，很久不闻蛙鸣蝉鸣了，很久不见芦苇荡的翠苇红荷了。

同学说，地球上都是一些千人一面的楼房，怎么比得上小桥流水，比得上“风含翠筱娟娟净，雨浥红蕖冉冉香”的自然景观呢！

富贵看看同学，好像现在才理解眼前的同学。原来干了一辈子工程的同学，还没有利欲熏心，竟然心里流连着奇美的自然呢。富贵说，老同学，我钦佩你，须仰视才见。

同学说，不必。我也不想建一片工地，毁坏一片土地。楼房容易复制，大地的自然却是绝版的，去了，就没得回了，可是，我们不建工程，能阻止别人来势汹汹的脚步吗？这是一个全民拆迁的年代，我们身不由己，助纣为虐啊！

富贵闷闷不乐地回去了。

夜里，惨白月亮照着富贵，他辗转反侧，夜不能眠。胡乱地想，想自己干，干得畅快自由，挣得些钱财，心安理得；想自己领着工人干活，挣些钱，腰包鼓起来，笑容灿烂一些；想到自己干的工地，下面是美得不可复制的自然……心里隐隐作痛。当人们都住进高高的阁楼时，还能有脚踏黄土地的踏实感吗，还能看见大地上的花花草草吗，还能闻见草木的清香吗？

富贵心里充满罪责，自己想着致富，带领大伙致富，这却是干的什么勾当呀？富贵又做了一个决定，干完这个工地，金盆洗手，再也不说干工程的事。

同学得知富贵的心思，说，我理解你。咱们心有灵犀，关系依然铁。同学用拳头捶捶他，他礼尚往来地捶捶同学，相视一笑。

工程干完了，富贵挣得很多钱，工人也挣得出奇得多。富贵挣了很多钱，心里却泛不起欣喜的浪花。其中一个工人窃窃私语，富贵嫌发给咱的工钱多，心疼呢，心里不是滋味呢，这人啊，越有钱，越为富不仁。富贵没加理会，只是淡淡地笑笑。

富贵回乡了，没有穿得光彩耀眼。他穿着工作服，身上还沾着泥花，回家了。

新民大伯见了，一脸惊诧。赔了？

没有，赚了很多。富贵一脸淡然。爹，这干活得也舒坦了，也挣了不少钱，我怎么高兴不起来呢？

你这小子，不会贪心不足蛇吞象吧，咱家族可不是这样的门风。新民大伯惊醒他。富贵摇摇头。

富贵离开家，进了祠堂。他虔诚地跪下，喃喃自语：老祖宗，我挣了钱，怎么不开心呢，您为我指条路吧，您帮我开开心吧，我真的想不通啊！祠堂里静寂无声。

此后，富贵像变了个人似的，不苟言笑，只是在芦苇荡畔来来回回地走。看看翠苇红荷，听听蛙鸣，看着自由自在飞翔的蜻蜓，一看就是老半天。

在许洼村，富贵很有钱，这很少有人知道。于是就有了不同版本的传说，富贵在机关不正混，金饭碗给踹了，顾他个面子，说他辞职了；富贵在外面干工地，挣了不少钱，养了个年轻妖冶的女子，钱全搭上面了；新民大伯家出败家子了，从此家道衰落了……富贵只是笑笑，不去应答。

只几年，许洼村就富起来了。一家家的楼房，看看谁家的漂亮；一家家的庭院，看看谁家的敞亮大气。还有很多人家，嫌弃村里的庭院憋屈狭小，想方设法建到村外去。

富贵没理由耻笑他们。富贵有钱只是没有建造更大的庭院而已。他家的庭院显得简陋，显得低人一等，显得矮人三分，曾经风光无限的新民大伯家显得落伍，显得可怜巴巴的。

令富贵稍稍心安的是，许洼村的工人不是他领出去的；许洼村他家是为数不多的没有建造大庭院的人家。

芦苇荡的水，汹涌地流淌着，没有哪一滴水说留下来就留下来的。富贵心里清楚，许洼村的人就像芦苇荡的水被时代潮流簇拥着裹挟着，欲罢不能。

许洼村历来讲究书香门第，讲究光耀门楣，讲究衣锦还乡，可是，这种传统传承了多少年，还能名正言顺地传下去吗？

富贵没跟新民大伯商量，就把工钱悉数捐出，修建了许洼村摇摇欲坠的乡村小学。宽敞明亮的校园落成了，自己赎罪似的心安了一点。新民大伯没有生气，而是邀请富贵小饮了几杯。

富贵当起了农民。富贵种了绿色的粮食，栽了绿色的蔬菜，富贵觉得摩挲着土地，心里很舒坦，就像鱼儿自由自在地游在芦苇荡清澈的水里。

听说，县里准许在芦苇荡畔搞开发，富贵以布衣身份面谏主要领导，慷慨陈词，令他们收回成命。

富贵闲暇时，划着小船，在芦苇荡穿梭，看看芦苇是否青翠，闻闻荷花是否馥郁芬芳。看见漂浮的垃圾，捡拾得干干净净。富贵打心眼里觉得与芦苇荡很亲近，自己的心怀可以在芦苇荡无遮拦地敞开。

富贵看看芦苇荡尚还完好，各色生灵安静地生活着，心里有一种熨帖感。他突发奇想，所谓贵，不是颐指气使，不是发号施令，而是自己能高贵庄严地生活着。

他讲给新民大伯，新民大伯颔首赞许。

芦苇荡畔，楼房日趋增多，慢慢繁衍成了一个集镇，各色人等熙熙攘攘，搞得人声鼎沸，芦苇荡不再拥有往昔的宁静。

那天夜里，富贵做了一个离奇的梦：自己怎么也找不到相依为命的芦苇荡了，芦苇荡只是一脉细流，流淌在水泥森林里；芦苇荡的翠苇红荷成了人家的精致盆景；许洼村的人患痢疾，老妈妈再也找不到那棵老枣树，再也剐不下龟裂的树皮熬水喝，许洼村的小孩子们永远不知道芦苇荡的模样了。富贵急出了一身冷汗……

富贵好容易睡着了，梦见人不再往朴实的大地上铺厚厚的水泥了，芦苇荡还像先前一样翠苇红荷，绿水依旧东流。

富贵想，人富裕了，有钱了，却不能自主高贵庄严地生活，人活着，不能在大地上安放心灵，人还有什么奔头啊！

鱼，游在清澈的水里；蜻蜓，栖息在才露尖尖角的小荷上；人与花草树木朝夕相伴，咀嚼着土地上的粮食蔬菜，真好……

红衣脱尽

红芳走下火车，已是华灯初上时分。她进入一个陌生恍惚的世界。城市的灯很奢侈很茂密地亮着，有些张狂，远不如家乡许洼村的灯稀疏地亮着，像树上的花朵，或者像天上的星星，朦胧而有诗意。一阵风吹来，带着些灼热和腥味，远没有芦苇荡的风清香怡人。

红芳是从许洼村走出去的。芦苇荡的水滋润着她，翠苇红荷熏染着她，大学生活浸润着她，她出落成一株亭亭玉立的红荷，丰饶而矜持。

大学毕业，她回到许洼村，想好好做一个有知识的新型农民。天地还是那方天地，芦苇荡还是那个芦苇荡，许洼村祖祖辈辈没有读书识字的人在这周而复始地生活着，而自己读了十几年的书，依然重复先民的昨天的故事，又有点于心不甘。红芳去了一个城市，打算尝试别样的生活。

到了城市，红芳就有点不适应，原来畅想的美景没有出现，喜出望外的心情到底也没有滋生。回去吧，这儿远不如芦苇荡畔的许洼村宜人居住。打道回府，回家，屈服，也不是红芳的秉性。城市是乡村哺育的，城市应该感恩，应该接纳我，况且，我像芦苇荡的芦苇坚韧，像芦苇荡的红荷清芬，我读过几年书，识得几个字，我要像城市的一幢高楼一样屹立在城市一个显眼的角落。

红芳理了理黑亮的头发，擦了把汗，扛着行李走进了一家旅馆。

旅馆里，散乱地放着些简易小广告，上面有很多广告信息，红芳大致浏览了一下，决定按地址去一家公司面试。

其实，公司对她很满意，却装着漫不经心。公司急需这样的人才，她能吃苦，有修养，有学识，能给公司出把力。公司有意慢待她，以便压压她的清高，以便令她多出力少挣钱。这钱啊，员工多挣了，老板就落的少了。

红芳看透了秘密，红芳矜持地笑笑，装作什么也不知道。高楼万丈从地起，一切事情都要慢慢来，急不得的。

红芳去街头散发售楼广告。街头路旁，尘土飞扬，汽车的尾气很嚣张地袭来，红芳很勇敢地迎上去，没有低头。城管呵斥她，她回眸一笑，城管也不较真儿了，警察冰冷地提醒，不要妨碍交通，红芳谦逊地笑笑。红芳心里说，我又不是那采桑的罗敷，怎么能有那么大的魅力呢。

几天后，去看楼盘的人多了，比以前都多。老板很有艺术地询问得知，这些人是看了红芳散发的广告才来的。如今，城市里建设的楼房太多了，散发售楼广告的也应运而生，而且来势汹涌。很多广告散发出去，都是泥牛入海无消息。红芳散发的，却引来这么多人，而且几人有购楼意向。

老板发了红芳红包。售楼小姐都有点眼红了，她们苦口婆心口干舌燥地喊了一整天也没挣到手几多钱。老板说，酒香也怕巷子深，没有红芳，顾客闻不到酒香，咱楼就卖不出，资金就收不回来，现在烂尾楼多了……咱这儿一花忽先放，百花皆后香，人来了，拦也拦不住。

老板没有不精明的，他知道红芳是明白人，对付红芳不能按老路子，老路子走不得，要不，会鸡飞蛋打的。老板只好热情地对她，没有丝毫懈怠。

老板说去街头散发广告，确实辛苦，委屈你了，我记着你的好呢。红芳笑笑，眸子一闪一闪的。

红芳回来做售楼小姐了。与别的小姐不同的是，别人都打扮得花枝招展的，唇膏涂得厚厚的红红的，穿着春光乍泄，红芳穿着朴素大方，像芦苇荡的红荷楚楚动人。

去别处的，如过江之鲫，与其说看楼，倒不如说欣赏春光，那些小姐善解人意地凑凑，让人看得一览无余。

红芳从容不迫，讲这儿的地理位置优越，讲风景宜人，讲升值空间大……购楼人沉醉不知归路。一个月以来，已定出几套房，老板乐得脸庞像花儿一样开放。红芳获取了一笔不菲的收入。

一天，老板喊来红芳，殷切地嘱咐，这有一个顾客很挑剔，你好好接待一下，我不亏待你。

红芳知道，很多售楼小姐挣了很多钱，也知道卖房先卖身的潜规则。红芳对此嗤之以鼻。

红芳接待了他。顾客说，你不像其他小姐那样穿戴。红芳说，这个小区的楼房也不同流俗。

顾客说，我看了许多房子，都不中意。红芳说，买房，看过这里再做决定！

顾客说，你不像其他售楼小姐那样，为了卖房奋不顾身。红芳说，挣钱是为了生活，我从不要没有尊严的生活。

顾客说，说心里话，我看中了这里的房子。红芳说，买房，一辈子的事，看中了，毫不犹豫。

顾客恬不知耻地说，我想一举两得，既为孩子买了房子，还能占售楼小姐的便宜，尤其像你这样不随波逐流的很难就范的小姐。红芳文静地笑笑，很多有钱人有这样的心里，我不仅不说你无耻，我还钦佩你，总算说了句真话，现在说真话的人不多了。我打个不恰当的比方，别冒犯了你啊，你当爹的想为儿子找个好媳妇，对吧，再白送一个，看起来，你赚了，可是，你愿意吗？一百个不愿意吧。

顾客脸一阵红一阵白的，沉默了好久。顾客说，你是一个有尊严的人，我就冲着这一点，就在这买房了。卖房的人，冰清玉洁，住在这里也心里清净啊，为孩子的生活抽个头彩。

红芳说，谢谢你。

一天，红芳向老板提交辞呈。老板大惑不解，说，怎么了，我亏待你了吗。红芳说，没有，谢谢你给我一个职位，让我能在城里立住脚跟。那你为什么走啊，生意正好呢！老板愁眉不展的。楼房开盘一帆风顺，我也该急流勇退了。红芳离开了这里。

红芳天天忙碌，终于有机会打量自己了。自己很忙碌，有点憔悴，不像在芦苇荡那般光彩照人了，要好好休息一下，不能为了钱，漫无目的马不停蹄地干。芦苇荡的芦苇还在风中梳理秀发呢，芦苇荡的红荷还顾影自怜呢，我红芳才不能卡在钱眼里呢。

红芳莫名其妙地有了心事，自己突然觉得要为自己找个人家了。想到这儿，脸倏地红了，真像一朵红红红红的荷花。

红芳见到了她大学的同学，他毕业后，也来这座城市漂泊了。在大学时，两个人都有那种微妙的感觉，可是都没有挑破，唯恐击碎了这美好的梦境，两人呢，有着小小的遗憾呢。

宇航，你也在这座城里啊！红芳惊喜得忘乎所以。宇航说，是啊，有缘千里来相会啊。见到你，真开心。红芳说，我也是。你在哪儿上班啊？我在一家公司，不太忙，收入也不错，你去吗，我帮你引荐一下。宇航热情地说。

好啊，红芳感激地说。得知红芳曾干过售楼业务，宇航脸上布满了阴云。红芳说，你是想到卖楼小姐先卖身吧，我红芳能做那事情，我还发了呢，我还死皮赖脸不提交辞呈呢，你还见不着我了呢。红芳把经历一五一十地说了，惊得宇航睁大了眼睛。宇航说，红芳是芦苇荡的一朵红荷呢，出淤泥而不染濯清涟而不妖呢！

红芳和宇航在一起工作了。两人相互激励，相互帮助，公司的业绩逆市飘红呢。

宇航说，为了节省生活开支，咱们合租吧。红芳说，这一天总会要来的，别着急啊，等生活有了眉目。

宇航觉得红芳回绝得有道理，很理解她。红芳想，生活总要深思熟虑，不能有闪失。

他们租住的房子相距不远，宇航把红芳送到住处，嘱咐一句，城市太乱，不要乱走动，然后，独自一人回到自己的巢。

他们每天睡前，互发一条“晚安”信息；起床后，互发一声“早上好”微信。他们的生活简单纯净而饱含激情，他们憧憬着属于自己的美满生活。

宇航朴实聪明，肯于吃苦耐劳，很得老板赏识。老板有个女儿去了公司几趟，对宇航很有好感，就快言快语地说给了父亲，父亲亲昵地拍拍女儿的头，小丫头，很有眼光呢。说着，父女俩相视而笑。

老板秘而不宣。

宇航和红芳竭尽全力地工作着，公司就是他们的一切，他们打算着以此为根据地，在城市的某个角落经营一个来之不易的家，好好扬眉吐气做一对城市人。

老板看到他们这么情投意合，这么同心同德，心里很喜欢。可是想得多一点了，心里又涌起一种不可名状的况味。

红芳和宇航算了一笔账，照这么劳动挣钱，驴年马月也挣不到一套房子。他们心里凄然，脸上愁云密布。

在公司，他们也很少说话，只是漫不经心地工作着。

老板见机会来了，说，宇航，你在城里挣一套房子遥遥无期啊，我女儿对你有意，我若同意，我陪送一套房子，一辆车。你可以考虑考虑，先不要答复我，也没有宣传的义务，我女儿还要找婆家呢。

说实话，宇航有点动心，拼搏很多年还没有结果的，竟然得来全不费工夫。人生这么充满变数，这么不可思议！

宇航没有说给红芳。红芳觉得宇航有点变化，至于变化体现在哪里，她也说不清楚。红芳只是觉得建在城市的家，是一座空中楼阁，是一座海市蜃楼。她就像驾一叶扁舟迷失在迷雾中的芦苇荡里，大雾无边无际，弥漫着……

宇航接到家里的电话，要他回家相亲，家人说，在城市扑腾多少年也挣不了一套房子，没房子谁嫁给你啊，回来吧，家里在芦苇荡畔为你建一所好院落。还说，你有本事，有房子，就在城里安家吧！！你也老大不小了，上了这么多年学，家里没花到你的钱，还老让家里费心，上这么多年学有什么好啊，看跟你同龄的谁没有抱孩子啊……挂了电话，宇航很委屈，泪流满面。

是啊，在外面打拼的人啊，谁知道你们的苦衷呢？圆一个梦怎么这么艰难呢？拥有物质的人什么都拥有了，逐梦的人辛辛苦苦筚路蓝缕也没有狭小的栖身之地啊。

城市人看起来平常的生活，对于宇航和红芳来说，就像沙漠深处的绿洲，可以梦想却无法抵达。芦苇荡畔的生活就在现实中历历在目，触手可及。

宇航很痛苦，无疑，红芳是个好伴侣。可是，在这个城市盛得下没有房子的爱情吗，晶莹剔透的爱情，自己崇尚一生的爱情在坚硬的物欲面前不堪一击。

还有，令宇航揪心的是，自己经历没有爱情的生活，行尸走肉也就算了；红芳呢，我能让你过上好生活吗，我只能给你虚无的感情，此外，我还能交出什么呢。应付老板，应付同床异梦的人，应付同事，应付家里年迈的父母双亲……这已使我疲于奔命的了，红芳，你嫁给我，我能给你什么呢。宇航痛苦地捶胸顿足。

红芳，对不起。宇航不敢再多看一眼，就落荒而走。

宇航，无论什么理由，我理解你，城里生存艰难。为了你的生活，不要再找我。红芳发了一条信息。

红芳重新租了住处。她走在街上，热风吹着她的衣袂，吹乱她乌亮的头发，她漫无目的地走着。这座城市，我爱你，你存放着我纯净的东西，我恨你，你击碎了我的梦。自己就像芦苇荡的浮萍，没有根，只能漂泊；自己就像城市里的一株庄稼，到处是坚硬的水泥地，扎不下根须；自己就像一片风筝，在城市上空飘呀飘，要不是那根丝线系在芦苇荡，自己早就栽倒城里了……

红芳去了一个先前认为不齿的地方——足道城。

红芳知道这里是另类的去处，这里只上演无情无义的剧目，在这里，自己不会轻易付出感情了，这样就不会太累。再者，宇航也找不到我。

红芳心里平静了，只是尽职尽心地为顾客洗脚。顾客说什么，红芳顺着话说下去，有板有眼。顾客不说话，红芳默默劳作着。红芳很卖力，让每一个来这里消费的人消费得物有所值，心安理得。

红芳清纯，就像芦苇荡的红荷清新怡人。洗脚女很多都是受欺凌的，可红芳不是这样的，任何挑逗她都能水来土掩，不受伤害。顾客各色人等都有，有一些纯属驱除疲劳的，他们循规蹈矩。他们在城市打拼也常常心力交瘁，只是按按脚，洗洗脚，就像到芦苇荡游览旖旎风光。

到这儿的都是些回头客，为此足道城生意兴隆了许多。红芳多劳多得，还有些合理的小费，红芳心里清净，也挣到了一些钱。足道城女老板很知心地对她，红芳的生活风平浪静。

熟悉了，女老板问，红芳，有人家了吗？红芳微笑着摇摇头。给你说一个吧，老姐不哄你的。红芳半真半假地说，说呗！

那人常来这儿洗脚，从来都是规规矩矩的。

那一天，那人来了，红芳为他洗脚。红芳觉得这人很有涵养，不是花钱消费就颐指气使的那种人，这人也风度翩翩，颇有气质的。红芳心底很看好这种类型的人。可是，红芳不露声色，只是安分守己地洗脚按脚。

女老板说，这个人是一个知识分子，妻子出国好久了，估计不会回来了，他一直执着地等着，是个有情有义的男人。

红芳说，这种人，少之又少了，可是跟我又有什么关系呢。说着，红芳舒心地笑了，红芳好久没有开心笑过了，笑起来，还是像黄莺打啼，清脆悦耳。

女老板说，你心里喜欢，我心知肚明呢。

红芳思忖了许久，他是芦苇荡里的芦苇吗？如果是，我就钟情他了吗？我总不会嫁给一个结过婚的人吧？可是，结过婚的人又怎么了，他是道德败坏的人吗，不是啊，不是，怎么就嫁不得啊，可能这样的人更珍惜生活。红芳信马由缰地想，想着想着就脸红心跳的，心里骂自己，红芳，怎么不知道害臊呢……

红芳就问他，她还回来吗，你什么时候再找啊，你心里还有她的位置吗……他说，不知道还会不会回来，我心里依然爱着她。听到这些话，红芳悲喜交加，悲的是他还依然爱着，喜的是这人这么坦诚这么有情有义。

红芳问，你没有催促她啊，问问她，看她还回来吗。他说，我不问的，只有她说婚姻结束了，我才无奈接受现实。毕竟，我那时贫穷，她帮我读的大学，我不能忘恩负义呢。

你的孩子呢，红芳好奇地问道。

就是因为她不生孩子，才躲避呢。因为她不生育，觉得愧对我；因我爱她，舍不得离开我，她也纠结受煎熬呢。他说得开诚布公，没有一丝虚伪的味道。表面光鲜的婚姻，也有说不出的苦楚。

青春是来不及等待的。红芳知道，连这么一个婚姻自己也无缘收获的。

红芳拿宇航跟他比较，觉得宇航还没有他厚重，他更能俘获了红芳的心。

几年了，红芳没有在这座城收获到什么。自己像芦苇荡的红荷，红衣脱尽。多的只是脸上的沧桑，心灵的疲惫，还有梦想的凋零。

这座城市里有一所大学，盛夏了，该放暑假了。

一个月朗星稀凉风习习的夜晚，红芳不由自主地走进了大学校园，正赶上期末音乐晚会。

一个个节目表演得很精彩。听着听着，红芳心里有一种放歌的欲望。芦苇荡的流水教过她唱歌呢，芦苇荡的水鸟矫正过她的发音呢，芦苇荡的芦苇教过她翩翩起舞呢，芦苇荡的红荷教她楚楚动人呢，自己的歌也会美如天籁的。

红芳得到允许，登台演出。她唱的是《古村女人》的片尾曲“爱情这杯酒谁喝都得醉”，红芳放歌自己的心事，唱得声情并茂如泣如诉，音乐广场掌声雷动。

音乐晚会结束，筹办演唱会的人员执意邀请红芳参加照相，而且让红芳站在最令人瞩目的位置，红芳笑容灿烂……

几天后，红芳背起行囊，义无反顾地离开了这城市。踏上火车，红芳祝福：宇航，只要你过得比我好；你，我爱而敬重的人，她正返回呢……

红芳回来了，看看芦苇荡，绿波依旧东流；芦苇已经干枯衰老了；那一朵朵红荷，红衣脱尽，芳心苦。

樱桃红了

很早以前，许洼的恒生去了一个工厂做工。在许洼时，恒生跟着村里的瞎子学会了拉二胡。许洼村旁是一泓芦苇荡，水清澈，芦苇苍翠，荷花艳丽，水鸟声声清脆。恒生的二胡声里就有了流水的韵味，以及鸟鸣的轻灵和荷花的芳香。工作之余，恒生拉起二胡，拉起心中的失落与梦想，拉起芦苇荡翠苇红荷好风光。

后来，工厂组建文艺宣传队，恒生就可以崭露头角了。他和谁配合得都天衣无缝，歌唱的都因为他的二胡而增光添彩。

宣传队里有个叫樱桃的姑娘，唱得格外好。她不是用喉咙唱，而是用心在歌唱，歌唱中飘荡着丝丝缕缕的情思，能把节目唱得声情并茂，能使演出高潮迭起，能唱得观众掌声雷动。樱桃每每向恒生投去感激的目光，恒生迎着柔和的目光，心底一派翠苇红荷，春光无限。

市里文艺汇演，恒生所在的工厂由于演出精彩，获了大奖。恒生和樱桃都获得了奖品，白瓷茶缸，红羊肚毛巾和一套装帧精美的毛主席语录。厂长为此召开了庆功会，好好嘉奖了他们。

芦苇荡的水依旧东流，工厂的演出依然进行。

一个休息日，樱桃外出看风光，路上遇见了恒生。

樱桃说，出去走走。

恒生说，走走。

然后是沉默。樱桃说，你家是哪里的？

恒生说，芦苇荡畔许洼村，很美的一个村落。

樱桃说，带我看看，行不？

恒生犹豫一阵，没有发声。樱桃说，不答应算了，就当我没说，你也别往心里去。

恒生结结巴巴地说，啊，不是，是……

樱桃说，一个男人，见了我，还吞吞吐吐的，有话就说啊，我还能吃了你啊？

恒生鼓足勇气说，我家里有老婆，我带你回去，要惹不清不白的麻烦。

樱桃忍不住笑了，笑得恒生很不自在。樱桃说，恒生还是个负责任的人，这样的男人好。

恒生微微一笑，什么也没说。慢慢地，前面就是工厂了。

恒生抽空回家看看，老婆说，樱桃红了，回家来吃，我是不会为你送去的，你挣工资我还挣工分呢，再说，红红的樱桃，送到城里，还不挤破呀，真的没法吃了。

恒生到家了，老婆一点儿也不亲热，而是扛着锄头下地干活了。老婆一边走，一边说，自己摘，自己吃，不吃拉倒。

恒生哭笑不得。

恒生的婚事是父母之命定下的。结婚之前没有见过面，更谈不上过往交心。一阵滴滴答答的唢呐声响过，揭下她的红盖头，她就顺理成章地成了恒生的老婆，然后过日子，生孩子。恒生并没感到大惊小怪，更没有感到失落和不满，当时，许洼村的村民都是这样生活的。

恒生有了一个儿子之后，一个偶然的机会，进厂做了工人，成了一个不种地却可以挣钱的人，这让许多人很羡慕，可是恒生的老婆并不这样看。她认为，在哪儿都要出力流汗才能挣碗饭吃，在工厂还没有在农村保险呢，农村有地，有地就有粮食，有粮食就挨不了饿。恒生老婆的逻辑简单朴素很管用。

恒生在夜里例行公事地滋润了老婆，老婆像一棵春雨浇透的庄稼水灵茂盛，满足了，背靠一边睡去了，恒生说，好久不见面，说说话呗。老婆说，老夫老妻了，有啥说的，睡觉！一会儿，老婆就响起了轻微的鼾声。恒生无奈地摇摇头，喃喃地说，哎，这婆娘……

天刚亮，老婆就叫喊，起床了，摘点樱桃带走吃。赶快走，别误了今天挣工资，还有你的樱桃不许给女人吃，我听说了，抓破你的脸，看你咋见人……

恒生没有理她，采摘了一篮子樱桃迎着晨曦就走了。

恒生没有误工。恒生见到谁，就很自然地让着樱桃吃。恒生心里说，许洼村，樱桃多得是，吃了，还可以摘呢，再说，明年这时节，樱桃又红了，就像芦苇荡的水源源不断。

恒生见到樱桃说，樱桃吃樱桃。樱桃以为开玩笑呢，就走过去了。恒生追到樱桃着急地说，真的是樱桃，红红的，甜甜的，你尝尝。樱桃尝了一枚樱桃，由衷地说，这樱桃，甜，汁水多，还没有吃过这味道的樱桃呢。樱桃又开了句玩笑说，恒生人好，二胡好，樱桃也是这么的好，的的确确“三好工人”呢。樱桃带走一些，一蹦一跳地像麻雀一样飞走了，还边走边唱。恒生看着樱桃的背影，心里涌起一阵甜蜜。

工厂一边生产，一边活跃业余生活。晚上，工厂的文艺演出进行得如火如荼，工人及家属就好好看演出，他们的心灵就不空虚了，就不荒芜了，就能大干快上了。有时候，文艺演出也能产生生产力。

也许是吃了恒生家的樱桃，也许是演唱技艺娴熟，总之恒生与樱桃的配合更默契了，樱桃唱得如行云流水，恒生拉得也如行云流水。

樱桃演唱时，眼睛脉脉含情望着恒生，恒生浑身不自在，多么简单的曲子都拉得走了调，樱桃心想，恒生心猿意马了。樱桃就下决心不看恒生，一会儿之后，樱桃还是忍不住看看恒生，只见恒生眯着眼睛拉着，拉得如痴如醉，拉得一身节奏。

平常，恒生就不敢与樱桃对视了。

一天夜晚，演出结束后，曲终人散了。恒生收拾好二胡，要回宿舍休息。樱桃说，今晚月亮很好，随便走走吧。恒生点点头。

他们一前一后地走，谁也不开口。后来，恒生说，回去吧，干了一天活，又唱了一晚上，该累了，休息去吧。

樱桃说，睡不着，一躺下，眼前都是你的影子。樱桃脸色吃吃地红，好在月光掩住了，恒生没有看见。

恒生说，一睡下，什么都没踪影了。好好睡吧，听话！恒生觉得很奇怪，今天怎么用这样的口吻语气说话。樱桃说，我不走，你还要好好陪着我。樱桃也觉得很奇怪，一向温柔的自己，怎么变得这么霸道。

樱桃走着，恒生跟着，不紧不慢地。樱桃很满足，很幸福。

樱桃走着，回头问道，恒生，你怎样看我？

恒生想一想，说，樱桃长得俊，模样甜，唱得好。樱桃说，还有呢。恒生说，没有了。樱桃说，你不说心里话，我问你，你喜欢我吗？恒生沉默了一阵，依旧没有说话。

樱桃说，你喜欢我，可是你不开口，我替你说出来。我也喜欢你，抹不去你的影子……樱桃就泪眼婆娑了。

恒生急得模样很狼狈，不敢安慰她，更不敢为她拭去眼泪。恒生命令式地说，樱桃，回去，休息去！樱桃听出了不可抗拒的意味，樱桃就乖乖地走了。樱桃走时，看着恒生，眼睛依然脉脉含情，依然泪光盈盈。

恒生下了很大决心似的，一次也不回头，走向宿舍去了。

当夜，恒生辗转反侧，难以入眠，他知道樱桃喜欢自己，自己也切切实实地喜欢樱桃。他回味着樱桃甜甜的模样，回味着樱桃甜甜的歌，回味着樱桃明媚的眸子……樱桃的确是个好女子。

第二天，恒生说家里遇到一点事，就向厂长请了假回到芦苇荡的许洼村。老婆没有一点温度地问，不年不节的，你怎么回来了，耽误挣钱呢。

恒生笑笑说，想你了，也想吃樱桃了，再不吃，今年的樱桃就过季节了。

老婆说，不知羞，没出息，待两天，快回去，地里的活我干得了。

工厂里没有了恒生，也就没有了演出。工人觉得去少很多东西似的，干工作没有力气。樱桃心里很着急，暗暗埋怨道，恒生去哪儿了呢，默不吭声地就溜了，心肠这么硬啊……

恒生回来了，还带回了一些樱桃。大家都说，恒生这不是上次的樱桃了吧，味道淡了。恒生说，是是，尾品货，就这味道。樱桃吃了，说，这樱桃还是这么甜。

恒生说，那你就多吃点。

恒生对樱桃不远不近，不冷不热，这让樱桃很委屈。樱桃说，喜欢我，怎么不接近我？

恒生说，我是有家室的人，最后会委屈你的。樱桃说，能跟你在一起一天，我都不后悔。恒生说，话是这么说，我怎么能眼睁睁看着你遭罪呢。樱桃说，你说的不是真心话，我现在就遭罪着呢，你怎么不管不问呢？樱桃胸脯一起一伏的，脸庞红红的，眼里打着泪花花。

樱桃说，晚上，我在河边等你。

晚上，恒生到达时，樱桃就在那里了。樱桃为恒生铺了一片大荷叶，恒生就坐下了。樱桃向恒生靠得很近，恒生能感触到她气若幽兰的呼吸，能听到樱桃心怦怦跳动。

樱桃慢慢就哭泣了，说，我喜欢你了，我也想过后果，可就是控制不住。你帮帮我。

恒生想，我何尝不想帮你呀，你想过吗，我帮你，那不是抱薪救火吗，那还不越帮越忙啊。恒生看得樱桃啜泣着，这么无助，这么无奈，忍不住就把樱桃揽在怀里，紧紧地抱着她，樱桃像风雨中飘摇的小舟靠岸了，心里安定多了。

恒生什么都忘记了，芦苇荡、许洼村、老婆孩子、工厂及其影响都顺着眼前的小河流走了，只剩下楚楚动人的樱桃。

樱桃说，今晚，我给了你，就是天塌地崩，我也无畏无惧。恒生说，我是男人，我不会扔下你不管不问的。

月光下，小河里静影沉璧，草虫优雅地唱着歌。这个夜晚，樱桃把什么都给了恒生。

演出依然进行，工人听得如痴如醉，忘乎所以。

时不时地，他们就去河边，听小河歌唱，听草虫鸣叫，也说说情话。情话没留下痕迹，搭乘河水离去了。

恒生又回芦苇荡的许洼村了，他回来是打算跟老婆说一说离婚的事宜的。可是，怎样厚着脸皮，总是开不了口。

老婆说，怎么回来了？恒生支支吾吾地说，厂长放了几天假，我还做工，还拉二胡，厂长体谅我。夜里，恒生对什么事也提不起兴致，老婆说，嫌弃我了，还是年龄大不济用了。

恒生说，这一段太累了。老婆说，你累，我也累，谁稀罕做那事，吭哧吭哧的，没趣！

如果，老婆能体贴入微地对待恒生，如果老婆能关心一下恒生，恒生也许会内疚忏悔而回心转意呢。可是老婆除了是个女的，能陪睡觉，能傻干活、能生孩子之外，就没有可圈可点的地方，一缕风情也寻觅不得。恒生已经对这种生活厌倦了，从心底说，恒生离开老婆一点也不遗憾，自己想要的她一丝一缕也给不了，还尽惹人嫌。恒生想，我知道老婆是这样的品性，我就不同意这门亲事。我要能遇见樱桃这样的女子，我会不顾一切去追呢，哪怕是刀山火海或者万丈深渊……

恒生又回了厂里。河水一天天涓涓流淌，月亮圆了缺了，缺了圆了，一天天，樱桃的肚子也大起来了，这让恒生无计可施，恒生为此一筹莫展。樱桃安慰恒生说，别怕，苦难，我忍受；你是走是离，我都没有怨言，毕竟我们刻骨铭心地爱过。

纸里面包不住火。他们的事还是暴露了。厂长说，你们是自愿的吗？他们说是。厂长说，这就好办了，大不了，我受处分，降工资，没有什么大不了的。厂长爽朗地笑笑。

厂长说，如今打胎了，一切都来得及。樱桃说，说什么也要生下孩子，孩子我会拼上命保护的。

孩子生出来了，是个可爱的男孩儿。樱桃喜乐得脸庞像红红的樱桃，恒生也很开心，这个儿子是他特别钟爱的，对这个儿子，他爱不释手……

芦苇荡许洼村恒生的老婆还是得知了消息。她扑进城里，飞一般地进了恒生的工厂。她大哭大闹，扯着嗓子骂恒生是没有良心的野男人，自己在家累死累活，他却在这里野得欢；她也大骂樱桃，说樱桃是个狐狸精勾了恒生的魂……

厂长安排樱桃抱着孩子躲到一个安全的地方。厂长知道，疯狂的人在丧失理智的时候，什么事都做得出来的。

后来，老婆逼着厂里开除了恒生。恒生担心樱桃带着孩子是个累赘，就留下了孩子。

樱桃含着泪走了，樱桃去哪里了，恒生不得而知。

恒生回到芦苇荡许洼村，一头扎进院子里，与外面息交。老婆得知那女人叫樱桃，气急败坏地把院子里的樱桃树全给砍了，恒生一句话也没说。

恒生以前有了个孩子，这儿又带回来一个，就两个孩子了。乡里规定，他们就不能再生育孩子了。话说回来，即使想生，哪还有那心思呀……

恒生只是默默地劳作。他们还一个锅里吃饭，一张床上睡觉，可就是无话可说，路人一样。

偶尔，恒生拉起二胡，拉得没腔没调的，呕哑嘲哳难为听，索性也就不拉了。

恒生老婆没有对樱桃的孩子怎么样，还好，能尽心养活。这孩子也是条命呢，孩子是无罪过的。恒生老婆萌发了怜悯之心。

……

流光容易把人抛，红了樱桃，绿了芭蕉。

两个孩子长大了，各自有了自己的生活。恒生老婆生病去世了。恒生也苍老了许多。

一天夜里，年迈的恒生做了一个奇怪的梦，梦见了一院子樱桃树，结满红红的晶莹的樱桃。樱桃跟他一起摘樱桃呢，真真切切的。

恒生就如枯木逢春，枯井生泉，有了精神。那个破败的院落里，恒生栽满樱桃树。恒生想，樱桃还在一个地方等着我，我一定寻到她，无论天涯还是海角……

樱桃离开工厂，离开柔肠寸断的生活，漫无目的地走了很远很远，在一个栽满樱桃树的地方停下了，然后嫁给一个老实巴交的农民。那个人一生疼爱樱桃。樱桃把自己的故事讲给他听，他就专注地听，后来，他对樱桃更好了，不让她干体力活，红红的樱桃让她吃个够，看着樱桃的幸福模样，他生活得很开心。他们生有一双儿女，一家人其乐融融。

孩子成家立业了。老伴也走了，樱桃看着樱桃树，默默发呆，往事像流水淙淙流淌……

恒生骑一辆永久牌自行车，见到大路骑车前行，见到村落，拉起二胡，为了换取饭食，为了呼唤樱桃。一路上，恒生备尝艰辛，他却乐此不疲。

这几天，樱桃心里也颇不宁静，总觉得有什么事情发生似的。夜里，她做了一个梦，恒生千里迢迢寻找她，把她接到一个陌生而优美的地方，一泓芦苇荡，一个古朴的村庄，一个雅致的小院，一院子樱桃树，樱桃树上结满红红的樱桃，恒生摘一枚最大最红也最甜的樱桃送到她的嘴里，心里的幸福像花儿舒展绽放……

恒生寻寻觅觅，从春天找到冬天，从花团锦簇找到雪花翻飞，还是没有找到。恒生心想，猎猎寒风吹不灭我对樱桃的痴情，白雪皑皑封不住我寻找樱桃的路途。一路走来，一路二胡声声，不信春风唤不归。

在一个红叶翻飞的秋季，恒生用一腔真情和蕴藏深情的二胡声，唤来了樱桃。恒生在一个长满樱桃的村落，找啊找啊，那把二胡如泣如诉地拉呀，终于，樱桃循着亲切而扣人心弦的二胡声走来了。

他们都苍老了，可是，爱情却让他们心灵无比年轻。虽然脸庞上，布满沟沟壑壑，可是岁月怎么也洗不去他们的风神。

起初，他们没有一下子辨认出对方。樱桃唱了曾经的歌谣，还是那么情意绵绵，恒生还是那样拉着二胡，他们配合得那么融洽，那么天衣无缝。

恒生用一辆自行车拖回了丢失了四十多年的爱情。恒生骑着车，依然虎虎生风。

樱桃说，后来的日子，我天天为你唱歌，把丢的都补回来；恒生说，我天天为你伴奏，一生一世夫唱妇随。

红红的树叶上上下下地翻飞，秋天把他们的爱情渲染得醇香绵长。

第二年，芦苇荡许洼村恒生的院落里，结满了红红的樱桃。他们欣赏着，品尝着，日子像樱桃一样甘美无比。

樱桃红了……

树上的鸟儿成双对

芦苇荡旁边的树丛里，有很多鸟儿，人们见了，就唱起“树上的鸟儿成双对”。许洼村子里，歌珊在乡里粮店上班，很令人眼气，她倒没有趾高气扬。村里的春光考上学了，这凤毛麟角般稀奇，门当户对，歌珊顺理成章成了春光的媳妇。

他们很幸福，常常唱起“树上的鸟儿成双对”，很和美地生活着。

那时，粮店里活轻，挣钱多，歌珊快活得像只鸟儿。春光在乡里忙里忙外，挣不了几个钱，歌珊丝毫没有介意。

时光的河，冲塌了粮店，歌珊下岗了；春光因成绩卓异，调到县里写材料，成了县委大院的“一支笔”。

歌珊回到家里，做农活。由工人回乡做了农民，歌珊心里难过了一阵子，就过去了。一个在城里，一个在乡下，很少见面，当然，也很少唱起“树上的鸟儿成双对”。

春光想，那时候，歌珊风光时，没有嫌弃自己，还体贴疼爱自己，现在，她落魄了，不能丢下不管不问。于是，春光托关系，让歌珊进了一家工厂。歌珊心里很温暖，她知道春光心里想着她。

城里，他们又唱起“树上的鸟儿成双对”。

工厂不同于行政事业单位，要黑白三班倒，轮到夜班，八个小时是不能合眼的。若发现你偷懒睡觉，通报批评，还要扣发工资。歌珊很要强，坚持上夜班时不睡觉，挣得了如数的工资，额外还发了奖金。歌珊很快活，唱起“树上的鸟儿成双对”。

慢慢地，歌珊受不了。一夜不睡觉，回到家还要刷锅做饭洗衣拖地，歌珊吃不消，熬坏了身子，心律不齐，脸色蜡黄，一副憔悴的模样。有一次，实在受不了，趴着眯缝了一会儿，恰好被巡查的发现，受批评，还要遭受罚款。歌珊想，时间长了，也不是个办法，挣那点工资不够看病抓药的，还误了收拾家务，再说，老让春光丢人现眼，多不好，乡下人在县委大院不好混事呢。

歌珊回来了，春光没有说什么，只是说，只要身体好，就不发愁什么。歌珊心里很晴暖，春光这么通情达理，这么在乎她，是超乎想象的。

歌珊就做家庭主妇，好好经营这个家。有兴致时，他们唱起“树上的鸟儿成双对”，其乐融融。

孩子大了，花销也多了，春光挣不了多少钱，日子过得捉襟见肘。歌珊有时提议，唱支歌吧。春光说，没时间，要加班呢。歌珊知道，春光上班是不拘时间的，有时三更半夜不回家是常事，领导讲话了，稿子还赶不出来，严重失职。

在县委大院上班，就图个衙门高，能提个一官半职，要不，就没有一点吸引力了。春光也是这么想的。现在苦一点累一点没啥，提个局长乡长的，好日子就来了。

春光干工作轻车熟路，从没出现过差错，送走了几任县长书记，不折不扣的“一支笔”。有几次该提拔，都是阴差阳错地错过机会，表面上还显得丝毫没有亏待你。春光为此很不快，可是还不能显现在脸上，要不，领导说你觉悟不高，不讲组织原则，不顾大局等，下一次锅里还是不下你的米。

春光苦苦干了几年，苦苦等了几年，依然原地踏步，止步不前，也就心灰意冷了。心里抱怨，芦苇荡的先祖坟茔没冒青烟……

领导心里觉得愧对春光，一般不怎么使唤他，他也尽心地培养了几个年轻人，年轻人写的也相当好，强将手下无弱兵嘛！

春光的家里很少唱起“树上的鸟儿成双对”。歌珊知道春光心里憋屈，没有心思，也不再提议歌唱了。

在单位，春光还很积极，还是按时上下班，他不敢显现丝毫的颓废情绪，县委大院里纵横捭阖，很要你的能耐的。

在家里，春光寡言寡语的，对儿子，对妻子都不怎么说话。妻子孩子知道他的苦衷，也不计较，他们知道，劝是无用的，怎么也劝不到心里去。

夜里，他们也很少说话，大多时间都是背靠背，互不理睬。歌珊试着抚慰他，春光拒绝了，歌珊就不敢惹他了，只是兀自流泪，打湿衣被。

有一天，春光突然开悟了：写公文，条条框框，老八股，怎么也写不出名堂来。还是改弦更张另起炉灶，写点文学作品，写写官场，写写家乡芦苇荡的好风光。

春光看书多，又在县委大院摸爬滚打这么多年，有写作的丰富素材，加之，芦苇荡的水滋润了他，芦苇荡的花妖娆了他，岁月沉淀了他……春光摩拳擦掌跃跃欲试，铆足了劲，好好写作一番，春光一点也不张扬，没有做出成绩以前，他做得不显山不露水的。

春光的一个中篇在省城的一个驰名的刊物上发表了，还上了头条，这给了他很大的信心。春光依旧不张扬，不发照片，不做作者简介，依旧闷不吭声地耕耘。

春光的作品屡屡发表，刊物就寄到了县委大院，风乍起，吹皱一池春水，大院里都知道春光不仅能写材料，还能写小说，人才呀，天道酬勤呀，苍天不负呀等，声名鹊起。还有人打趣道，春光心大着呢，县委组织部的调令他都看不上，盯着省里的呢，这才是大家……春光微微一笑，什么也不说。

春光回到家里，一脸阳光，歌珊不知道春光遇到了什么喜事，也跟着喜乐。当歌珊明白真相后，提议道，我们唱唱吧，好久没唱了，于是他们手舞足蹈地唱起“树上的鸟儿成双对”。

领导看你没脾气，像牛马一样使唤你，你只有老老实实干活，不得谈条件。春光写作有了名气，让领导不敢小觑，一怕，不任用被别的地方挖去了，落个不重视人才的恶名；更怕自己那些见不得阳光的东西给作品里抖搂出来……

县文联主席年龄大了，退居二线，春光水到渠成被任命为文联主席，文联虽是清水衙门，毕竟是正科级单位，开会时，总要有自己的席位，也可以当面给主要领导汇报工作。这使得春光大喜过望，没有托关系，找门路，天下掉馅饼的事竟然落在我身上，真的匪夷所思。

歌珊斟满美酒，制得美味佳肴，替春光高兴。歌珊不是势利的人，她懂得春光心里的痛，她懂得春光的喜乐，自己的男人终于有作为了，真为他高兴愉快。

春光喝得有点高，醉意朦胧。春光提议，咱们唱歌吧，歌珊看得春光的眸子里春水般的纯净柔和，自己也心里柔软，就唱了“树上的鸟儿成双对”。

春光不再应酬讲话稿和汇报材料，专心写文章，收获颇丰。他充分发挥文联功能，建立诸多协会，开展诸多活动，县里的文学艺术工作进行得有声有色如火如荼，各项工作在市里名列前茅。

春光春风得意，志得意满，常常哼起“树上的鸟儿成双对”。

市文联举办一个以爱情为主题的征文活动，优秀作品在市日报文学副刊上陆续刊登。那一天的报纸登了春光的小说《树上的鸟儿成双对》；无独有偶，同样的一篇《树上的鸟儿成双对》也刊登在本期报纸上，署名“兰语”。春光很好奇，不约而同，心有灵犀，自己认真读了一遍又读了一遍，认定这篇小说很有功底，文字里弥漫着丝丝的悒郁，充溢着旖旎的冷艳，作者应是一位女性。

春光很高兴，文坛人才辈出啊，巾帼不让须眉啊，文学并没有太被边缘化，好好锻炼，这位作者会很有潜力，很有前途的。

春光公务缠身，这件事很快就淡忘了。

后来，开颁奖会时，春光见到了这位获奖作者“兰语”。春光不经意看看她，兰语矜持的目光与他不期而遇，春光急速转移了目光，春光再看她时，她微微笑着，一点也不在意春光的窘迫。

春光立即就有一个感觉：兰语是一个能唤醒人类心灵的女子，瀑布般的黑发，深潭似的眸子，微微上翘的嘴角……自己莫名想亲近兰语，当自己真的想入非非时，心里又骂自己下流，没出息。

春光和兰语的作品获得了特等奖，一起领奖的合影刊登在报纸上，这令他们很相信缘分。

吃饭时，他们又坐在一起，春光很有绅士风度，帮她转桌子，送纸巾，亲切而得体；兰语帮他夹菜斟酒，随和而自然，人们以为他们是熟人呢。

饭后，他们随意走走，随意交谈着。

兰语说，你的文字暖和，为心田吹拂缕缕熏风。

春光说，你的文字悒郁，那股冷艳的旖旎惹人入梦而又望而却步。

彼此开诚布公，交谈了各自的看法，点出了特色，指出了缺点，他们的心底纯洁无瑕，没有一味吹捧的老好心态。他们心有灵犀，简直有了相见恨晚的感觉。

他们兴致很高，他们不谋而合，几乎同时唱起“树上的鸟儿成双对”。

他们心里没有一丝芥蒂，彼此交换了联系方式，就各自离去了。兰语对春光淡淡笑了笑，春光感到一缕阳光直射心灵深处，心里充满了强烈的悸动。

兰语一边走，一边回味春光的模样，觉得自己落满尘埃的心弦被轻轻拨动了，流泻着高山流水的美好旋律。

回到家，歌珊说，今天是个特别的日子，唱歌吧，他们就唱起“树上的鸟儿成双对”。可是春光觉得这没有与兰语合唱得美妙合拍。

歌珊光顾高兴了，春光唱得有点敷衍了事，竟然没有发觉。

男人这破玩意，心里有了激情，像换了个人似的，写作竟成井喷状态。春光写了很多作品，而且写得一点也不牵强，由于兰语的阳光直射他心底，他写的作品不再图解政治，不再肤浅，而是直指人的灵魂，剖析得入木三分，有时竟让自己不寒而栗。

好的作品是写人的心灵的。春光懂得写作的真谛。

兰语好好读了春光的所有作品，慢慢完成了自己的嬗变，由冷艳慢慢演变得温婉有致，当然并不是一味地改变，为改变而改变。

他们交流了心得与看法，这让他们受益匪浅。一个人有时候会一道黑走下去，一个恰到好处的指点，自己就学会感悟了，就进步了。

他们各自说了一些题外话。

说到思想道德，说到社会现象，说到国际形势，说到金融经济等，无话不说，无话不谈，令人欣慰的是他们都不是人云亦云的人，不是亦步亦趋的人，对每一个话题都能谈出独到精辟的见解。他们各自充盈了自己。

春光说，你是能触动我心底柔和地域的人，我以前活着，就像蜻蜓点水一样，想着感恩眷顾扬眉吐气等外在的东西，很是肤浅，你慢慢使我变得深刻。

兰语微笑着，我没有如此的魅力。

春光说，总之，自从遇见你，我变了很多，我悟了很多东西，这些都是没有想到的。

兰语说，人能好好关注自己的心灵就好了，灵魂里开满花朵，就非同一般了。

春光想了想，颔首赞许。

春光说，人仅仅追求一些世俗的东西，会很累很累，追求不到，遗憾，追到手了，好好看看，没有丝毫意义，一生有一种被荒芜被欺骗的感觉。

兰语说，一个女人就像一架瑶琴，有人遇见了知己，拨动心弦，发出清越的琴声，不枉一生；有人像一架瑶琴，上面布满尘埃，无人能弹奏，像白发宫女，了此一生，很可悲的。

兰语说，很庆幸，我的心弦被你拨动了，我心里繁花盛开。

春光看看兰语，很是迷恋，禁不住想拥抱她，兰语也自然而然地拥抱春光。

琴瑟和鸣。

兰语说，多写文字，把思想寄寓在文字里。

春光说，多沟通，写出点有重量的作品。

他们不约而同地唱起“树上的鸟儿成双对”，然后各自回去。

春光回到家，吃饭，睡觉，除此之外，他就在单位读书写作，常常很晚才回去。春光好久没有与歌珊一起唱“树上的鸟儿成双对”，歌珊知道春光很忙，从不强求。

慢慢，歌珊看出春光与从前不一样了，心里被什么给占据了。你天天说忙，我信，可是，你对我是冷是热，我还是能感觉的。想到这，歌珊很害怕，来之不易的生活别毁了，县委大院不允许花边新闻的。

歌珊很聪明，她从不跟梢，也从不打电话盘问你在哪里，只是把家里拾掇得干净整洁，把自己装扮得清秀而不妖冶，朴素而不寒酸，脸庞上春光明媚，嘴里不停地唱着“树上的鸟儿成双对”。

春光回家多晚，歌珊都等着，烧好热水为他洗脚，脸上微笑着，唱起“树上的鸟儿成双对”，妇唱夫随，春光也跟着唱起来……

春光心怀愧疚，回家不再太晚，也跟妻子孩子多说说话了。歌珊很满足，不断地唱“树上的鸟儿成双对”。

春光知道，妻子看出了端倪，妻子是智慧型的，没有一哭二闹三上吊，她采取的是怀柔政策，春光甚至这样想，妻子真做领导干部，并不会干得差。

省里组织一个笔会，市里由春光和兰语代表出席。

他们到省城，见了许多大家，讨教了许多问题，收获不小。

笔会上，他们完成的作品质量上乘，比大城市来的作家写得还好。

他们住在宾馆里，他们的房间距离很近，有时，兰语在春光那里待到深夜，天南海北地谈，乐此不疲。

迷离的灯光下，兰语水中月雾中花般的韵致，撩拨得春光心猿意马；迷蒙的灯光把春光的轮廓写意般地勾勒出来，拂得兰语花枝乱颤。彼此的呼吸急促了，他们又轻轻唱起“树上的鸟儿成双对”。

春光说，咱们的距离，很难把握，太远了，都于心不甘，太近了，也不好，真的很纠结。

兰语说，我们心有灵犀，但我们并不是随随便便的人，要说距离，我想应该是一层衣服的距离。

春光亲亲她，你说得真好，一层衣服的距离。

他们心里亮堂了，就唱起“树上的鸟儿成双对”，没有一丝不自在。

兰语说，家就是一棵树，夫唱妇随，唱起“树上的鸟儿成双对”，就是美满的家。

春光说，咱们回到家，就唱“树上的鸟儿成双对”，家是一艘船，掌着舵，驶向美丽的前方。

兰语说，我一直都没有与丈夫一起唱起“树上的鸟儿成双对”了，我一句一句教他，天天一起唱起“树上的鸟儿成双对”。

兰语刚一提议，丈夫就唱起“树上的鸟儿成双对”，比兰语唱得还字正腔圆，珠圆玉润。这让兰语很吃惊，也很满意。

春光说，兰语我们怎样处啊？兰语说，好好写作，彼此珍惜，兴之所至，一起唱“树上的鸟儿成双对”。

“树上的鸟儿成双对”，人间最美丽最深情的语言。

我悄悄蒙上你的眼睛

天很热，无处藏身。喝杯咖啡吧，我心里突然涌起一个念头。

咖啡馆，掩映在路旁的合欢树丛中，有点生机，有点典雅。

先生好。清秀的女服务员彬彬有礼地招呼着。

我拣一个清静的角落坐下，一杯升腾着袅袅热气的咖啡端了上来。咖啡馆里弥漫着轻柔的歌声：让我悄悄蒙上你的眼睛……

咖啡，刚入口，有点苦，慢慢生香，这味道比脉脉的花香更让人流连。咖啡苦苦的味道，本真的味道。

不远处，那个优雅的女子津津有味地品味着咖啡的韵味，看样子，她很会享受生活。

我用精致的汤匙喝着咖啡，无意识地唱起来，让我悄悄蒙上你的眼睛……唱得很迷醉，唱得一身节奏。

我悠然望南山，女子也用精致的汤匙喝着咖啡，也很投入地唱着，让我悄悄蒙上你的眼睛。

我们相视一笑，一起唱起来，让我悄悄蒙上你的眼睛。我们唱得旁若无人，很多人投来多维的目光。

喝了点咖啡，心里很清爽，也有点莫名的亢奋。我透过朦胧的淡淡的咖啡雾霭，张望着，她发现了，没有躲闪，没有羞怯。她柔柔看过来，雾霭迷蒙着她的脸庞，眼睛微笑着，像一泓微澜的湖泊，齿若编贝……

我们不约而同地离开咖啡馆。她笑笑，很迷人。我也笑笑，很赏识的笑，分别了，我们没有依恋，只是不约而同地唱着，让我悄悄蒙上你的眼睛……

看样子，她也很钟情这所咖啡馆的情调，时不时地来喝咖啡。我们见面的时候，没有拘谨，没有生疏，对面坐同一张桌上。

她说，闲暇了，喝杯咖啡，舒展一下自己，挺美妙的。

我说，咖啡，只要一点，就精彩了生活。茶，必不可少，咖啡，不可或缺。

她说，蓝天丽日，美；云朵片片，也别有风味的。

读一本书，喝一杯符合诗意的茶，一种况味。我说。

喝一杯咖啡，滋生一种清醒一种亢奋，学着看透生活，学会放下。她说。

偶尔，喝酒吗？我淡淡地说。

偶尔，红酒。我扛不住白酒的烈。她笑笑，笑容像开放的康乃馨。

男人，应该喝点白酒的，白酒，男人的味道。她从容地笑笑。

我很少喝白酒的，烈，烈焰般地燃烧，心，往往就有些倾斜了，呵呵……我有意无意地说。她看看我，说，是这么个理儿。

晚上，爱喝什么？我说。凉白开，茶、酒、咖啡，饮不得的，闹不好，会失眠的，白开水，很是朴素，睡眠也酣甜。她说，睡眠，是最好的美容师，当然还有快乐。

我提议，我们一起唱吧，于是，我们就唱起来，让我悄悄蒙上你的眼睛。

晚上，小河旁，一片竹林，那儿，有一排石凳子，听听涓涓流水，听听窸窣竹叶声，很不错的。我说。

她没有说话，只是矜持地笑笑。

月亮浮在小河里，望着天上的自己，幸福地笑着。风，舞动秀竹，拿出了飒飒的声响。这里弥漫着竹叶的清香。

她穿着一袭黑裙子，静静地坐着，像一竿丰盈的竹子。

我远远望见她，夜把她的剪影创作得恰到好处，像一尊女神，端庄，雅致。

我蹑手蹑脚，借着飒飒竹叶声，靠在她的身后，轻轻地蒙上她的眼睛。她宠辱不惊，静静地任凭我蒙着她的眼睛。

我轻轻唱起来，让我悄悄蒙上你的眼睛，她也跟着唱起来，让我悄悄蒙上你的眼睛，让你猜猜我是谁……歌声柔曼，宛若小河水。

我们静坐着，谁也没有开口，觉得说什么都不合时宜，说什么都是多余的。天上的月亮走了很远，我们任时光沧桑着。

她黑黑的长发，黑黑的裙裾，生动安详的脸庞在岁月深处静好。

夜深了，回吧。夜的凉会感染你的。我说。

我没这么娇贵，心底的懂得，驱散夜的凉。她气若幽兰。

挥一挥手，各自踏上回家的路，大雁飞过，天空中没留下一丝痕迹，只留下了一串歌声，让我悄悄蒙上你的眼睛……

慢慢地，角落的那张咖啡桌，像是我们的专属，我们，无论什么时候去那儿，那张桌子都在静静地等待我们。当然，还有那咖啡馆里轻柔的歌声弥漫着，像流水一样澄澈柔和：让我悄悄蒙上你的眼睛……

我们很默契，就像各自生活中的咖啡，不是生活的全部，但不可或缺。

在一个月夜，有着皎洁的月光。我们坐在那个石凳上，沐浴着月光。

我说，茫茫人海中，寻一个默契的知己，几乎是一种奢望，很庆幸，我找到了，感谢上帝！我静静地望着她，月光下的她，一个不可替代的尤物。

岁月无声，可以击碎一切，再完美的形容，都会落得千疮百孔。难得是有一颗诗心的人，选一城终老，选一个诗心温润的人，做生活的咖啡，呵呵……她笑了，笑出来发自心灵深处的甜美和妖娆。

夜深了，我们走向各自回家的路，不约而同地唱起来：让我悄悄蒙上你的眼睛……

你知道我在等你吗

雨后初晴，很澄净。

我手握一本诗集，看云朵舞蹈，听鸟儿啁啾，读几首诗，很舒展。

面前一泓碧水，绿绿的莲叶，红红的白白的莲花，被风儿宠着，欢快地微微摇曳，那脉脉的清芬像柔柔的歌儿飘来……

《西洲曲》，很美的诗。我默默读着，猛然，情不自禁读出“南风知我意，吹梦到西洲”。

读至忘情处，不禁手舞足蹈，击节称赏。

有一首歌飘来，一首经典老歌，你知道我在等你吗……这首歌我是喜欢的，倾诉一种赤诚的倾诉，像莲花一样楚楚动人。

我应和着，唱起来，唱得专注投入。

说真话，我很爱海子的诗。海子是诗歌的殇。他呐喊的，是一个安徽农家孩子的质朴，还有对现实之上的追慕，可惜，他把自己交给了1989年3月26日的如血黄昏。

一个早晨，我又去了这个地方。我发现，这里被喧嚣遗忘，人们在这从容地走着，或者哼唱着令人倍感亲切的歌谣，或者，手持书卷，寻一静隅，出神地读……令人诧异的，还有年届四旬的女子。

我去老地方，读诗。我读海子的《面朝大海春暖花开》：

从明天起，
做一个幸福的人
喂马，劈柴，周游世界

从明天起，
关心粮食和蔬菜

我有一所房子

面朝大海春暖花开

当我吟诵后面一节时，一个柔美的声音与我同节奏发出来。我听着她的声音，知道她懂诗，懂海子。

你早，我礼貌地招呼一下。她微微笑一下，矜持而亲切。

她说，今天周末，出来走走，看看风景，读读诗。

我霎时很惊异，有一种淡淡的敬意。这是没有诗的时代，在这里，这么个年龄段的人，竟然读诗，而且看得她对诗一往情深。

随便谈点什么，她坐下来，在一个不远不近的凳子上。

说说海子，我说。

海子，走了，可是他住在了人的心灵里。她说。

我说，每年清明，许多真性情的人，自发地从远方徒步而来，凭吊他，诗的领地的奇观。

她说，他说出人们想说还没说或者是想说而不知怎样说的话，人们还在回味，还在涵咏，他没有招呼一下，就走了，没有眷顾，人们猝不及防。

以后，清明，是杜牧的节日，是海子的节日，人们不会忘怀的。我说。

我又说，你喜爱什么植物。她不假思索地说，莲、竹、梅。

我爱竹、莲、梅。我说。她看看我，懂得我没有迎合她，很友好地说，相契相知，很难的。

我唱起：你知道我在等你吗，

她熟练地唱起来，我们一起唱，心里盛开一池圣洁的莲花。

该走了，挥一挥衣袖，不带走一片云彩。

那里离城很远，那里有茂林修竹。有时心血来潮，我就去有竹林的地方，听竹子在风中轻吟，也要竹子的雅致冲淡我的庸俗，我的顽劣。

东坡翁，喜爱竹，开了先河。他的竹影婆娑，是我的清泉。

以竹为背景，坐在石凳上看书，不知疲倦。我也许刻意为之，也许是无意插柳，今天带了有关竹子的诗，这大概就是到什么山来唱什么歌吧。

我读很多首关于竹子的诗，我的心底长满一丛翠竹。

即使，翠竹的绿色映着，我的眼睛还是有点微酸。唱支歌，调节一下。四下望望，没有人迹，我觉得我可以肆无忌惮地唱了，要唱得满腔豪情，要唱得情意缱绻。

我唱着，竹子为我轻轻伴奏。我为我的演唱喝彩。

我正唱得兴味十足，同一首歌在竹篁里慢慢响起，就像一支河流缓缓地融在一起。

是她。我说，不谋而合。她说，相契相知。

你唱得好，唱动人的心。我有点羞涩，忙掩饰，我觉得没人呢，就放开了。她以赞许的目光看我，说，人就该像花儿一样在春风中舒展绽放。

我想想，也是，人为什么不能像一棵树一样泰然安然。

我说，你想说点什么。她说，背有关竹子的诗句吧，要不，就辜负了这么青翠的秀竹。

她背：独坐幽篁里，弹琴复长啸。我就接：深林人不知，明月来相照。我们相视而笑。

她说，只是现在没有月光，有点可惜。

我背：南天春雨时，那鉴雪霜姿。她很自然地接上：众类亦云茂，虚心宁自持。我们情难自禁一起背起来：多留晋贤醉，早伴舜妃悲。晚岁君能赏，苍苍尽节奇。

薛涛的诗，她背得出奇的熟稔。

竹子，像温婉的女子宁静深情地凝眸着。

她说，说说彼此的故事，介意吗。

我想，一个女子尚且敞开心扉，说说。何况一个顶天立地的男人！我说，说呗，包袱剪子锤，决定谁先说，这样公平。我出包袱她出锤，她输了，她先说。

她丝毫也没有犹豫，娓娓道来：大学时，爱读书，动动笔，还不知天高地厚地写诗，写散文，写小说，还真发了几篇，是系里的骄傲，系里的才女。她无忧无虑，心底有一片文学的绿洲，渡过大学最美的时光。

她毕业后结婚了，丈夫是农村的，与她同系读书，一起毕业，可谓郎才女貌，门当户对。慢慢，有了孩子，生活很残酷，把她的诗炙烤得气息奄奄，她很遗憾地把诗驱除了，一心一意围着家庭转。围着孩子转，有成效，孩子考上了好大学。围着丈夫转，没有收获。丈夫心气高，很固执地认为，我有德有才，我就该顺理成章地得以重用，他不知道，政治是最不讲道理的最不遵循规律的而又最变幻莫测的，他一个个梦想五彩斑斓，可一次次破灭，他愈挫愈勇，还在苦苦追梦。他变得沉默寡言，甚至有点乖戾。我理解他，支持他，同情他，可是，他对我很冷漠，甚至冷嘲热讽。

我照照镜子，他说我臭美；我简单化妆，我说我妖里妖气。我很谨慎，谨小慎微的，一脸沧桑的。他很自我，我好像可有可无似的，我受不了他的轻慢……

我想：花在岁月中凋零，人在时光中衰老，不可逆转。与其在岁月中坐以待毙，不如读书，歌唱，写写诗，与岁月一起沧桑，与岁月同行，学着雅致起来。我绝不做攀缘的凌霄花，我要作为树的形象与他站在一起。我等他夫唱妇随，琴瑟和鸣，追求生活舞翩跹，不追逐名利，我苦苦等着他，我等得他的躯体，追不上他的心灵。无济于事的。

在世俗之外，我等一个相契相知的人，我唱着你知道我在等你吗，边走边唱，边歌唱边寻觅。

她有点自我解嘲的况味，说，我是不是像祥林嫂，絮絮叨叨的，很讨人嫌的。

我说，没有，你是一个智者，没有人指责一棵树，却有人品评一根藤。你是一棵树，葱茏的一棵树，凛然不可侵犯。

说说你的故事吧，她说。

我没有故事，我真诚地说。这时代，男士比的是官位高低，车的品牌，名宅几处，你却偏偏抱着书，读得痴迷，有什么支撑。

我随便说说，我以征询的目光看她。她说，不是做政府工作报告，没那么严肃。她笑起来很迷人。

我说，我读书时，家庭贫困，我还要读大学，要花销。我没你那么幸运，找一个读大学的伴侣。她高中毕业，很朴实，很勤劳，很顾家，家里拾掇得井井有条，温暖如春。可是，她不读诗，更不会写诗。

我们很少有探讨的话题，家长里短的，说多了，就索然无味了。

我不能冷淡她，这个家，她付出的太多太多。我唱着你知道我在等你吗，娶来她做我的妻子。我现在依然唱你知道我在等你吗，等一个相契相知的人。说说读书，说说诗，有共同爱好更好，例如爱莲、爱竹、爱梅。

我爱书，家里堆积如山，看着书就像看到佳人，即使没有读完，仅仅是看着就有一种满足，一种尊荣。

我爱喝茶，家里瓶瓶罐罐的，尽是茶叶，虽然没有名茶，也是自得其乐。东坡说，从来佳茗似佳人，绝妙。红袖添香夜读书，一种美的极致。一手握卷，一手持杯，这是怎样的境界呀。

我喝茶，洗去尘垢，洗去躁动。我懂得无物常驻，一切皆流。茶，像抹布一样无情地擦拭我，生活的盐，淹得我痛苦不堪。

她说，一切看穿了，就只有寂寥了。我说，我爱茶，忠贞不渝。

天很晚了，我们走了，没有依依不舍，更没有执手相看泪眼。竹子上缀满清露，仄仄的小径，竹子簇拥着，拂着竹子走，清凉的露珠打湿衣衫，印下一抹凉。

我说，我走前面，露水会打湿衣衫。我湿身无足惜，你不能湿，女子怕凉的。我湿身，也不碍的，太阳老高了。

来吧，一起湿身。我呵呵笑了。她悟出来了，笑着说，尽是坏主意。她没有厌恶的神情。男人不坏女人不爱是不是有点道理，我不得而知。

好久不见，虽然心里念着，却也没有打电话，原本也没留电话。默默祝好，彼此祈祷。我去看莲花，莲花纤尘不染，没有她，莲花就白开了；我去看翠竹，依然没有她的芳踪出现，一根根竹子要变成斑竹了。我有点焦躁不安，她还没有长时间不露面的。是不是丈夫剥夺了她的自由，是不是不想歌唱你知道我在等你吗了，是不是……我百思不得其解。

她很善解人意，她来了，来到莲花畔。她说，我正兴致勃勃地走着，突然看见一堆蚂蚁在行雨呢，密密麻麻的，我担心踏着它们，一闪脚，没走好，崴着了，有点痛，拍片看看，轻微骨折，要卧床疗治呢，伤筋动骨一百天，只好困在家里了。怕你着急，告诉你。

我很感动，我说，念着了，就唱你知道我在等你吗，好吗。我点点头，她也点点头。她走了，竭力走得从容不迫，其实，我看她走得很艰难。她不想留下疾病的样子，她穿的清清爽爽，那袭黑裙子，书写着她的风华绝代。

我在家，不时唱起你知道我在等你吗，妻子就天真地问，你天天唱，等谁呢，这么痴情。我笑了，很尴尬，很狼狈，忙掩饰说，心里猛然回响起这一旋律，就不由自主地唱了，呵呵，哈哈哈……以后，我很少在家歌唱，没有歌声的家是风平浪静的。

在湖畔，看着莲花，读着书，我独自一人。

在竹子丛中，读着书，依然独自一人。一个人的世界很落寞。

想必，她在家也枯燥乏味。没有莲花为伴，没有翠竹作陪，为了养伤，还动弹不得，情何以堪！为着她的慈悲，为了她痊愈，我朝夕祈祷，心情无比虔诚。我渴望喜欢一起唱起来，你知道我在等你吗。

岁暮，大雪纷飞，梅园的梅树要绽放花朵了吧。我冒风雪犯严寒，踏雪寻梅，一睹梅树的魂魄。只是她不在，有点缺憾。

我站在梅树前，我还没看到冷艳的花，却意外地看见了她。她有点消瘦了，本来就不丰腴的身子愈发瘦削了，可是神采奕奕的，很精神，脸庞有点白，不知是在家闷的，还是皑皑白雪映的，她很美，我心中的美神。

我们不约而同地来踏雪寻梅，心有灵犀，真好。我欣喜地说，既为她的痊愈，也为我们一起看雪赏花。

相契相知，一种缘。

背背诗吧。我一边提议，一边把厚厚的棉衣加在她的身上，这样的身板，经不得风雨的。她没有拒绝。

她说好呀，就背了"一树寒梅白玉条，迥临村路傍溪桥。不知近水花先发，疑是经冬雪未销。"她的声音像雪花轻盈晶莹。

我背道：年年雪里，长插梅花醉。……雪和梅是最亲密的，雪用锦衾拥盖着嫩嫩的梅花，花朵把嘴羞赧地送来，吻着塞北的雪。梅花和雪花，慢慢唱起来，我隐约听得，她们唱着你知道我在等你吗。

我和她注视着，也慢慢唱起来你知道我在等你吗。

她说，收集梅树上的雪吧，煮茶最合时宜的。我说，雪花煮茶，是个好主意。今天太冷，再喝茶，难敌他晚来风急，先集起来，阳春回暖再泡不迟。

是呀，那是别有风味的。

我说，今晚喝点酒吧。她说，我一向是不喝酒的。白雪纷飞，饮点红酒吧。

在一个简单而温馨的小店，我们喝了一瓶干红。她的脸红红的，像一朵红梅，冷艳而不失温暖。她说，喝点红酒好，不烈，轻飘飘的，身子周围像萦绕着云朵，走起路来，翩翩起舞……

我说，去一家地方唱歌吧，不花去很多时间。我们还要回家呢。家是重要的，那里有我们的亲人，不能荒了家。人到中年，家要祥和。

她调皮地说，你说的醉话，很有哲理的。她又说，在家习惯了，彼此的优点习以为常了，看不到了，我们走出家门等待需要的，我们找到了相契相知的人，是为了更好地回家。我们的距离至少要有一层衣服的距离，我们不是衣冠禽兽。我们在寻找遗落的诗心，寻觅一种生的尊严与乐趣。

我仰视着，她很圣洁。

我们去唱歌，我们依着伴奏唱歌，我到今天才发现我有很卓越的歌唱天赋。我们合唱了很多首歌，合唱，对唱，独唱。

我们播放了一曲摇滚，我们手牵手踏着节拍跳舞，我很近地看着她，虽然不再是青春年少，她的眼睛依然脉脉含情，手很有弹性。

我心底涌起火热的岩浆，我只是拥抱了她，她也拥抱了我。我想吻她，我没有这样做，没有越过一层衣服的距离。

她说，酒有时是一种好东西。

我说，茶让人太清醒，太痛苦，茶道越好，越难以经受沉重的苦楚。偶尔，饮得一杯红酒，心情，生活都是红红的。

她说，唱一首你知道我在等你吗，唱完，该回家了。

我们唱起来，你知道我在等你吗……

我们两个唱得情意绵绵，泪眼婆娑。

我不知哪来那么大勇气，所有的羞涩也一扫而光，甚至有点恬不知耻。我说，我念着你，见你不得，我就在你的楼下或者你的院落周围，来来回回地走，反反复复地唱，你知道我在等你吗。她说，我在家也唱，我歌唱着迎接你。

离开了，各自走向回家的路。

雪花飞舞着，雪的旷野上响彻着美好的歌声：你知道我在等你吗。

手擀面

更生的妻子发现更生有些异常：更生老是编排一些理由不在家吃午饭。以前，更生天天在家吃饭，央求妻子做手擀面。妻子春草不嫌厌倦，专供更生手擀面，而且不断变换花样。每每吃罢，更生显得一脸的满足幸福，还浪漫地抱着春草象征性地亲一下，春草一身的疲倦飞走了，飞得看不见踪影。春草很幸福，嘴里不断哼着曲儿，我们的家乡在希望的田野上……

近来，更生该回没回，撂来一个电话说，几个同事一起聚聚。春草就独自一人吃起手擀面，春草觉得一个人吃饭虽然清净，可远远没有两人一起吃有情趣。女人的手艺是实用的，也是供人赏识的。孩子长大分家另处了，小院里少了更生，院子里空落落的，春草心里也空落落的。

这样的次数多了，春草就警觉了。她想，更生不是变了吧，人到中年了，又有心思了，我平常注意着呢，哪里让他不开心了。想到这里，春草很后怕，怕更生的心，像小鸟一样飞了，再也不落在家的枝头上。更生不是这样的人，不朝三暮四，不朝秦暮楚，更生是本分的人，芦苇荡畔许洼村比他老实本分的人不多见。在深度想想，春草开始责备自己，自己想哪里去了，凭空找不自在不是，照照镜子，脸颊绯红，四五十岁的人了，一脸红，还像芦苇荡的红荷楚楚动人呢。

这一切，春草都没说出来，好像一切正常。

更生以为春草麻木心眼少，看不出端倪，在外面吃饭的次数更多了。春草动了心思，在更生下班时，盯梢着，有时更生与同事聚聚，但更多的是去一个乡村手擀面馆进餐。

春草一下子心如枯井，烂漫的心像干枯的荷叶漂浮在水面上。在家，春草不做手擀面了，早上多做一点，中午一热，就是简单的午餐了。

春草变得很少说话。更生问一句，春草答一句，多一个字也不肯吐。春草慢慢消瘦了，脸庞上的红韵也消隐了。

春草爱想象，想象更生在外面吃饭的原因，想象更生的心思，想象更生与那个风情万种的面馆女掌柜的暧昧关系……春草心里很凌乱，夜里常常辗转反侧，难以入眠。

一天中午，春草乔装打扮一番后，也潜入了那家面馆。下班后，更生如约而至，女掌柜很是热情亲昵，问也不问，就为更生端上了芝麻叶手擀面，更生吃得一脸的满足美味，吃完饭，他俩又旁若无人东一句西一句地谈天说地，那女的眉清目秀的，很有几分诱惑，弄得更生像蝴蝶离不开花朵，更生的眼睛寸步不离地盯着女掌柜，像饥饿的春蚕咀嚼这枚沃若鲜嫩的桑叶。更生离开了，女掌柜殷勤地说，常来呀，这儿就是你的家。

女掌柜很热情，自然能招揽好生意。来这儿吃饭的人很多，每人饭罢离开时，她都会热情地说，常来呀，这儿就是你的家。可是，春草听起来就不那么自然正常，而是像麦芒扎在身上，疙疙瘩瘩，很不舒服。春草想，更生真的变了。

春草没有怨天尤人，而是尽着女人的宽容与柔情打点着这个家。每天午饭前，春草照例一个电话，回来吃饭吗，今天芝麻叶手擀面；回家吃饭吗，今天红薯叶手擀面；回家吃饭吗，今天你最爱吃的芝麻盐手擀面……春草的深情呼唤没有一丝功效，就心灰意冷了。

春草没有显得异常，也没有指桑骂槐，而是把日子过得像芦苇荡的水一样，绿波依旧东流。

春草想到，许洼村的女人还从来没有被休的，每一个女人都活得气壮山河。我不能一直待在家里，做一根缠树的青藤，我也要以树的形象与你站在一起。

春草打量一下自己的身段，确实有点臃肿且不那么灵活了。春草想，傍晚，小区有很多大妈在跳舞呢，不妨自己也加入队伍，跳起飘逸轻盈的舞蹈。她们的舞曲是希望的田野。她们跳起来，舞姿很优美，像风吹过荷叶丛林，像一道道波痕，像风掠过芦苇，俯仰生姿，她们跳起舞来，什么不开心的事也没有了，心底也纯净了，纯净得像芦苇荡的水。

更生有点不舒服，问，你去跳舞了。

春草说，是，没出小区。整天一个人在家待着，憋闷。跳跳舞，散散心。

更生接不上话茬，只是说，是，也是。

日子，像流水一样，平静无痕。只是，春草没有工作，时不时要伸手向更生要钱，虽然更生从没有为难过春草，春草觉得还是自己兜里有钱，花着方便。

春草恍然大悟：如今，有钱才是硬道理。

春草想起往事，觉得自己一事无成，很是愧疚。

以前，许洼村很贫困，天天起早贪黑，也挣不饱肚子。更生很聪明，爱读书，脑瓜儿灵，是读书的好苗子。更生一边读书识字，一边狠命帮家里干活，更生正长身子，又加上活路繁重，常常饿肚子，只好吃红薯充饥，老是吃红薯，弄得胃里像醋缸，老是灌满酸水，很是难受。春草的父亲让春草端去家里的手擀面为更生充饥，更生很是感激，心里一派煦暖。

后来，粮食少，春草的父亲别出心裁，削下龟裂的干榆树皮，做成面掺在杂粮面里，勉强做成手擀面。手擀面是乡村的一大发明，他们没有用面做馒头蒸窝头，那样太浪费面粉；做手擀面，只需些许面粉，多舀几瓢水，就够一家人一顿的饭食了。

一来二去，更生的胃就好了，春草更生俩人也生好感了。春草的父亲很有眼光，看得更生要跳农门进城了，就托媒人说合，自然郎有情妹有意，一拍即合。春草为更生做手擀面，从芦苇荡做到县城，从黄花闺女做到人到中年。更生胃口好，身体健朗，又是货真价实的大学毕业生，加之芦苇荡的生存哲学的浸染，在机关单位如鱼得水，屡屡升迁。生下的一男一女，也都考上大学，谋取得到一份不错的职业。可是春草为人他作嫁衣裳，而自已却一事无成，不能挣得一分一文。

春草想，再也不能这样活，一定要自己动手，丰衣足食。

春草傍晚依旧跳舞，一段时间下来，春草几乎成了窈窕淑女，自己也很满足陶醉。心里一派风光旖旎的。

那天，跳舞的大姐问春草，天天闲着，心里空吗？春草说，有点。大姐说，路口有几间门面房，咱们开一家餐馆呗。大姐看春草答应得不爽快，连忙说，房子是我家的，不要交房租，咱们不开高档的，赔不到哪里去的。春草说，干呗。

很快，那家叫“农家味道”的餐馆就开业了。

城市里，生活好，工作轻，一个个吃得营养过剩。见得“农家”二字，异常亲切，顾客如过江之鲫，络绎不绝。

春草也有了舞台，有了用武之地。春草建议，咱家面馆不买面，用芦苇荡的粮食打面，吃起来营养健康，有农家的味道。大姐欣然应允。

餐馆又做些农家风味浓厚的小菜，芦苇荡藕，那是没说的，芦苇荡畔自酿的红薯醋芝麻香油一拌，吃起来那是一个爽；芦苇荡的鱼，也是地地道道野生的，一入口，鲜嫩筋道，不像人工饲养的，吃起来没有鱼的味道；芦苇荡的荷叶茶自然是免费的，清热去火……

生意很红火，盈利也不少。春草开始有了自己的薪水。当接到第一笔薪水时，春草很兴奋，心里怦怦直跳，做新娘上花车也没有这么兴奋过。

春草中午在餐馆干活，晚上翩翩起舞，生活有滋有味，开心小曲儿时不时迸溅而出，脸庞上写满幸福惬意。

春草不再开口要钱买菜，也能把自家的日子经营得有条不紊。更生很纳闷，问，哪来的钱来买菜？春草说，自己挣的。更生问，做的啥营生？春草说，在附近那家餐馆做手擀面，累不着，充实，还能挣些钱。

更生说，是的，附近开了家“农家味道”，没想到俺家春草主厨呀。春草趁机卖乖说，我的手擀面呀，吃了都说好。

春草很忙碌，不像以前那样一直缠着他，围着他转圈圈。

男人很无聊，当自己的女人围着他时，他老觉得腻烦，一旦你不理不睬他吧，他又怅然若失，想方设法把女人拢到自己的身边来。

春草说，大姐，咱的餐馆要全农家风味的，什么剂也不添加，能干下去就干，干不下去转行，也别丢了本色。大姐说，我也是这么想的，咱们又不是一定挣多少钱，要的就是一个充实，有事干。

后来，餐馆的生意有些冷淡。城里人吃得多了，嘴刁了，味道不尖锐锋利的，他们就留不下印象，就不来了。

春草跟大姐商议，即便这样，也不要添加什么。春草说，要吃还是农家饭，手擀面是农家招牌饭，咱把农家饭做到城市里，端到灶台上，他们要感激咱们的，还挑肥拣瘦，真是的。

他们宁可关门歇业，也不肯瞎捣鼓。春草说，要不咱派人把芦苇荡的芦苇拉过来烧火，看是不是有农家炊烟的味道。试着把许洼村的果树木头拉过来烧火，看能不能把饭做出水果的味道。

城里人说到底不是土著的，查一下户口，追根溯源大多是农村人，他们在这儿吃出了久违的家乡味道，自然不会轻易舍弃的。

更生经常光顾的餐馆被查了，关门停业了。那个女掌柜精明，深知抓住男人的心先抓住男人的胃，她在下面时煮了罂粟，自然有味道了。后来，有人举报，罚了款，关了门，歇了业。

更生很留恋，那女掌柜的眼神瞟过，心里猫舔似的舒心熨帖，那声音，甜甜的脆脆的，像芦苇荡的藕令人爽心快慰，那手擀面也像水蛭的吸盘吸引着他……

更生说，女人有的是妖怪，生活里惯用罂粟；有的本分自然，澄澈湛清，什么也不掺杂，就像春草。

很多男人想本分的做老婆，而奢望邂逅妖怪，或许是妖怪更懂风情。

更生回到家，床冷灶凉的，春草也不在面前晃来晃去，远远没有了原先的感觉，感到很陌生，很不适应。

更生想让春草收心不干，显然是不可能的，不能急攻，只能智取。

更生去“农家味道”看看，人很多，大多夸赞手擀面做得好吃，自然很多男人的目光断不了在春草脸上舔来舔去，这弄得更生很不舒服，他不想让春草在这儿干下去，一天也不干。

更生想了一个主意，去医院开了病历，称胃不好，要在家里养病。

自然，春草回家伺候起更生来了，更生服了一些无关紧要的精补药片，天天吃着春草做的手擀面，慢慢痊愈了。

更生说，还是你做的手擀面养人，才几天呀，就好了。

春草说，你要一直在家吃饭，也不会生毛病的，你在外面吃的啥饭呀，落下了病灶。

更生苦笑一阵什么也没说，春草笑笑，也没说什么。

更生说，咱许洼人说得对，要吃还是农家饭呀。

春草紧接着说，要穿还是粗布衣，相伴还是糠糟妻呀。

更生一错愕，听出了弦外之音，也没有辩解什么。

春草说，一家人一起吃饭，有个好胃口，这家就旺得下去。

更生说，是呀，以后，我天天吃你的手擀面，养个好胃口，真好。

春草说，我以后也不张罗什么生意挣钱了，你的工资就够了。

他们很久没这么说笑了，都觉得很开心。这时，春草不由得唱起来：我们的家乡在希望的田野上……

更生由衷地说，爱吃妻子手擀面的男人是幸福的。

乡村歌声

许洼这个村子，前面是芦苇荡，后面是一所学校。芦苇荡四季长流，荡里翠苇红荷，时有水鸟翻飞。

近来，村民像流水，涌向城市打工了。孩子留守在家，爷爷奶奶管束不住，无可奈何。曾经风光的学校，门可罗雀，即使有几个进学堂的，也多不用心的。

从村子里走出的大学生菖蒲，回来教书有些年头了，见学校这状况，有些着急。他建议校长，请一个演讲家来做励志报告，校长答应了。

演讲如期举行了，新来的县委宣传部长很关注教育，也出席了。

校长跟演讲团队和部长握手，菖蒲看部长很面熟，也自觉地走向前，亲热地握了手，不卑不亢，而且还耳语了一阵，外人看来他们有关系。县教体局领导乡里来的领导中心学校的领导，心无旁骛，看得清清楚楚。

演讲很成功，孩子感动得哭成泪人后，主动学习了，曾经辍学的也真心实意地要求重返校园，学校人又多起来，读书声和芦苇荡的流水应和着，很动听。村子里的老人乐呵呵的，比儿子打工挣钱盖了小楼还开心。老人说，小楼盖得好，把人心拴死了，书读得好，能走向更高处。老人懂得水往低处流人往高处走的道理。

打工的也注意孩子的学习了，常常打电话嘱咐孩子好好读书，没文化很可怕，还情真意切地要求老师对孩子要严加管教。

老师也眉开眼笑了。

许洼学校的教育恢复了原先的荣光，每年都有许多孩子考上县里的高中。每有孩子考到县城读书，许洼村的支部书记和校长都到芦苇荡畔送行，许洼学校的全体师生手持鲜花，列队欢送。这样，谁家孩子出息了，家长也光荣有颜面。

几年后，许洼村的孩子又从县城考到更远的地方去了，许洼成了县城高中里一个响亮的名字。

许洼学校的校长自然升迁了。

现在，谁继任校长，关系重大。教体局乡党委和乡中心学校相关领导商议，异口同声要求菖蒲做校长候选人。

菖蒲是土生土长的许洼人，知道学校走到这一步不容易，会珍惜的。菖蒲是师范大学毕业的，懂教育，懂教育才能干好教育。

教体局和乡中心学校的领导来考查，老师也众口一词，推举菖蒲做校长。自从那次演讲会，菖蒲变得更加努力了，常常早出晚归，把学校当成家，把家务都扔给了妻子。这在学校是有目共睹的。

菖蒲没有任何争议做了许洼学校的校长。

菖蒲想，孩子读书是大事，自己要不是受村里人恩惠，怎能读得起书，怎能有这样的生活环境呢。再者，县里部长还关注着这里的发展呢。

所有的孩子都平安离校了，他在学校看一遍才回家。

他很愧疚地说，我天天回家这么晚，难为你了。妻子说，有时候我也怨你，地里的庄稼荒了，我也干不完。你可好，天天待在学校里，没日没夜的，没来家里多拿钱，反而拿回的少了，这校长少见。

菖蒲只是苦笑。

妻子说，你拿着国家的钱，就该全身心的做事，别分心。庄稼荒了，大不了一季，孩子耽误了就是一辈子。好好干吧，我照顾好家，你干好学校里的事。菖蒲被妻子的话暖得眼睛湿湿的。

菖蒲很有远见，除了搞好常规教学，还动员相关老师外出培训。老师走出去，视野开阔了，知识更新了，教育科学了，学校的教育教学搞得有声有色。

五星红旗在美丽的校园迎风招展。红旗，绿树，白云，村前徘徊天光云影的芦苇荡把学校掩映得异常的美。

菖蒲也是与时俱进，时刻关注国家教育发展动向。他精心研读教育文件，只要条件允许的，他都动手实施。他要求老师立足本土实际，研发校本课。

很快，以“水”“芦苇”“荷花”“水鸟”为主题章节的一套校本课程编著完毕，付诸实施后，学生反映很好，这在县教育界也引起很大反响。

他还提倡，把体育课，舞蹈课，音乐课和劳动课开好，芦苇荡是教室，小船是讲台，把课上出审美，上出神韵，用一方芦苇荡培育孩子的一颗诗心。当然，安全是红线，是生命线，是压倒一切的重中之重。

孩子很喜欢这种教学模式。欢呼雀跃地就学会了，而且孩子还乐于动手，看到自己的劳动成果，真真喜不自禁的。

许洼学校，风光旖旎，教学教育科学有效，吸引很多城里人把自己的孩子送这儿读书。

城里孩子来这儿读书，如鱼得水，兴高采烈的。城里的所谓好学校，收费很高，把孩子的每一分钟都设计好，孩子没有一点自主权。而且老师夜以继日地讲课，学生马不停蹄地作业，不间断地科科考试，把学生搞得像提线木偶，没有丝毫生的乐趣，倒有厌学辍学的心思。

学校人数多，一个个争先恐后地学习，担心掉队。校长菖蒲要求老师让学生多动手，多发现，把自己的思考感悟记录下来，成为自己的东西。菖蒲懂得只要是自己乐意做的，多累都不觉辛苦。

城里人对孩子在这里学习很满意，为交的费用低而心怀歉意，就执意主动多交一些款项，菖蒲不答应，家长就不开心。菖蒲只好嘱咐财务室开具收据，管好用好这笔钱。

还有家长免费送来图书体育器材什么的，学校的硬件设施也一天天好起来。菖蒲扬眉吐气，师生也笑逐颜开。乡村学校拥有这份尊严，难得!

菖蒲会收到很多信，大多是从这里走出的孩子写来的，他们表达了由衷的感谢。菖蒲读后心里很欣慰。

也有一些邀请函寄来，诚邀菖蒲参加学术交流的，一看要缴纳这么大一笔费用，就笑笑把信函放在一旁了，说道，这学校可没有这么多钱。

菖蒲很少写信，但爱跟一个在大学教书的大学同学联系。

菖蒲还将一段趣话说给他，说学校开励志报告会，你的孪生哥哥宣传部长出席了，我以为是你呢，还主动握手招呼呢，知道是哥哥，我很窘迫呢。同学说，哥哥大学毕业，走上仕途，他也不爱张扬。菖蒲说，就是你爱低调，我以为是你来任职呢，我才……呵呵。

同学说，哥哥不会坏你的事，你有难处了，开口，我帮你说给他。菖蒲说，我一个乡村教师，够不着麻烦呢。

他俩信来信往，聊得很开心。同学源源不断地为菖蒲寄来大包小包的书籍，这都是菖蒲用得上的。

菖蒲读书多，把自己的一些想法写成文章发出去，还真有一些核心期刊发了他的文章。菖蒲成了许洼一带的教育名人，许洼学校也成了名校。

有一年，县里的教师节表彰大会就是在许洼中学举行的，宣传部长教育局长等官员为全县优秀教师颁了奖，在风景如画的芦苇荡留了影，一个个兴高采烈。

宣传部长带领一班人参观学习了许洼学校，让菖蒲做了典型发言。部长与菖蒲握手合影留念，以往默默无闻的学校如今风光无限。

学校的孩子像小鸟般快活，身心得以良好发展。

菖蒲说，老师们，据气象部门消息，今年雨量大，河水可能暴涨，你们一是专心授课，不可三心二意，二是看看教室有没有湿漏现象，别粗心大意，三是一定护送孩子安全渡过芦苇荡，万万不可粗心大意。

老师暗暗称赞菖蒲，都说，校长我们都记下了，不折不扣执行，请你监督我们。菖蒲笑笑，大家一起努力。

一天，一个老师说，可能上游下大雨了，芦苇荡水涨了，请校长嘱咐大家多加小心。菖蒲感谢了他，郑重下达了通知，老师说，我们多加小心，确保孩子安全。

下午，放学了，老师按照分工，把孩子一个个护送回家。

菖蒲按照惯例，依然打着雨伞把整个学校检查一遍，看看有无异常情况。这时，云压得很低，云如泼墨，天暗得像黑夜，时而电闪雷鸣。

菖蒲正要回家，发现一个孩子回来了，菖蒲说，你怎么回来了，孩子说，我的语文书忘拿了，做不成作业了。菖蒲说，明天再做呀，孩子说，老师这么好，不做作业，会惹老师伤心的。天很黑很冷，菖蒲心里却是暖暖的。这个原先调皮捣蛋的孩子变得这么有修养，懂礼貌。

菖蒲说，好吧，我等你。

菖蒲说，等一会儿，雨过了再走吧。孩子不同意，说，妈妈看别的孩子到家了，该着急了，我不想让妈妈担心。菖蒲护着孩子，顶着暴雨摸索着往前走。

到达芦苇荡，原先的小桥已经眉目不清了，不知道从哪里走才妥当。孩子可不管这些，急着踏着水就走，菖蒲急忙追上。孩子跑得急，一下子滑落到深水里。菖蒲透过黑厚的雨帘拼命地寻找他，孩子在水里沉浮，哭得令人胆战心惊。菖蒲循着声音寻找孩子，费了很大周折，终于托住了孩子。菖蒲一手托住孩子，一手划水，他们离岸边越来越近了，孩子被推上岸，又冷又饿的菖蒲还没稳过神来，一记水浪扑来，把菖蒲击趴下来，菖蒲还没有站起来，又一记恶浪扑来，呛了水，毫无力气地被水流卷走了……

菖蒲走了。

那天，县里部长和他的弟弟，县教体局的领导，佩戴白花为菖蒲送行。

全校师生手持白荷花，默默肃立。那个孩子父母哭得涕泗横流，菖蒲的妻子已经哭不出声来，菖蒲的孩子身穿重孝手捧遗像，令人伤心动容。

部长握着菖蒲家属的手，说，节哀，菖蒲是个好老师。部长的弟弟说，菖蒲是我的好同窗，我为他自豪。大家看了两个部长模样的人出现在这里，除了哀痛还有些好奇。

菖蒲的同学说，我哥哥出席原先的励志报告会，菖蒲以为是我呢，就主动打招呼。

其他人恍然大悟，他们觉得菖蒲很值得尊重。他们也为自己曾经猥琐的念头而自责。菖蒲不是攀关系的人。

菖蒲成了芦苇荡畔的一抔黄土。

有人倡议，每个月举行一个仪式，每个班级轮流去菖蒲坟茔前唱一首歌，以志纪念。

众人一致同意。

从此，每个月，菖蒲的坟前摆满鲜花，孩子稚嫩深情的歌声响起。

梅子花坊

梅子是东北人。这样说并不妥当，父亲是本地人，年轻时闯关东，落户东北，梅子成了土生土长的东北人，生日那天，瑞雪纷飞，其实东北的冬天常落雪，她就有了一个美丽动听的名字：梅子。

后来，父母自东北归来，梅子也回来了。父母年迈，不怎么做活了，梅子的担子很重。可是，梅子不怕，她好似有法术似的，多沉重的东西压过来，她挥挥手，就过去了，就骤雨初歇，就天光重开。

梅子回来，带来东北镌刻的记忆，记忆是潜在的，看不见摸不着，可是这对她很重要，有时候，需要在回忆中才好更好地生活。她带来的最可说说的是她的口音，那听起来像紫燕呢喃，像黄莺打啼，很动听。不疾不徐，不紧不慢，小河流水似的。

梅子吃尽了苦头，买东西时，卖主听她外地口音，常常缺斤短两或以次充好欺骗她，她可没少哭鼻子，后来，学精明了，只进超市，这里物品的价格不会随行就市，这会一视同仁，她宽慰了许多，脸上漾着微微笑意，若梅花含苞待放。

梅子结婚了，过着平常的日子。日子波澜不惊，一天天一年年地过着。梅子有个和她一样漂亮灵秀的女儿，梅子很开心，梅子很快慰。

梅子在一个工厂工作。没日没夜的，还有毒素侵蚀，还有辐射，过得不开心，这样的环境不适合梅子。梅子鼓鼓勇气，不做这工种了，丈夫通情达理，安慰说，这压根儿就不是梅子的工作，换好的换适宜的，没合适的，咱在家待着，风不吹雨不淋的，我还担心累坏了呢。梅子为丈夫的怜香惜玉高兴了好久好久，一向矜持的梅子抱着丈夫实实在在地亲了几口。

梅子脸色日渐红润，红梅花儿开，真美。慢慢，没有工作，像金丝鸟关在笼子里，虽然衣食无忧，却也不自由不开心，丈夫挣钱也不多，家境略显窘迫。梅子心疼丈夫，天天出去找工作。

精诚所至金石为开。她终于在一家珠宝店工作了。老板是东北人，可能是他乡遇故知，可能梅子美好的外表，可能百灵般清脆的口音，可能澄澈如秋水般的眼神，总之，梅子上班了。

梅子是店里的风景，她值班的日子，是店里大丰收的日子。店里很感激她，她聚拢人气，店里人来人往，有人不愁没生意。

梅子很清纯，像出水芙蓉。店里珠光宝气的饰品，仿佛都是她的，好像佩戴任何一件都恰到好处，可是她一件也不佩戴，富丽堂皇的背景，衬托着亭亭玉立的梅子，是店里一帧最美的图画。梅子会写诗，梅子会审美，她什么都看出来了，可什么也不说。

老板为日进斗金欣喜若狂，自然要多付梅子工资。

梅子婉拒了。梅子说一个店里这么多员工，不同酬会出乱子的，这对店不好，我不多占，其他也就心安理得了，你的好意我领了。老板对梅子肃然起敬。

梅子的女儿很活泼，很上进，一级级上升着，这使梅子很欣慰，孩子的事总之是大事。

岁月的犁，没犁出梅子额上的皱纹，而是愈加光洁可人了。

梅子扪心自问，我是见异思迁的人吗，这工作干得如鱼得水，偏偏心里乐不起来，店里也没什么烦忧的事，为何有种敷衍了事的味道？她责问自己，甚至审判自己，总找不出原因。夜阑人静，她反复思考着，我不适合黄金白银，不适合玛瑙翡翠，不适合珠宝玉器包装出来的俗不可耐，那缕缕庸俗的气流强劲袭来，梅子无力阻挡。

需要什么呢，星星，月亮，可是高不可攀；读书写诗，只可做生活的一部分，不升学，不当作家，整天舞文弄墨，好像不合时宜，好像名不正言不顺。总不能靠喝书卷吃诗词过日子吧，不可太阳春白雪，还要糊口谋生。哦，有了，开一间花坊，经营时鲜花卉，目睹色彩斑斓的花，嗅着花的清芬，读着心仪的书，写着心灵流出的文字，多么称心如意。梅子有了这个念头，兴奋得要跳起来。丈夫起初不理解不接受，女儿鼎力支持，丈夫缴械投降。梅子胜利了。

珠宝店的老板很想不通，一个女人单枪匹马独担一桩生意，不是一件容易的事情。当他得知梅子去意已决时，就不强留了。

老板说，资金等问题，我帮解决，愿你的花坊如火如荼。花儿更适合你的性情气质。梅子遇见知己似的，差点泪眼婆娑。

梅子很有战略眼光，那是一处渐序开发地带，已有医院学校建成了。现在好像门前冷落，假以时日，这儿会车水马龙的。

“梅子花坊”开业了，珠宝店的老板组织了简洁实际的开业仪式，燃放一挂长长的炸响的大地红，梅子置身花坊，游弋花海，真的楚楚动人。珠宝老板说，梅子在花坊就是一株花儿了。丈夫神采奕奕，眼睛里闪着喜悦的光芒，走近梅子，悄悄耳语，你比当时的新娘子还漂亮呢。梅子很是羞赧，回眸一笑百媚生，把个丈夫惊艳得心猿意马。女儿走上来，拥抱着妈妈，祝福妈妈找到最适合的营生。

珠宝店的老板临走时，殷殷嘱咐，有难处，吭声儿，咱东北人不吝钱。老板走时，不忘幽默一句，珠宝店还是有成绩的，员工成了出色的老板。

梅子矫首仰望，看得天蓝云白。

梅子没想到，生意会这么的好，天天有人来光顾，天天很充实。梅子的模样俊，谁不爱美呢，多瞟两眼，一生回味无穷，赚多了。梅子不贪婪，花坊里的花，鲜艳无比，价格却是很低的，物美价廉的，谁不来呀。

医院门口的百货超市先前盛隆，可是人们的理念也与时俱进，探望病号，不再带这样那样的物品了，物品质量次的，过保质期的，占空间，难托运，不受用，超市备受冷落了。还是送上一束花，病号心境霎时亮丽了，病房霎时蓬荜生辉了，一下了春色满园，病人病情也轻了许多。梅子花坊生意兴隆。梅子脸上始终洋溢着笑容，乐此不疲。

即使天落着雨，梅子花坊也开门营业，不可使来者败兴，是梅子的心愿。有顾客，忙碌着，没顾客，听雨，读书，写诗。梅子感到读着书，快乐着，连花束也修剪得雅致美观，心里念着，读书真有用，虽不是立竿见影。

梅子始终是爱动心思的，她觉得仅是一束花还不够，这仅仅是自然语言，懂得花语的能读懂，能领悟，能默默静享。可是还有不懂花语的，何不写上祝福的话，辅之以彩色的便笺，辅之以温暖的文字，使患者怦然心动，令患者煦暖如春。

梅子打电话，问计一个略懂文墨的朋友，那朋友连连称赏，并承诺便笺的事承包给他了。梅子很开心，做什么都一顺百顺的。梅子知道，她的花束配上他的便笺，就珠联璧合，就锦上添花，自然美与人文美的联袂。梅子知道，这朋友离得并不遥远，这朋友读了几卷书，临过几通碑，做这些事，不为难的，好使。

那朋友心有灵犀，想得方方面面，什么场景什么病况都想到了，都做了恰如其分的准备。那便笺匹配或娟秀或遒劲的字体，写有文字的便笺放在时鲜的花束上，就是绝美的黄金搭档。梅子为自己的创意津津乐道，梅子为朋友的无私奉献心涌暖流。这花坊真好，这朋友真铁。

梅子要付朋友报酬，朋友说，鸟翅膀上系上金块，就飞不远了。梅子想了想，再也不提报酬的事，一提报酬，就很疏远了。朋友说，我还感谢你呢，给了我机会，让我习字，让我作文，助我提升，芬芳我的心域。梅子说，你倒欠我丰盛了，朋友笑笑。

朋友很少去花坊，男人只可以买花，真的置身花坊，倒显得不伦不类，再者，梅子花坊，常有男子穿梭，总归不雅。朋友想得周全，梅子很轻松，很快意。

学校也需要花束了。有老师生日，学校便送去鲜花，送去祝福，老师感激涕零，老师容光焕发。梅子花坊的花束有神奇的魅力，每到一处，都馈赠一个春天。教师节，学生自发地为老师送花。老师的无私，老师的博大，老师的教诲，总是深深感动学生，学生在节日送一束花，感恩老师。

孩子去花坊买花，梅子总是要价很低，只够本钱就好。难得孩子一片冰心，自己也想送一束束花给老师呢，老师是园丁，最有资格获得最美的花儿。

梅子的举措，获得很好的口碑，这年月，不贪图利润的商人委实不多。

孩子有时回家，也会捎带一束花儿给父母，父母太辛苦了。梅子被孩子感动着，怎么也不肯收一分钱，还命令孩子把花儿带走。孩子回校时，带来土特产，说妈妈说的，这要你收下，不值钱的。梅子感动得快涌出泪花了。

花儿真美好，孩子真美好，生活真美好，总是天蓝云白的。

梅子有时送最好的花儿给珠宝店，梅子说，美丽的花儿会说话，盛开些花儿，店里会人来人往的。人看见了花儿，不由慢下了脚步。

梅子有时送朋友一些花束，梅子说，你别拒绝，看着花儿，才能写好花语。没有花儿，你不是闭门造车吗，接受好多好多的花儿，写出好多好多的花语，才好。这令白白接受花束的朋友不好拒绝。朋友说，梅子冰雪聪明！梅子笑笑，欣然接受。

梅子遇见了一件蹊跷事。

刚刚从花坊里买了花的乡下人，不多时，又把花儿送回了。梅子觉得他要退呢，梅子不在意，知道乡下人挣钱不容易。

那乡下人吞吞吐吐的，说要把花儿送给梅子。梅子惊诧得张大了嘴巴。梅子问，您为何无缘无故地买花再送花给我？

乡下人慢慢说清楚了。他的孩子在学校读书，老师常常暗中帮助学生，学生进步很大，感恩老师，把钱偷偷塞给老师，被老师慈爱地批评了一顿。学生觉得老师了不起，又不知怎样感谢，就跑到花坊里，你知道后，选最美的花儿给孩子，孩子捧着这花儿送给老师，老师才接受了。老师对孩子那是一个好呀。孩子考上大学了，也有你的功劳，孩子常常说起花坊的故事，梅子接过神圣的花儿，泪光闪闪。

那乡下人忠厚地笑笑，离开了花坊。

梅子觉得自己的梅子花坊并不是可有可无的。

花坊是感动的源泉，花坊是美好的渊薮。梅子觉得自己很伟大，很自豪。她暗暗夸赞自己：梅子真棒！

太阳升起落下，月亮盈圆复亏缺，梅子花坊四季花开，日月流香。梅子依旧花儿那么美。

这里，梅子花坊俨然成了地标，镌刻在人的心灵上。

女儿读了大学，梅子的笑容像花坊的花儿绽放，永不凋谢。

千江有水千江月

桂生村前有条河，漫长无际。

桂生小时候，爱在河边玩耍。乡村的学堂很早就放学了，桂生闲不住，挑逗牛，被踢得魂飞魄散；爬树掏鸟窝儿，鸟儿在他头上盘旋，拿尖锐的喙啄他稚嫩的头，惊吓得险些跌落下来。桂生不敢调皮生事，在河边来来回回地走，看水静静流，听鸟儿啁啾啼叫，看芦苇青翠，看荷花浅白粉红。

桂生爱芦苇荡，堪比学堂。芦苇荡的内容比老师的中心思想精彩，坐在教室里，老想芦苇荡的风光，老师见他走神，狠狠尅他一顿，他不假思索地说，教室的布置赶不上芦苇荡，你讲课没有水鸟唱得动听。乡村女教师脸色绯红。

桂生的母亲知道孩子很聪明，不爱进学堂，惹恼了老师，孩子这辈子就废了，就踩着月光，拎些红枣和花生，扯着桂生给老师道歉赔不是了。

桂生其实心里没有忏悔，怕母亲伤心，就不敢造次，只好安心读书了。

桂生嫌书里的东西少，填不满脑子，很着急。他去芦苇荡偷偷划船，划了好远才返回。他把母亲纳鞋底的大针弯成鱼钩，还真的钓出了几条鱼。他用芦苇管做成笛子，尽管吹起来呕哑嘲哳难为听，还是神采飞扬。

母亲说这孩子不能不务正业，开始向村子里有书人家搜罗书籍。桂生如鱼得水，他在课堂上，拼音学得好，那本字典快给掰破了，很多书囫囵吞枣地读完了。

桂生家劳力少，工分挣得也少，分的粮食也少，一家人老是饿肚子。桂生母亲夜以继日，继续劳作。

有月亮的夜晚，是不会错过的。天边一片月，万户捣衣声，那情景撞击心扉。这时，桂生就不由自主背起来：长安一片月，万户捣衣声。桂生母亲心里乐开了花。

家里一盘石磨，月上高天时，桂生母亲就推磨磨面，起初推起来很轻，慢慢，越来越沉。借着月色，桂生看见母亲脸上挂满汗珠，一阵心疼，自己狠命地推。

四更树挂月，母亲就下地干活了。桂生见不到母亲，害怕得要哭，母亲再也舍不得丢下桂生下地了。

见桂生在河边走，母亲也跟着走。母亲想说什么，欲言又止。桂生说，娘，这河从哪里来，到哪里去，我长大了看看有多长。母亲听得，心里很兴奋，孩子的心长翅膀了。母亲说，好吧，好好看看，回来讲给我听。桂生欢欣鼓舞，好像已经开始探索了似的。

母亲目不识丁，母亲找来的书，生动了桂生的心灵。

桂生看见一句诗，千江有水千江月，美得陶醉了。村前的这条江这么长，这么多水，走到哪儿都能看到月亮，多神奇呀。

桂生还知道，月宫里有嫦娥，有吴刚，有玉兔，还有桂树，吴刚砍伐桂树，老是砍不倒，还永不言弃。桂生想，到底是天上月亮上的人，这么有信心，有毅力，天上的事，真醒人。

母亲不想拴住桂生，不想把他留在黄土地。

一个月夜，母子俩在河边走着。母亲问道，桂生长大了留在家里种地，还是干轻松的活路。桂生说，我不想走祖辈的老路，我想尝试新生活。母亲说，那要离开你的村子，你的母亲。桂生说，我往上游走，夜间我去河边走，把我的影子照在水里的月亮上，流向你，你在河边看见我了，就不想我了。

听着桂生的话，母亲暖暖的。桂生又说，你站在月亮下，看月亮，月亮里就有你的影子，我抬头看月亮，就看见您了。母亲乐出了泪花。

桂生心里一轮明月照耀，很亮堂，很澄澈，境界很高远。桂生考上了大学，留在城市里，开始了有别于父辈的生活。

桂生有了家室，工作也很忙碌，很少回家。

桂生的城在家乡河流的上游。母亲想桂生了，就在有月亮的夜晚去河边，看水里漂来的月亮，果真看到了。桂生结实了，魁梧了，白净了，身上弥漫着一团文气。这一夜，母亲睡得香甜。

桂生多次接母亲来住，母亲执意不从，说，你们各有各的事儿做，我也帮不了。我身子结实硬朗着呢，再说，我想你了，就能在河里的月亮上看见，放心。

桂生有个女儿，很聪慧的。女儿说，给奶奶买个手机。桂生给母亲买个手机，母亲说，这东西真好，离老远就听得见说话，听见你们说话，我就放心了。女儿说，奶奶，月亮升起来的时候，爸爸给你打电话，您能看见他，他也能看见您，多好。奶奶连连称是，还是我孙女乖巧。

月上柳梢头，桂生就给母亲打电话。叮嘱母亲多吃新鲜蔬菜，叮嘱母亲多喝开水，叮嘱母亲少盐多醋，叮嘱母亲勤晒被褥，叮嘱母亲适量活动，叮嘱母亲醒来后别急着起床静待一会儿……母亲仔细地听着，一一记在心里。

母亲很听话，就像桂生儿时听母亲的话一样。

每次接过桂生打来的电话，母亲很温暖，充满了力量。

女儿大了，该考大学了；桂生在单位也举足轻重了，要做很多活，有时加班到深夜。

母亲在有月亮的夜晚，等不到桂生的电话，很失落。喃喃自语，桂生这孩子忙呢，要不，要打电话了。

女儿说，爸，您是咱家的脊梁，照顾好自己。桂生刮刮女儿的鼻子，说，这才是我的贴心小棉袄，别担心，爸爸结实着呢。女儿笑得很灿烂。

女儿考上大学了，女儿所在的大学在家乡河流的上游，也在桂生城市的上游。

桂生给母亲打电话少了，村子里众说纷纭，母亲很坚定，桂生是个令人放心的人。

母亲在月亮升起来的许多夜晚，都没接到桂生的电话，心里落寞，心情清凉。村子里有人提议，你打给他，问问情况。母亲没有接受，母亲平常关机，只在有月亮的夜晚打开。

一天夜里，月亮皎洁，夜很深了，母亲正要睡呢，电话响了。

电话是桂生打来的，桂生说，女儿在大学，起初不熟悉，在有月亮的时候，老打给我，我安抚她。现在这孩子又关心我，一遍一遍地。女儿还叮嘱我有月亮了，别忘记给您打电话，女儿还说，她在上游，把影子印在了河里的月亮上，流给我，在我这儿，再把我的影子印上，流给您，您就都看见了……

母亲喜出望外，披上衣裳，急忙奔向村前的河畔，看那轮圆圆的月亮，看看儿子，看看孙女儿。

千江有水千江月。

谁爱风流高格调

风雅身居蓬门，偏爱读书习作。

风雅见自己的习作像模像样了，就动心思投寄报刊，当然，大都是泥牛入海，杳无音讯。风雅家在芦苇荡，有莲荷的清芬，兼有芦苇的坚韧，他并不气馁，一如既往地写着。

一天，市级报纸文艺版刊登了风雅的一篇散文，风雅激动得热血沸腾。报刊编辑的一封信，更让风雅心里风起云涌。编辑说，风雅的文章虽然尚有瑕疵，但立意高远，颇有风骨，写下去，应该前景广阔……

风雅看了很多书，写了很多文字，源源不断地投递上去，文章隔三岔五地发表了。风雅写得越来越好，发得也越多。

闲谈交流，风雅得知编辑老师，也是当地才秀，很年轻时都在大牌文学期刊发过文章，而且被选刊转载，名副其实的风流人物。

编辑老师没有架子，见到风雅一是鼓励，二是指点，每一句都很有价值，风雅茅塞顿开，文学创作突飞猛进。

一次国土文学颁奖仪式在本地隆重举行。风雅和编辑老师都是这次征文获奖作者，偏偏，风雅的奖项比编辑老师高。风雅很敏感，很不自在，他看看编辑老师，发现编辑老师的表情怪怪的，觉得很尴尬。

风雅领奖后，犹豫不决。跟编辑老师打招呼，怕有炫耀的嫌疑，不打招呼吧，怕落一个骄傲自大目空一切的名声。风雅在编辑老师旁边来来回回地走，老师说，风雅，好好写，前途无量。

风雅不敢偷懒，苦心孤诣地写着。风雅很纳闷，编辑老师签发他的作品越来越少了，如今的作品写得好多了，仍不能见报。

风雅暗暗责怪，这老师心眼这么小，容不得后来居上，还做编辑呢。

风雅百折不挠，一直勤奋地写作。有时，给编辑老师写信，彬彬有礼地咨询一些事宜。编辑老师不厌其烦，循循善诱，并建议风雅把满意的文稿投寄更高级别的报刊。

风雅背地里嘀咕，编辑老师冷淡我，还扯着帮扶关怀的旗帜，真的高明，佩服之至！

风雅常去芦苇荡走走，观览旖旎风景，感受自然风物，体悟自然之道，每走一次，都受益匪浅。风雅援笔成文，寄发出去，几乎可以刊登发表。

风雅隐隐对编辑老师有了看法，小报编辑，井底之蛙，嫉贤妒能，我偏偏不受阻碍，我要写下去，寂寞地写下去，哪怕一路风沙，哪怕一路骤雨，我也不退缩，我要写出掷地有声的作品，偏一隅而雄天下。

风雅为自己念头感动，他农家子弟朴素笨拙外表下深藏的原力和韧性得以激发，宛如池塘春草。

风雅文如泉涌，汩汩不止。他的几篇散文登上了国家级的文学刊物，他成了本地文学界翘楚，风光无限。

风雅几乎洛阳纸贵，很多刊物差不多一纸难求。风雅说，我不能做忘恩负义的人，偶尔应付了事地涂鸦一篇投寄本地报刊。令他意想不到的是，编辑老师竟然没有签发他的文章，还郑重回信，就风雅的写作态度狠狠批评一通。

风雅恼羞成怒，扬言再也不给这位编辑老师写稿，这样心胸狭隘的编辑老师是不配令人尊敬的。

编辑老师一直认真编辑他的文艺副刊，他编辑的副刊在全国报纸副刊评比中，斩获大奖。

风雅写的作品越来越多，也越来越好，成了小有名气的作家了。

笼罩光环的风雅，春风得意，渐渐把编辑老师忘记得一干二净。

烟花三月，风雅收到编辑老师一封信，大意是说，你在国土文学征文中获奖，奖项比我高，我由衷高兴，这证明你文学功力深厚，能大有作为；我建议你向高级别报刊投稿，是想要你鹰击长空，而不是燕雀屋檐；我没有签发你的稿件，反而批评你，是想告诉你，文学不容玷污……还有，你以前发表的文章零零散散的，不成体系，我运用人脉，联系了一家出版社出版你的作品集，不知你是否有此意愿，顺便告诉你，这次出版，无须自费。祝愿你在文学的天空飞得更高，走得更远，字向纸上皆轩昂……

鱼儿离不开水

王局长奋斗一路，也算功成名就，做了县里的广电局长。

上任伊始，他就力排众议，把单位食堂的老姚赶走，换了乡下来的强子夫妻。对此，局里众人颇有微词，有点权势，就搞裙带关系，连食堂这等小事也要洗牌，唉，一人得道……王局长置若罔闻，新伙夫走马上任。

强子勤快朴实，饭做得实惠有风味，人们吃出了幼时的味道。

老姚做饭用油多，下料猛，吃得人们满嘴流油。慢慢地，人们感觉腻了。

强子从不在菜市场购物做饭。他家在芦苇荡，菜蔬丰美，水产丰富，麦子金黄，全是绿色的。强子的母亲得知用酵母菌发酵做馒头，狠狠说落了一顿，要改做酵子馍，兜酵子的事娘包了。强子很开心。

强子开饭适时，不早不晚，人们就餐不冷不热，恰到好处，心里那叫一个熨帖。强子并不斤斤计较，除了馍菜汤收费外，荷叶茶，藕粉汤什么的一概不收费，人们很乐于这样。

王局长就餐，强子一视同仁，照样收费，而且没有优惠。人们瞪大了眼睛，一阵错愕惊诧，纷纷议论，强子看样子不想干下去了，显不出局长的威仪，你还能干得久？还是老姚会来事，上任局长吃饭向来不收费，盛饭菜时，还讲究学问，再者，老姚趁局长回家时，老把一些受用的东西送去，人们慢慢见怪不怪了。

人们就餐时，说，这馒头好吃，有妈妈的味道；这肉香还筋道，小时候过年才尝这味道；这莲藕甘脆清香，顺心顺口的……强子夫妇听得，心里乐开了花。

强子媳妇没大言语，可是像莲藕，心眼多呢。她指挥强子什么时候要荤菜什么时候要素菜，吃黄瓜还是芹菜，吃鸡还是烧鱼，强子照着做，没有丝毫差池。强子媳妇很聪慧，从不在众人面前吆三喝四的，只是默默微笑着，劳作着。

人们吃着强子夫妇做的馒头好吃，竞相往家里带，强子有点不快。媳妇说，卖馍的一街两行，人家争着吃咱做的，给咱面子呢，多干一会儿有了，多大个事儿！强子不吭声了，傻傻地笑。

人们吃着称心如意的饭食，议论纷纷：这王局长到底比上任深，不显山不露水的，暗地里不知吃了强子多少好处呢。

也有人说，别小看乡下人，农村长庄稼也长智慧，强子夫妇心眼多着呢，硬是抓住了人们的胃，攥住了人们的钱包，人们还乐得屁颠屁颠的。

强子一脸委屈，哀怨地说，如今这人这么难供呢，心掏出来，也不领情。

强子媳妇说，嘴长在他身上，任他说去，诚心诚意做好饭，就好了。强子把情绪扔在芦苇荡，让水带走，满心喜悦地，把饭做得吃起来津津有味。

嫌吃饭时单调寂寞，单位在食堂放一部电视，当然，多是播放自己录制的片子，这多亲切，还能提提意见，提高水平。

县里的电视台也转型了，不再重复播送医治不孕不育的广告了，不再老是播送人家制作的片子了，要走向基层，服务民生。

王局长去了芦苇荡，拍一部专题片，帮那儿的农民解决种地的技术问题，解决芦苇荡水产销路的问题，解决城乡日益隔膜的问题。

就餐时，人们看到芦苇荡的旖旎风景，禁不住啧啧称赞，不知不觉，多吃了饭食。强子夫妇看到家乡的风光，一脸的阳光灿烂。

县城里各单位慢慢多了一个话题，就是广电局的伙食。外单位离得近一些的，往往来这儿蹭饭，还竖起大拇指称赏，搞得强子夫妇好难为情。

王局长果然有水平，电视台工作大有起色。转型转得好，片子拍得入心，文字画面都没的说。有几个栏目拍出了特色，拍出了艺术，拍出了党和人民的鱼水情谊。

人们私下里议论，王局长真会的多，受着芦苇荡的馈赠，拍着芦苇荡的片子，就像汇仁肾宝的广告语，你好，我也好。有些人很会调侃，见了面，就嬉皮笑脸地来上一句，你好，我也好，然后格格大笑。

强子只是傻傻地笑。强子媳妇听出了端倪，一言不发，只是默默劳作着。没人在时，媳妇叮咛，强子，好好干，别把污点染给芦苇荡。

强子夫妇得知王局长嫁闺女，偷偷去了。王局长连饭也没留，强子夫妇就回来了，一路上，闷闷不乐的。

一天，人们正就餐，收看“人物访谈”节目。讲述王局长的故事：王局长是孤儿，以前下过乡，下到芦苇荡，一个乡村妈妈尽心照顾他，在乡下考上大学，分配了工作，一步步当上了局长。那个母亲就是强子的奶奶。

王局长争得乡下妈妈的同意，让强子继续支持他，来单位做饭。单位吃到了朴实真诚的饭食，强子也顺理成章养家糊口了，强子的孩子正在广电局附近小学读书呢。

节目评论说，王局长存有私心，存出了心系百姓，存出了城市反哺乡村的情谊。另外，王局长嫁闺女时，只收下了乡村母亲一针一线纳出的几双鞋垫，其他什么也没有收下。

人们不约而同，把目光投向强子夫妇。

含泪的舞蹈

老张平常很是心力交瘁，可是一到舞场，就精力充沛，跳得有板有眼。

老张平时很忙，只是晚上在广场，早上在公园跳跳舞。

老张跳舞，他人众说纷纭。有人说，臭老男人，但扎女人堆儿，没个正行。有人说，抱孙子的年龄了，整天摇头晃脑的，不务正业。有人说，老男人，是古董，越老越值钱，说不准，是中老妇女的偶像呢。老张什么也没听到，全心全意跳舞，舞场的女人对他说不上热情，也谈不上冷漠。乐曲响起，人们翩翩起舞。

老张有特异功能似的，如果广场或者公园，没人跳舞，也很少看得见他，一待舞曲响起，老张跟地上冒出来似的，一下子就奔赴到了舞池。

老张跳得很忘我，别人在旁边走过，以鄙夷的眼光看他，他熟视无睹；别人私下议论乃至谩骂他，他置若罔闻。

老张悟性很高，舞跳得突飞猛进。

老张还有个让人觉得奇怪的现象，就是无论跳得如何入神，到了点钟，就准时离场。哪怕舞场再热闹，再精彩，老张也不留恋。

很多人说，老张真怪，更年期的男人大都这样吧。

老张跳舞很有成果，面色红润了，腿脚灵便了，人也精神了。

有人窃窃私语，老张要枯木逢春呢，老张老夫聊发少年狂呢……

老张只顾跳舞，心无旁骛。他跳起来，舞姿已没有丝毫的僵硬与呆板，他的身体很灵活，身体语言好似吟诵一首首关乎舞蹈的诗。

老张一向不缺席的，以前，他是否缺席，人们并不过问，谁会关注他这个可有可无的人呢？现在，老张偶尔迟到或者缺席一次，人们就会很快发现，顿时觉得舞场没了灵魂似的，心里怅然若失。

有人问，老张还迷恋跳舞？老张说，蚂蚱还在草里蹦呢，树枝还在风里摇呢，人不跳舞，一辈子亏大了。

老张的话土里土气的，人们听着，心里舒坦。跳舞的人也好像寻觅到了跳舞的理由，人们开始对老张有好感了。

老张一跳舞，就是一个真正的舞者。灯光下或者迷雾里，老张的动作没有丝毫的轻佻，眼神也没有丝毫的暧昧和猥琐，真的把舞跳成舞，把舞跳成诗，把舞跳成画，好像在波浪里跳，好像在云端里跳。

老张几乎成了草根舞蹈队的技术指导，舞蹈教练。

老张从不好为人师，也没有乐不思蜀。到了点钟，准时离去。

老张把天跳阴跳晴，把月亮跳圆跳弯，把自己跳得舞姿翩跹。

有组织广场舞比赛的，别人调侃着要老张男扮女装，参加比赛，这个队保准旗开得胜。老张没有去，只是笑笑，什么也没说。

一年重阳节，市里组织老年人广场舞比赛，尽管很多人真心实意请老张参加跳舞比赛，老张还是没有答应，只是说，那一天，我一定去看看。

重阳那天，天高云淡，菊花飘香。奥林匹克体育场，广场舞比赛如火如荼。老张所在的舞蹈队表演了，乐曲悠扬，舞姿刚柔并济，舒展自如，观众聚精会神地观看。

在观众位上，老张推着轮椅，在欣赏着一场绝美的舞蹈。老张感到轮椅上的老伴和着舞蹈的节拍微微晃动着，老伴也感到老张扶着轮椅的手也在有节拍地动着。

老张轻轻地说，我真傻，一冲动，一脚踹断了你的腿。

老伴说，那年月，我太任性，跳得有伤风雅，老婆跟人家跳舞，换上我，我也会踹她的腿，你不是坏人。

老张说，你嗜舞如命，却再不能舞起来，我造孽呀！

老伴说，你也不易，我在家享福了，你里里外外地操持，孩子有出息了，个个有着落了，还要跳给我看，为我解闷，大老爷们儿还学女人舞，难为你了。

老张说我就是你，我跳得好，你眼里发光，好像要站起来了，好高兴呢，我男人舞跳得越好，你越羡慕，越伤心，只要你开心，我把女人舞跳到老，不怕人笑话。

过一会儿，没了声息，两人对视着，发现对方都是泪眼婆娑。

夕阳的柔和的光芒，把他们满含的泪花染成红红的琥珀色。

信 封

这年代了，李局长还挎一破旧军用包上班。

他是复员后，一步步当上局长的。

李局长很特别：一个老旧的挎包里总装一个大笔记本，笔记本里夹很多信封，爱拿出来看。别人很好奇，总看不到。

李局长从不让办公室收发员为他送报刊书函，他要邮递员亲自送至办公室，他若不在，就不送。邮递员从不放空，因为李局长不离岗。

李局长干工作，不允许工作拖拖拉拉。

他不爱掩门，总大门洞开。这样一来，整个机关被一双犀利的眼睛张望着，人人小心翼翼，再者，也消除员工的好奇心，别人从门前走过，李局长的一举一动都看得一清二楚。

李局长办公室很少有人进出。

有人从门口走过，老看见李局长从包里掏出一个笔记本，聚精会神地阅读，再投入地端详信封里的东西。看样子，笔记本里夹了很多信封，牛皮纸的，不薄不厚，令人浮想联翩。

有好奇者，借故进去，想看个究竟，李局长总是机敏适时地把信封夹到本子里，再把本子装进挎包里。然后，给进门者倒水，嘘寒问暖，进门者说几句无关紧要的话，就退出去了。李局长笑笑。

像滋生杂草一样，有关李局长的流言弥漫开来。

李局长看起来一本正经的，其实也不过尔尔，装进信封里送过去，他也是来者不拒的，只是别太直白就好，信封真好，浮云遮望眼。信封不厚，其实一张卡也不多厚的。

李局长妻子虽在外地，这么漂亮温柔，孩子这么有出息，还见异思迁的，不知几个女人的照片装在信封里，时不时地看呀，英雄过美人关也难，这世道，不怕没有好男人，是怕坏男人化装得比好男人还好。家花没有野花香，真经啊！

还有很多版本，不过，没人说给李局长听，可是很多人都希望每一个版本都是真的。

有人想满足私欲，悄悄送了一个信封。他收下了，送信封的人，还喜还骂，喜的是收了他的钱，就要替他消灾，他就天遂人愿了。骂的是本是区区小事，还要送了才办。喟然长叹：人心不古，江河日下。

事情办妥后，李局长把信封完璧归赵，说，该办的无须送，违反原则的，千金不换。说罢，他就走了，那人一直错愕不已。

李局长开办公会，把局里同类的事一下子处理了。流言消弭了，与事者见了李局长都感恩戴德地笑。

有几个姿色出众的少妇想靠近，李局长处理得恰如其分，既没有跟她们肌肤相亲，也不使她们失却多大面子。以后，李局长见到她们，微微笑着，她们为自己的行径愧疚，觉得李局长更有魅力了。

很多人好像一下子觉得生活没有趣味了，开始炮制新的流言。

李局长胃口大，送星星点点的，他会收吗，济不了用，还名誉受损，傻子也不干的。

李局长会跟这几个女子亲昵吗，你们也不撒泡尿照照，配得上李局长吗？他英姿飒爽的，迷的女人多了，能看上你？再说，眼皮底下走着，都心知肚明的，你以为李局长脑子进水了呀！现在，名声对领导很重要。

很多人议论着，生活得有滋有味。

近来，人们觉得李局长很特别，一会儿入神地看着信封里的东西幸福地笑，眼神里泛着甜美的涟漪，一会儿又愁眉苦脸，满是苦楚。他用清水洗洗脸，打起精神，投入工作，有条不紊。

有人说，李局长怎么了，悲喜交加的？有的回答，明摆着呢，东西收到手，自是欣喜，可那是炸弹，说不准何时何地就炸了，能不悲呀。

还有人说，找一个女人容易，送一个没那么容易，女人很有心计的，说不定被有心机的要挟了，怪不得李局长常常心不在焉。

李局长显得精神不济，面色发白，有时会对这厚厚一摞信封发愣，有时会情不自禁地流下泪水。他发现自己失态，连忙擦拭。

一天，李局长的办公电话骤然响起。他没来得及收拾办公桌上的东西，没来得及带上门，就奔赴医院了。

有人查看信封，抽出来信笺细看。一类是父亲写来的，父亲不会写字，每次都画家乡芦苇荡的莲花，暗示他不忘清廉，每月一封。父亲病重，自知留世不久，一口气写了好多封。一类是妻子写的，说她的病渐次好转，孩子很健康，一直进步，怕他不信，每次还附了照片……

岁岁东风岁岁花

许洼村声名远播。村子里年年都有考取大学的，像收麦子一样一茬一茬的。谁家有儿女参加高考，谁家的麦子长势旺盛，收割着金黄的麦子，就是收割金黄丰硕的希望。他们挥汗如雨，麦子一垄一垄放倒，然后挺直腰板儿，极目眺望，见得天蓝云白，心里像云朵一样舒展，眼神宛若芦苇荡的流水一样澄澈。

水到渠成的，许洼村的大学生在城里谋职的多，逢年过节的，常有小轿车回来，成为乡村的独特景观。不久，一条水泥公路从县城修到村里，把土里土气的乡村连缀在城市的一端。异乡人进了村里，啧啧称赞，这村子外面有做官的，乡村不大，出秀才，好地方。

这里，芦苇荡依旧东流，满目芦苇，十里荷花，景色美哩。

这几年，芦苇荡的鱼虾慢慢少了，撒了很多网，也捕不得鱼满船舱。

村里的长安决定不再打芦苇荡的注意，他要离开村庄，进城打工。他家花销很大，大孩子大学毕业后，留在了县城，娶妻生子，还做了个不大不小的官。大孩子娶的是城里的姑娘，媳妇儿只顾自己的小家，别说贴补乡下家用，就是回去的也少。只是水产旺市时，他们才开着车回来，走时候，那媳妇大包小包地拎着，累得表情痛苦，也心甘情愿的。

妹妹翠云反感。她为此看不起嫂子，连带着也看不起哥哥。翠云很有血性，读书很上心，几乎过目不忘。她说，读书一点也不苦，像看着芦苇荡的风景一样，令人心旷神怡。

长安心想，几年后，许洼村出秀才，还出女秀呢。想到这儿，长安心里暖暖的，心里尽是女儿亭亭玉立的模样，尽是孩子春风得意的风光模样。

长安说，翠云丫头，好好读书，我挣钱供你。翠云感激地望着爹沧桑的脸庞，心里植下一棵信念树，这树枝繁叶茂的，蓊蓊郁郁的。

每当翠云需要钱时，长安的钱就准时到达，一点也不耽误，真是好雨知时节。翠云矫首昂视，见得天边云蒸霞蔚，心里花重锦官城。

长安不懂春风得意马蹄疾，一日看尽长安花的，可是他心里是故乡长满庄稼的原野，生机勃勃的。

翠云很争气，在县城读几年书，硬是没有迈进哥嫂家的门槛儿。翠云心里知道，一个读书而不能挣钱的女孩儿，哥嫂是不待见的。翠云隐隐听说，哥嫂是不支持自己读书的。理由还冠冕堂皇，说什么女孩儿越大越笨，读书也是白耗青春白花钱；即便考上了，几年毕业了，也要嫁到别人家去，就像自己养猪，别人卖钱一样。长安很生气，我不指望你们供她，我还能动，供她上学，还行的；再说，我不会伸手向你们借钱。翠云委屈得胸脯一起一伏的，眼里噙着炽热的泪花，强忍着没有流下来。

长安在城里，干的是掏力气的活。自己没有什么技术，只好找一个建筑队干泥工。

长安看看高高的楼，心想，这座楼的一砖一瓦还有我起的呢，来自翠苇红荷芦苇荡畔许洼村农民为城市增砖添瓦呢。想到这儿，力气倍增，活儿干得快，干得干净利索。

夜里，长安在简陋的窝棚，一躺下就入梦了，有时也鼾声如雷的。这些，窝棚的民工是不会计较的，干活儿哪有不累的，累了哪有不睡的，睡了哪有不打鼾的，打鼾解乏呀。

有时候，长安买来一袋儿花生米，一小瓶二锅头，慢慢消受着。出来大半年了，想家呀，有乡愁呀，不想儿子，想家里的婆娘呀，想读书的女儿呀，女儿读书读得怎么样呀，我家要出女秀呢。长安慢慢地品着酒，浑浊的泪水不知不觉地流下来了。泪眼婆娑中，变幻出芦苇荡的景观，婆娘的柔情似水的眼神，女儿翠云楚楚动人的模样……

长安自嘲地笑笑，怎么就流眼泪了呢。许洼村的汉子是不轻易流眼泪的。

酒，在异乡，把长安的乡愁浇灌成了庞大的花朵。

长安喃喃自语，醉倒在这样的乡愁里，别有一种滋味。几十年了，在许洼村，长安从未有过这样的尖锐体验。

那一夜，长安和衣而眠，辗转反侧，夜不成寐。那一夜，长安没有发出幸福酣畅的鼾声。越是夜深人静，长安越是出奇地清醒，连一点点睡意都没有，故乡的一切历历在目。

长安想，今夜可能睡不着了，老是翻来覆去的，自己的一点心事都绽放了，不好；再者，弄出声响，惊扰了别人，也不好的，别人也累呢。索性，出去走走。

在这儿很久了，长安还没有好好地看看城市的夜。城市的夜，处处霓虹闪烁，处处喧嚣，处处弥漫着美与魅。这里的夜是有别于故乡的安谧的，芦苇荡的萤火虫点着幽幽的灯，光很温暖，像一帘幽梦。村庄里一片宁静，偶尔，传来几声犬吠，村庄显得更加幽静了。

长安漫无目的地游走着。一个僻静的角落，有一家洗脚城，招牌上的字迹一闪一闪的，很昏暗，很暧昧。

一个三四十岁的女人倚门而坐。她见到长安来了，热情地说，进来吧。长安听罢，加快了脚步，离开这里。他仿佛听到女人的笑声，可能是笑他胆小羞涩，似乎没有恶意。

长安走了一段路，前面黝黑，不敢前行了，就又折了回来。那女人就见了，说道，进来吧，夜深了，很凉的。

长安咂摸着女人的话，没有发现里面的阴谋和陷阱，迟疑了一会儿，就情不自禁地进去了。

屋里，灯光暗暗的。音箱里流泻着美妙的曲子。长安听出来了，是一首很好听的曲子：其实你不懂我的心。

女人说，洗洗脚吧，不贵的，三十块，送你全身按摩。

长安听着歌，还有一丝丝香水的气息袭来，自己好像没有了自控力似的，任由女人摆布。

水热热的，长安的脚浸泡在里面，感觉美美的，这感觉就像花骨朵一层层绽放。长安沉醉了。女人说，你是出苦力的。长安说，是，泥工。

女人全神贯注地洗着脚，按着脚板，修剪着指甲。

按着长安的胳膊，女人说，你的手粗糙，掂锄头的手也没有这么粗糙。

长安说，土里刨食，供孩子上学不够花，我农闲时进城打工了，城里真累。

女人说，我懂得。我也是农村的，孩子没了爹，家里没了顶梁柱，孩子上学机灵，我不想误了她。

长安说，一家不知一家的难处。

女人为长安全力以赴地按着，长安身上的劳累像蝴蝶一样扑闪着翅膀飞走了。长安很本分，没有动弹，连一点暧昧的想法也没有滋生。

女人说，我不多收你钱的，我不风骚不年轻，不讹人的。我是从农村来的，咱们一样的。三十块钱。

长安多付给她一点钱，女人不要。说，你也需要钱，就这我比你挣钱容易多了。

长安回去了，临走时，女人说，你累了，就来这儿，我给你按按，顺便说说话。

长安就回去了。长安想到婆娘，觉得自己很龌龊，三更半夜的，孤男寡女的在一起，让人说闲话的，孩子听说了，怎么看自己呀，在许洼村还有脸面见人吗。又一想，我一个人在外拼死拼活地干，图的啥呀，还不是为了家呀。我花费三十块钱就恢复体力了，有体力才能好好干活好好挣钱，牛还要吃草呢，车还要加油呢。想到这儿，长安就心安理得了。他很快就睡着了，梦里，婆娘来了，与自己甜蜜地温存着，嘴角绽放着黄菊花。

此后，长安神采奕奕的。干活很卖力，活干得更好了，工头说，你挣钱供孩子读书，大好事。你干活不惜力，不偷懒，难得。干着活，不叫苦，还哼唱歌谣，这么乐观，感染人多出活，我也不亏待你，一天多发你几十元的，够你生活的了。

长安得知，这个人也是来自乡村的，本分，没有一心钻进钱眼里。长安很感动，很欣慰。

长安没想到在城里，艰难的黑暗中还有一丝曙光，心里也亮堂堂的。

长安脸上的泥点灰点，就销声匿迹了；长安的胡子常常刮刮的，再也不是瓜蔓似的丝丝缕缕地错乱着，很精神的，长安就像芦苇荡里的芦苇挺拔坚韧，散发着阵阵清香。

洗脚城，有了超乎异常的吸引力，成了长安暖暖的牵挂。长安懂得，他永远不会去得太早，他舍不得耽误女人的生意。

女人的处所是一座灯塔，导航着长安的行程。

女人说，坐下，我帮你洗脚。

女人说，我为你好好按按，你多挣钱，供孩子读书。

长安很温暖，觉得女人说的话就像是自己婆娘说的，那么自然，那么贴心。

长安说，我感到跟你很亲，我婆娘也是这么说话。

女人说，天下的女人都是好的，在外地遇着，还不帮衬呀。长安抖抖胆，定睛看看女人，女人也毫不畏惧，静静地看着长安。长安看出了女人心底的无限柔情，看出了女人身上开放的善良的花朵。长安私语，这么好的女人，做这种营生，委屈了呢。

女人说，出力挣钱，养家糊口，天经地义。再说，一个乡下女人，在城里还能做些啥呢，在城市，开一家洗脚城还是能挣些钱的。只是，人，要自重，什么事都是你情我愿的。等待把孩子供到大学毕业，我也就不干这营生了。乡村好呀，水在河里清澈地流着，花在树上脉脉地开着，比什么巴黎香水香得自然多了……

长安看看女人，心底很是钦佩，觉得她就是芦苇荡一朵清新绝俗的荷花。

长安不敢想入非非，唯恐冒犯了女人，弄得双方窘迫尴尬。这儿是我在远方的驿站，我不能陷落了。当一个人对一个人或者一个地方倾注真情时，心里是多么地幸福温暖，如果不慎摔碎了，失却了，该是多么地遗憾与痛苦。

长安一如既往的劳动着。钱依然适时地给女儿寄回去，女儿说，我学习一步一台阶的，进步快着呢，你等我传喜报吧。可是，您一人在外，很不容易哦，照顾好自己，以后我会好好疼你，不会像哥哥一样……

长安心花怒放，喜上眉梢，抬头张望，道旁树上几只花喜鹊吱吱叫呢，喜鹊登枝啊。

只要心中有了爱，有了希望，枯木也能逢春，沙漠也能变绿洲。

长安离开了，女人说，一个男人在外漂泊，很不易的，你的衣服脏的，我帮你洗洗，磨烂的我给你缝缝，别太客气。

长安回去了，心里春意盎然的。

翠云说，听说哥哥升职了。长安说，好事呀，为许洼村涂脂抹粉了。翠云说，有啥了不起，不是还照样不顾家吗？升职光荣了，可是，不孝顺的名声传出去，又给咱村抹黑呢。原来，哥哥多好呀，我以为读了大学，更好呢，谁知道，进了城，娶了城里的媳妇，咋就变了呢，城市与咱乡村水火不容呀，有节操有志气，城里人别吃乡下人种的粮食呀！

长安说，我姑娘说的一条一条的，有道理呢。读书，才有见识，上学才有境界，卖力学呀，咱家的女秀才，呵呵……

长安穿着女人洗的衣服，很舒心。衣服干干净净的，还散发着洗衣粉的香味。破烂的衣服缝补得针脚密密的，几乎看不出破绽了。长安穿着衣服，好像沐浴在春风里，被幸福包裹着。

夜很深，长安有点累，喝了点酒，又去那儿了。

长安说，我有点想女人了。

女人说，这是自然的事，时间长了都想。可是，想了又能如何？咱们不能做的。为了供女儿读书，我来到很远的城市，说是当保姆呢，就是不想让她看到在开洗脚城。她若发现了，死活不会再读下去呢。咱们暧昧了，纸里面藏不住火，泄露了，怎么面对孩子呀。女人说得很淡然。

长安说，是呀，有家归不得，眼前有女人碰不得。乡下人怎么就生活得这么憋屈呢。看看城里人，多随便。

女人说，这要开了头，会上瘾的，人都是贪婪的。咱们柔情蜜意的，你家里的婆娘咋办，我舒心了舒服了，让另一个无辜的女人受伤，我舍不得，你也舍不得。她为你生了孩子，你在这里，她心里说不定牵挂成什么样子呢。

长安心里酸酸的，不由得用粗糙的手摩挲着女人的脸，由衷地说，你真是个好女人。女人说，我是乡村来的，得知乡村女人心里的苦。

女人看看路上没有人，悄悄关上了门，扭暗了光线，一会儿以后，动情得有些颤抖，像梦呓一样说道，你我都很不易的，你我都不是坏人，彼此抱一回吧。

长安不可遏止地抱紧了她。滚烫的唇送来，女人很滚烫地对接上去。一堆火焰熊熊燃烧，当长安伸手去女人身上宽衣解带时，女人的唇果敢地离开长安，双手用力地推开他，说，不能了……

女人说，我是尘封的火山，不能爆发。你是流淌的河，不能泛滥。咱们都是彼此的过客，为了生存在城里相遇。这支插曲只能做以后回忆的片段，不能惊扰了彼此的幸福生活。乡村有乡村的活法，不能随随便便的。

长安半是满足半是遗憾地走了，临走，长安说，让我好好看看你的脸，刻在心里。

女人很听话，柔和的光线下，女人的脸庞很迷人。长安专注地看啊看啊，迈不开脚步。女人熄了灯，推了他一把，命令道，开走，我要睡觉呢。

女人的屋子里美妙的旋律停止了，其实你不懂我的心，这支歌飘在城里的小巷里，慢慢消散。

长安回去了，在床铺上，回味着美好。

等到长安再去时，这儿已是人去楼空了。

长安焦急地问，你们知道这家洗脚城搬哪里去了吗？

人们淡淡地说，她搬走很多天了，她搬走的那天早上，飘着细细的雨。她还说，要过年了，该回家了，孩子也该回家了，欢欢喜喜过大年。

长安喃喃地说，是该过年了，是该过年了。

各自忙碌着各自的生意，没有人揣度长安的心情。人面不知何处去，桃花依旧笑春风。

长安魂不守舍的，干不下去了。也许是心无处停放，太累。也许是自责，自己的鲁莽伤害了女人，使她无处栖身。不能为她披上嫁衣，就不要抚摸她的一袭秀发。长安在无人处，狠狠地掴了自己几巴掌，骂道，畜生不如的家伙。

人呀，有一点距离，真美。真的太近了，就会烧伤的，烧得伤痕累累。可是，滚滚红尘中，又有几人能把握得了恰到好处的距离呢。

长安对工头说，过年了，我要回去。

工头说，几天后就走，火车票我为你准备好了。长安说，家里有事了，等不得了。

工头给他清了工钱，还多付了一千元。说道，该过年了，置办点年货，欢欢喜喜过个年。好好供孩子，一学期就高考了多操心呀，提前给您拜年了……

长安钱也没有存上，裹在一堆破烂衣服里，装进一个皱皱巴巴的尼龙袋，上面塞一些破的泛黄的旧报纸，搭乘一辆长途汽车，就火急火燎地回家了。

汽车开到县城里，就停下了。离得近的就回家了，长安离得远，已经没有了城乡快运，深夜汽车站的的士都是黑车，喊的价杀人放血的。再说，也饥肠辘辘的了，再说，从城里划向许洼村的船也停了。

长安吃点饭，扛着尼龙袋子漫无目的地走着。依然是小巷深处有一家洗脚城，那里霓虹闪烁。

一个年轻妖治的女人招揽生意，对着长安说，一路劳顿，洗洗脚，全身按一遍，五十块钱，不贵的。

长安神不知鬼不觉地就进去了。

女人身上的香味像罂粟，灌得长安迷醉。她很殷勤地端来一木桶热水，把长安的脚放在里面。这女人的一双纤纤玉手在轻轻地摩挲着，一双含情目流出的柔情把长安浸泡了，长安觉得不落魄了，他慢慢觉得她就是在远方城市的那个女人。

女人，穿着很露，她一边为长安按摩，一边让一对鼓鼓的奶子夸张地舞蹈，晃得长安神魂颠倒的。

女人说，你回来过年，挣钱不少吧。

女人说话的时候，显得很关切。长安想，女人都是水做的骨肉，都清爽善良的。男人可以在疆场上征服一个世界，可是在温柔乡里一个女子轻而易举地就可以俘虏他。男人在柔情蜜意里最容易放松警惕。

长安说，是，平常寄回家一些供孩子上学用了，还有些留着过年，为孩子考大学准备着。

男人是不是都是这样，见了女人就没有了敌意，就忘记了提防。

女人说，你们乡下人真行，自己有地种庄稼，喂牲畜，还来城里挣钱，分城里人的蛋糕，真的不地道。长安听得这话不入耳，仔细打量着这个女人，哎呀，这个不是那个，这个女人眼里有寒意有杀机，令人毛骨悚然的。

女人说，洗好脚呢，去里面按摩吧。长安顺从地去了，这个女人很轻佻，很挑逗很撩拨地按摩着。女人说，做吧，不贵的。长安依旧顺从。

女人放浪地躺下，长安去解衣衫，刚掀开，看到白白的酥胸，就一声惊雷炸响，乡下佬，胆大妄为，敢耍流氓，报警！！

长安一下子蔫了，住了手，嗫嗫嚅嚅地说，我错了。一会儿，脸上浸出了汗水，身上也湿透了。

男人说，都说乡下人老实巴交，鬼才信，辛辛苦苦挣几个钱，就动坏心思，真恶心，真丢人，拉倒派出所去，让警察通知他村里来领人。

长安这时身上一阵阵发冷，后悔莫及，到家门了，怎么就做出这等荒唐这么丢人现眼的事呢。

长安可怜巴巴地讨饶，不报警行吗，我丢不起人呢。

那个男人说，说你老实吧，能做出这等事；说你不老实吧，这点事吓得脸色蜡黄。这样吧，大过年的，也不报警了，省得你家连年也过不安生，把你的钱留下，就便宜你了。钱没了还能赚，脸面丢了，拾不回来呀。谁叫我心地善良来着。

长安一声连一声地说着谢谢，一边把辛苦换来的钱拱手送了过去。长安想这个尼龙袋子不能留在这儿，万一这点蛛丝马迹做了什么线索，拔出萝卜带出泥，又把自己捎带进去，才是有苦难言呢。

长安走了，千恩万谢的。念叨着，你们大慈大悲，菩萨现世，一定大富大贵的。

长安走了很远，才发现，下着雨呢。一场雨，演化成一场雪，城中增暮寒。

雪，纷纷扬扬，无声地落着。

长安顶着夜色，冒着寒风，披着雪花，深一脚浅一脚地往家赶。

拂晓时，长安回到家。婆娘见他如此狼狈落魄，心疼得直落泪。

婆娘和翠云听长安讲经过。长安说，想家了，回来了。春运了。买不上火车票，坐汽车回来的，刚下车，遭打劫了，命险些搭上……

翠云说，你平平安安回来，就是大幸。以后不让你打工供我了，在家好好与我妈妈生活。城里人欺负乡下人，不奇怪的，我嫂子就怠慢咱是乡下人。

长安回去后，变得少言寡语的，还找了一顶帽子戴上。帽子压得低低的，唯恐村里人从自己身上看出秘密。春夏秋冬，长安都戴着帽子，只是单的棉的替换着。

翠云读了很多书，有了自己的思考。为什么，城里这么龌龊肮脏，乡下人还络绎不绝地往城里涌；为什么，城里人由乡下人养着，还成心伤害乡下人；为什么乡下的羊还跪乳呢，乌鸦懂得反哺呢，城里人却是厚颜无耻无情无义呢；乡下人读书读出息了，为啥都赖在城里而不回家了呢；城里人有权柄还是……

或许，乡下人没有多少见识，很多事上都输给了城里人；或许是，乡村不够美，缺少应有的魅力，或许……翠云想，乡下人真的没有志气，人家不欢迎你，谄媚地往上靠什么呀。自己的家乡山美水美，他们还屁颠屁颠地往这靠拢呢，花香蝶自来。

我要读书，我不能做城市的仆人。我要城市向乡村俯首称臣顶礼膜拜，起码，令乡村不做攀缘的凌霄花，死皮赖脸地缠着树，而应该以芦苇和红荷的威仪与你们站在一起。总有一天，乡村天更蓝，云更白，水更清，花儿更妖娆，杨柳参差舞……

高考，翠云考得出奇的好。她没有填报炙手可热的志愿，她报考了北国的一所大学，那所大学坐落在皑皑白雪上，那所大学乡村规划与建设专业，是国内一流的。冬雪千里，睹纷霏而兴咏。

秋高气爽时节，翠云去报到了。长安送孩子，翠云说，我长大了，自己飞过去。翠云走得很远很远了，长安还痴痴地目送着，帽檐遮住了视线，他摘下帽子，依然望着女儿翠云远去。

阳光照耀着，摘下帽子的长安有说不出来的清爽。心里说，孩子，给乡下人争口气，乡下人能抬头做人了，我就不天天戴着帽子了。帽子挡的不是寒冷，而是乡下人的耻辱。

天高云淡，望断南飞雁。

天高云淡，乡村最美。

或许，不久，城中增暮寒的时光就流走了。

岁岁东风岁岁花。

我在春天等你

童歌的家乡在许洼。祖祖辈辈都在这片土地上繁衍生息。到了童歌这一代，好像芦苇荡就没了魅力，苍翠的芦苇，粉红的荷花，他都视而不见。

高中毕业了，他高考落榜。他的父亲为他在芦苇荡畔建了一个庭院，张罗着为他娶媳妇。童歌不答应，倔倔地说，芦苇荡的风景，我早就看腻了，我不会像你们一样，对这儿恋恋不舍。我考不上大学，我照样在城里混，娶个城里的洋娘们儿。父亲拿他没法，甩了一句，兔崽子，有日天的本事，使出来，省得当爹的操闲心了。

童歌说，你好好种好你的田，好好溜好你的鸟，好好撒好你的网，好好做芦苇荡的好子民！！说完，带些简单的行李，进了城。

童歌读书不太好，可是脑瓜子活泛。看看南门的集市，逛逛西门的菜场，就有了门路。童歌看哪样菜模样中看并且卖家少，他会一并买了，待个半个时辰摆出来叫卖，便轻轻松松赚了一笔。

后来，这行当不行了，他去图书批发市场批发学生用的资料，去边远乡镇销售，穷乡僻壤的，卖书的少，加之，农家供学生读书鱼跃龙门急切，他的书销量大，赚钱多。他说出了生意经，别小看一本书赚得一块钱，量上去了，也是财源滚滚呢。

后来，文化部门扫黄打非，很严厉，童歌被罚得惨重。童歌想，这样小打小闹地发不了家，致不了富，改弦更张，做正当营生。

在一家有名的医院旁边，开一家花店，应该是个好主意。现在，人们追求时尚，过生日，送花；开业庆典，送花；情人节，送花；探望病号，依旧可以送花，送一束斑斓的花，真的比打针吃药疗效好。再者，走亲串友的，捧一束鲜花过去，还不惊得主人眼睛一亮呀。

很快，一家花店就开张了。童歌想，我一个大老爷们儿不能老憋在这儿卖花呀，这是女子的事情。童歌招了个女孩儿经营花店。那女孩儿很单纯，很素净，人面鲜花相映红，她干起活儿来，和悦愉快，她自己简直就是一朵水灵灵的花儿。

童歌对她很体贴。童歌平常说话雷霆似的，嗓门儿挺大，对她却是莫名的柔声细语；童歌给她的工资也很高。逢年过节的，童歌主动就给她假期了，还象征性地备了点礼物，还嘱咐她带回去几束花儿，童歌说，女孩子捧着鲜花的姿态最动人。

后来，这个女孩儿顺理成章地喜欢童歌了。童歌欢呼雀跃，兴奋得把女孩儿举得高高的，女孩儿羞得脸庞通红，急急地说，快放下，都是人呢……

童歌的婚礼是在芦苇荡畔的许洼村进行的。童歌动用了十几辆黑色轿车，娶来了美丽的新娘。新娘穿着婚纱，婚纱白白的，比云彩还白，比白荷花还白，婚纱很硕大，像天边落下的云朵。村民们啧啧称赞，原来新娘还可以这样打扮，美若天仙呢。

童歌西装革履的，器宇轩昂，把一束最是色彩缤纷的花送给新娘，然后，牵着新娘的纤纤玉手走向前，拜天地，拜高堂，拜父老乡亲。童歌的父母亲感动得泪光闪闪的，泪水直往外涌，止不住的。

童歌大宴宾客，规格在许洼村是空前的。

夕阳红红地照耀着，红红的霞光浮在芦苇荡上，宛若红红的丝绸。

一对新人看看芦苇荡，在澄澈的水里，留下倩影。

芦苇荡里的水，静静地流淌着。荷花静静地开着，芦苇兀自苍翠着，洋溢着柔柔的风情。童歌对父母亲说，咱家乡的习俗，在家结婚，要在家住一夜，我俩也入乡随俗吧，明天一早，就走。城里，还有花店呢，咱不开门，不挣钱没啥，人家需要呢，不能图自己高兴，败了人家的兴致。父亲说，做得好。你这孩子，这几年，风里雨里的，吃了不少苦。咱这婚事办得不掉份，以后，好好过日子。母亲说，这媳妇也不是媳妇，就是我闺女，你不能欺负她。这媳妇听得，兴高采烈的。

第二天一早，父母亲就送童歌夫妇走了。那时分，云蒸霞蔚的，一片织锦似的美丽。

慢慢，许洼村的人就明白了，读书读得好，有出路；可是，只要思想开放，敢闯敢干，一样别有洞天。

村子里很多人找童歌，想进城寻份差事。童歌因地制宜，是老虎给座山，是猴子给棵树，令他们人尽其才，物尽其用。

芦苇荡风光好，有目共睹。可是，种一季粮食，要假以时日，粮食卖得再贵，又能挣几多钱呢，喂猪喂羊，虽说挣个成总钱，一年又能卖几回呢。村民渐渐明白，守着好风光，不能挣饭吃。

在城里，干个木匠活，一天挣个百儿八十的；干个泥水匠，也挣个一百二百的。村民就把童歌看作救星。

以前，村民们对村支书顶礼膜拜，逢年过节的，都要去他家里拜会呢。村支书收得了礼物，也收得了尊重，收得了威信。

当兵推荐的，办个低保的，生个二胎的，批块宅基地的，谁都少不了村支书这道关。村支书也以此为由头，视收取礼物是平平常常的事情。

现在，人们觉悟高了，动员生二胎还不生呢；人们觉得低三下四地申请个低保，一年补不了几个钱，还要倾情补过，不要也好；不批宅基地，不碍的，掏力干几年，在城里买套房也不是什么难事情。渐渐地，村民们就不拿支书当回事，反而对童歌殷勤有加，有时对童歌的父母也是很尊崇的。

支书感觉到了冷淡，心里怅然若失的。见了面，支书对童歌的父母说话也不咸不甜的。

他们对此心知肚明。他们喊童歌回来，说，支书是面旗帜，你别遮住了。

童歌就懂了。凡是找童歌寻活路干的，一定带来支书开的介绍信，否则，一律不予办理。支书心想，童歌这孩子就是心眼儿活，我那儿子读书读到研究生，也只是读书考试，走出校门，就蔫了，就没有童歌这么左右逢源的。

支书有了人气，也就开心了。这面子，不可强求，见好就收吧。后来，支书见了童歌的父母，就没话找话了，什么童歌有出息了，什么我要去城里办事也要托童歌呢，哈哈……

童歌在城里混熟了，就是个城里人了。

童歌想，一个人住在城里，吃在城里，在城里一年四季地游荡，说到底，还不是一个地道的城里人。什么是城里人，城里人在城里应该有个岗位，还要有个职位，这职位得是官方认可的。农民要有一块自己的土地，才是农民；城里人要按钟点上下班，才是城里人。童歌提着芦苇荡的大红鲤鱼，白嫩鲜脆的莲藕等土特产，还有一束名贵的鲜花，去争取了，争取到一个城乡个体经济协会的副会长，这已经令他很满足了。

童歌觉得神清气爽，觉得做一个城里人是这样令人满足。

童歌是名人了，就有人求他。

一个开洗脚城的央求他。童歌，芦苇荡是个好地方，女人模样俊呢，介绍来呗，底薪加提成，不少挣钱呢。对了，自然亏待不了你的。

童歌心里痒痒的，这可以挣钱的，再说，离家近，农忙时，不误农时的。

毕竟，是女人进城，许洼村是一个很传统的村落，介绍女人进洗脚城，这很有风险的，我万万不可一猛子扎下去。童歌心想。

童歌有了一个主意，请支书进城消费一下，看能否瓦解了支书，攻下这个堡垒，得要他的应允呀。

童歌开了一辆车，名义上去看看在家的父母亲，顺便看望一下支书。支书是不能真正意义上得罪的，你的祖坟在那儿呢，你的根在那儿呢。真的得罪了他，他手一狠，心一黑，打着公益的幌子，在你家祖坟前打口井，在你祖坟后挖条沟，你都吃不消的，你一定要香的辣的供着……

童歌说，我在城里立住脚了，你功不可没，去城里请你。支书说，使不得，乡里乡村的，该帮忙的。童歌又说，我在城里摊上事了，请你指点迷津呢。支书不好说什么了，别人请你帮忙呢，哪能袖手旁观呀。

童歌找了一家城里上档次的酒店，邀请了几个有身份的人作陪，果然，支书喝得酩酊大醉，还大声嚷着，别拉我，我没醉，真的没醉。童歌只是微微笑着。

童歌把支书送到一家洗脚城。

支书迷迷糊糊地睡着，服务员尽职尽责地洗着。

慢慢地，支书苏醒了，见到一个穿着旗袍的年轻女子与自己同在一室，为自己按摩捶背，惊愕得一激灵，酒全醒了。

服务员见到支书的模样，咯咯地笑了，笑得支书惊慌失措。

服务员训之有素，适时地说，工作累了，在这儿，去去乏，养养神。这儿不是温柔乡，我们也不是大老虎，呵呵……

支书定定神，看看服务员。服务员落落大方，不卑不亢。支书定睛看看，这女子穿一袭旗袍，白皙的腿似隐似现，影影绰绰，笼着一个迷人的梦，略施粉黛，唇红齿白的，一双眼睛忽闪忽闪的，会说话似的。支书的心迷醉得怦怦直跳。

童歌进来了，不动声色地说，酒醒了，酒量这么小呀，呵呵。

童歌支走了服务员，诡秘地说，这女子按摩按得怎样啊，心里畅快了吧？支书嗯嗯地应着，不由自主地点点头。

童歌说，不要太在意，城里人工作累了，常来洗洗脚，按按背，习以为常。尤其是醉酒以后，那就别有风味了。

支书一脸疑惑，唯恐被敲了竹杠。这风言风语地传出去，怎么见人呢，跳到芦苇荡也洗不清的。

童歌说，不是什么违法乱纪的事，很一般的，有时我也来的。

这一句话，打消了支书的顾虑。

童歌说，支书呀，您足智多谋，还望您找办法呀。要是我的事，我就不张口了，别人托的，不好回绝，可是我又没有办法。

支书说，别卖关子了，有屁快放，啥事，说呀。

童歌说，那我就明说了，一个有头面的人见开洗脚城进钱快，也想开一家。

不知他怎么听说咱家乡的女子好，想寻咱们的女子做服务员……

支书想了想说，嗯嗯……

支书什么也说不出来。童歌问，如果女人同意来做服务员，支书您持啥态度。

支书骑虎难下，心想，这恶名让我背着呀。童歌够狡猾的，用我的嘴，说出他要的话。我也要把自己洗干净，不可胡乱表态的。支书苦思冥想一番，说，现在是民主开明时期，人人都有自主权，只要遵纪守法，只要劳动致富，别说一个没品的支书，就是一个七品知县，也阻碍不得，呵呵，呵呵呵呵……

童歌说，还是支书襟怀开阔呀，有事了，还免不了劳您大驾。

支书说，共产党员的宗旨就是全心全意为人民服务，哈哈哈……

童歌动员村里心灵手巧颇有姿色的女子进城，这些家庭就征求支书的意见。

支书说，其实，你们询问我，是给我天大的面子。去还是不去，是你们自己的事情，自己做主。一定牢记，许洼村祖祖辈辈教化清明，万万别做出伤风败俗的事儿就好。

这些个女子经过简单培训，就可以上岗了。

穿着统一的服装，顶着红红的头巾，一个个楚楚动人呢。他们牢记自己的本分，勤劳，有耐心，干活用心。他们在这个行当里赢得了很好的口碑。哪个洗脚城缺人手了，挑名要许洼村的顶上。

这些个女子很有自尊，只是规规矩矩做活，不说有失体面的话，不做伤风败俗的事，他们的辛勤劳作让这家后起之秀，成了城里休闲圈里的标杆。

童歌挣了很多钱。这些个女人也很满足，今天她们才知道，城里的钱是这么好挣，说说笑笑的，钱就挣到手了，虽说熬夜，天明可以晚些时候起床的。收麦时节，忙碌得要命呢，一年下来才挣多少钱呀。

支书偶尔进城，全是童歌招待。每一次，支书都要喝高，然后洗洗脚，按按背，清清爽爽的，心满意足地回去。

有个唤作红杏的，禁不住一些顾客的挑逗撩拨，做了有伤风化的事情，害得大家很受伤害。洗脚城生意受损，她们的收入也缩水了，就有人指桑骂槐，说，一锅汤让你毁了，说，系不紧腰带别出门了，说，偷人不能明目张胆偷到城里呀等等，不一而足。

红杏很理亏，想起支书的嘱咐，想到村里的流言蜚语，怎么也挺不住了。于是，在一个月黑风高夜，红杏跌跌撞撞赶回家，跳进芦苇荡自尽了。

童歌极力斡旋，这家洗脚城赔了红杏家很多钱。像一块巨石投进芦苇荡，激起惊涛骇浪，很快，涟漪一圈一圈地细微了，人们依旧过日子，那些女子依旧在洗脚城做着生意，只是一直以来，她们很克制，很自律，没发生什么花边新闻。

后来，城里有一个大家户，书香世家，以前仿佛做过王侯将相什么的。后来衰微败落了，他们家族的人突发奇想，城里巴掌大的地方，勉强找一个女人娶进家门，后代也没有什么优势，不妨去芦苇荡那里寻得，那里风光旖旎的，人杰地灵的，花费些，不是问题。

他们托童歌说合，童歌知道这事情不是轻而易举就办就的，就真心实意请支书出马，支书觉得这是行善积德的事情，再者，乡村的姑娘嫁进城里，还不是巴望不得事情呀，何况还是城里的诗书礼仪之家。一般来说，这样的家族对乡野来的姑娘是嫌弃的，瞧不上眼的。

许洼村东头，有家姑娘，出落得眉清目秀的，读书识字，兰质蕙心的，知礼仪有见地。说通了，城里的人家是有福祉的。

支书说明来意，那姑娘浅浅一笑，说，我的梦，在乡村。在城里读了几年书，我不习惯城里的气息，谢谢您，有这么好的婚事等着我。

支书很气馁，因为支书在乡村也有办不好的事情；支书很开心，因为芦苇荡还有不为名折腰的女子。

流淌了很久很久的芦苇荡水，孕育了如莲花一般清纯的姑娘，芦苇荡畔的许洼村还是有节操有气节的，我支书脸上这才是真的光彩呢。

支书问，姑娘，你的梦是什么，能说说吗？

姑娘羞赧地说，我做了一个梦，梦见了一个心仪的小伙子始终微笑着，露出一对小虎牙，很可爱的。他说，芦苇荡这么美，咱会使它锦上添花呢，我说，那是什么样的世界呀？他说，你绘蓝图，你绘成什么样的图景，就会出现什么样的图景，许洼村的民众幸福是最高追求。

支书听了，心里很温暖。心想，这才是许洼村的出路。支书说，真的实现了梦，我给你们折腰鞠躬呢。

姑娘吓得什么似的，连忙说，使不得，使不得，这还只是一个梦。

支书说，你会坚持你的梦吗？

姑娘说，会的，他常常在梦里告诉我，芦苇荡灿若锦绣，我在春天等你，我在春天等你……

占领高地

城市楼市不景气，格林领的施工队慢慢接不到活了。可是他们不怕，他们在城里摸爬滚打十来年，也挣得钱了。他们也不再年轻，他们的青春在城市里塑成了丰碑。

他们回来了，看见芦苇荡依旧澄澈，看见荷花盛开，看到芦苇苍翠，看到自己的老婆风韵犹存，心里暖暖的，软软的。

格林并不是一个普通的农民，他是许洼村为数不多的大学生，读过好多书，写得一手好文字，还有文章在文学杂志发表过了。他读的启蒙作品是《格林童话》，这本书妖娆了他的心灵，他自号曰“格林”。

格林毕业后，没有走世俗的路。他带领村民扑向城市，建设城市，他不服输，他要把自己的志向，乡村的美学理想镌刻在城市的领地。

他领的施工队，品质一流。他要求再苦再难，想方设法去克服，不给他人添麻烦，他能接别人接不到的活，他能完成别人完不成的工程。开发商从没有刁难过他，更没有拖欠工钱现象。

几年来，格林的施工队在城市很有尊严，也有不可或缺的一席之地。

在一次市政表彰大会上，主抓城建的副市长为格林披红挂彩，还幽默地说，许洼这支来自乡村的建筑施工队以不可遏制的势头占领了城市的高地。得到表扬，施工队这些汉子不知是害羞还是兴奋，脸比芦苇荡的荷花还红。

在施工队干的，挣了钱，在村里盖了小红楼，芦苇荡的翠苇红荷与小红楼相映成趣，很美的一景。

在施工队干的，还义务捐了款，修了一条水泥路，径直通向许洼村。

乡党委乡政府，在全乡干部会议上，对许洼村委会，大加褒扬，说，许洼村委会有远见，派出施工队搞活经济，拉动乡里经济增长；施工队把乡村情感，把乡村对城市的感情淋漓尽致地表达出来了，令城市不敢小觑乡村；施工队既重物质，挣了很多钱，也修养了品格，他们致富不忘乡村，义务修路。乡党委乡政府真诚感谢他们，但这一切成绩的取得与村委会主任寓言密不可分，寓言功不可没。

格林与寓言是同龄人，高中毕业后，格林考上了大学，后来去了城市搞建筑。寓言回村后，看看芦苇荡风景这么美，觉得乡村也有用武之地，就死心塌地留下来。

格林与寓言各自拥有自己的封地。

寓言这个人就像一则寓言，扑朔迷离，不可捉摸。他有文化，遇事爱动脑筋，常常能做得八面光六面圆，自己捞了很多实惠，别人还能人前人后说他的好。

他遇事算盘拨得啪啪响。三月三前后，靠许洼村下游方向有个村庄逢传统的会，村里的老年人爱赶会，可是手脚不灵便，孩子大多不在身边，心里想去，可是不能成行，也三缄其口。寓言琢磨出门道了，今天划船送一批老人逛逛老会，明天又划船送一批，惹得老人心花怒放。寓言还折了柳，塞到一个年高德劭的老人手里，说，老人家，您蘸芦苇荡的水，用柳条洒在我们身上吧，洒了水，我们就一年吉祥了。老人郑重其事地蘸了水，一个一个洒了个遍，很多人顿时就觉得沐浴在吉祥里。老人好似枯木逢春犹再发，一个个心里芳草萋萋。

麦子黄黄，闺女瞧娘。麦子黄了，自己的男人为了多挣钱，不到麦子熟得落地，是不会回来的。这些年轻媳妇只好自己买点礼物回娘家，她们拎这么多礼物很艰难的，寓言就扔下自己的活，划船送俏媳妇走娘家。寓言见谁家的媳妇胆小，他有意把船摇得颠簸不已，吓得媳妇苦苦告饶，他却像鸭子一样嘎嘎地坏笑，把芦苇荡的鸭子惊飞得很远很远。

碰见一脸严肃的小媳妇，起初，他也故意一脸严肃，待到船儿划到藕花深处，寓言没话找话地说，谁欠你钱了，小媳妇不答话。寓言又问，夜里你要，你男人不给你？这媳妇实在，不知寓言里的寓意，一脸的迷惑。后来，嚼出味道来了，脸红红的，嗔怪道，你是个花肠子男人，以后不坐你船了。

寓言只说话，而且点到为止，并没有什么过激行为。这些回娘家的俏媳妇还是对他千恩万谢呢，而且，他把这些俏媳妇搅得心里乱乱的，暖暖的，觉得这样的人热心肠，有情趣，不像自己的那口子，常常不在家，回来了，只会在身上不起来，只会像一头闷叫驴，不会说悄悄情话……

村子里剩下的要么是老人，要么是妇女，当然也有很多孩童，孩童不到十八岁没有选举权和被选举权，大多时候，连话语权也没有。

村里的村委会主任老了，什么事也干不利索，乡里放出声音：许洼村村委会要改选，选取新的主任，新人选要有知识有热情有爱心，让许洼村民自己亲手选出自己信任的主任。

寓言觉得这是一个好机会，这一次要以舍我其谁的勇气志在必得。

乡党委乡政府委派了乡综治办文明办两个部门的主任具体办理这一事宜。这两个人很老成持重，做事情稳扎稳打有条不紊。他们先进村座谈，寓言自费买了高档香烟招待他们，然后领他们走家串户，座谈时，寓言故意知趣地离得很远，村子里的老人与年轻媳妇异口同声推荐寓言，说寓言是许洼村的最合适的人选。说得多了，乡里来的主任就信了。

乡里主任回去时，寓言执意相送。俩主任意味深长地说，寓言做了许洼村村委会主任，是许洼村的福祉，连我们两个也有的吃芦苇荡的鲤鱼，芦苇荡的莲藕，还能铺得上芦苇荡的席子呢，说罢，他们哈哈大笑，笑声飘在芦苇荡里。

寓言划着船进了芦苇深处，说，换条船吧。另一条船静静泊在那里，上面放着两份礼物，有鲤鱼，有莲藕，有莲子，有编得熨帖的芦苇荡席子等。俩主任故作严肃地说，选举当头，贿赂干部，影响极坏，这样做不好呀。

寓言说，这点东西，芦苇荡的土特产，说贿赂，还真是抬举我了，呵呵。

寓言划着船，把两人分别安安全全送回了各自在乡村的家。

临回来时，两人说了同样的话，我们也只能向上言好事了，但是你上任要保平安呀。寓言说，我不会辜负你们的厚爱，许洼村是大家的家，常回家看看，别外气。

他们心照不宣地笑笑。那笑容像一篇寓言，寓意深刻，耐人寻味。

后来，俩主任又来了几趟，美其名曰，选举是关乎国计民生的大事，要深入群众，走群众路线，又走访老人还有年轻的媳妇，村民说寓言是唯一人选，毋庸置疑。俩主任屡屡得到了芦苇荡的鲤鱼莲子莲藕双黄大鸭蛋，还有活蹦乱跳的鸭子和大白鹅……

选举在许洼村中央的一块空地上进行。选举没有一丝悬念，也没有一丝波澜，寓言几乎是满票得以选取。一是寓言讨得了许洼村老人和年轻媳妇的欢心，二是村民想早点了却此事，俩主任脸皮太厚，简直不是帮许洼村选举村委会主任，而是借此揩油水，村民有点深恶痛绝了。

寓言顺理成章地做了许洼村村委会主任。当选那天，他怀着一日看尽长安花的喜悦游走在芦苇荡畔。他心里洋溢着激动与亢奋，我是许洼村的王了，我拥有了这个村子里至高无上的权力，上面的指示要通过我才能传达执行，村民的要求只有通过我才能得以满足：寓言高兴得忘乎所以。

一夜之间，寓言以创作寓言的绝妙手法，让自己不露声色地占据在许洼村的权力高地上。

寓言像个演员，能扮演很多角色。他不再走家串户讨取别人的欢心了，他天天蛰伏在村委会的办公室里，很少走出来。偶尔，走出来，走路的姿态很高傲，目不斜视，好像真的君临天下一样。老人想跟他说说心里话，永远没有机会。

年轻的媳妇见了他，本想逗逗趣，可是，寓言的脸色像木雕一样冷漠，她们的话语又咽下去了。

乡里要求上报低保了，他在喇叭里喊一下，很多人就来了。谁笑得灿烂，谁对他低三下四恳求，谁能把他看作王，他就把低保指标给谁。

几个不识时务的看出端倪了，把家里珍贵的东西拿出来给他上贡，然后还连连后退几步才转回身离开，还口口声声地央求，感谢。寓言忍不住笑了，有权力就是好，我寓言不图他们多少东西，就是在乎他们对我毕恭毕敬的态度，这感觉真的好极了。有人说，权力是最好的春药，确乎如此。

格林在外领工，时时不忘跟妻子打电话，问问二老身体生活起居，问问孩子学习状况，也悄悄说一些绵绵情话，把妻子撩拨得脸庞红涨。当然，也说起村里的情况，说起寓言的所作所为。

村子里男人都出去打工了，而且是长年累月，一些年轻的媳妇就刻骨铭心地想，想而不得，就蚕食似的寂寞。寓言对这一切了如指掌，他思忖，仅仅有被尊崇的目光是远远不够的，真正的王者，在自己的势力范围内，势如破竹，所向披靡，只有老婆一人陪伴过夜的是普普通通的人，想要谁就是谁，想睡谁就睡谁，而且要睡的人还要心甘情愿，这才是王者，这样才不枉此生。想到这些时，他有点兴奋，好像自己就是帝王，想宠幸谁，谁就得积极主动，还要感恩戴德；他又有些胆怯，自己学过历史，如今不是封建王朝，胡来一气，说不定要身陷囹圄，受牢狱之灾……

他很谨慎，见孩子去学堂了，老人去芦苇荡畔乘凉了，就人不知鬼不觉地进了人家的家门。先是做出一般关心的样子，问寒问暖，然后摸着石头过河，问男人不在家，想不想急不急，越说越不靠谱，然后去抚摸人家，那媳妇也许是丈夫老不在家，急不可耐，真的忍不住了，也许不同意，又不敢张扬，怕落下坏名声，寓言就轻而易举地睡了人家，离开时候，大大方方的，任人也看不出什么破绽。

逐渐地，寓言在夜里就很少碰自己的婆娘了。他婆娘问，寓言说，现在事多，要操心，没精力做爱了，要她多体谅。婆娘真的很宽容，就天天干旱着，毫无怨言。寓言觉得家花没有野花香，妻不如妾，妾不如偷，偷着不如偷不着。关键，寓言在偷情时，能够深深体味到臣服与迎合的况味，那味道妙不可言！

寓言常常拿格林与自己相比，格林你有学问又能怎么样，还不是爬高上梯吃尽苦头，你盖了高楼一座座，你又能身居哪一个屋檐下；你挣很多钱，你老婆不在身边，你也是鞭长莫及远水不解近渴，哪像我明目张胆睡自己的老婆可以吧，别人的老婆也会心安理得地送上门来，你比得上我寓言吗，芦苇荡，湖光山色的，风光迷人，你有机会沉浸其中吗，你不行，哪一方面，我都略胜一筹，呵呵……

慢慢，许洼村民就对寓言有些不满，他们怨声载道，这哪儿是选了个公仆，简直是一个地地道道的官老爷。

寓言充耳不闻，他深谙官道，老百姓再不满意也没有那个能力和意识罢免他，真正给予他冠冕的权利的是上面。他是乡党委乡政府的常客，常去那里汇报工作，当然每一次都不会空手而去。

寓言就是鬼点子多，他想，一个人单枪匹马地干，虽然做事隐蔽，但有时也捉襟见肘力不从心。他建议，现在很多家庭男人出去打工，只有老人媳妇孩子在家，真正的主心骨是年轻媳妇，而自己是个男干部，工作起来会有诸多不便，乡妇联为村里配一个妇联主任吧，这样好展开工作。乡里主要领导说，你推荐一个，用起来合手。硬给你配一个，适得其反。

寓言做出苦思冥想的神色，迟疑了一会儿，说，让红茶干吧。于是红茶就成了许洼村村委会的妇联主任。

红茶模样俊俏，不开怀不生育，一点也不羞涩。她的丈夫没有跟着格林做建筑，而是去了东北做药材生意了。她丈夫是许洼村的后生，做事谨慎，俊逸清朗，被一个做药材大生意的老板看中，做了老板的女婿。红茶的丈夫也曾纠结过，红茶不能给他生个一男半女的，生生就绝后了，村子里会说，只有上辈做伤天害理的事，晚辈才绝后呢，他不想让祖先落下这样的坏名声；有传言，红茶做姑娘时作风就不检点，丈夫心里疙疙瘩瘩的，那一释怀，所以就狠狠心，舍弃了红茶，在异地另娶一房媳妇。

红茶被舍弃了，正值青年，有很大的生理需求。寓言对此了如指掌，他就亲昵红茶，红茶就顺水推舟，扑到了寓言的怀抱。

红茶有点恬不知耻了，干旱了，寓言偷偷浇灌滋润她，她又像芦苇荡的荷花一样盛开了。她做妇联主任，能发号施令，女人一旦有了点权力，往往能发挥到极致。

寓言说，新官上任三把火，你上任了，别让人说你白吃饭，做出样子，让人们看看。红茶说，做什么。寓言说，你是女同志，与妇女谈谈心，看看她们有什么需求，要做人民公仆，全心全意为人民服务。

红茶就乐乐呵呵地去了。其实，很多妇女是可怜她命苦，才跟她说说心里话。说，芦苇荡风光好，说丈夫挣钱再多，可是钱不能搂着你睡觉，想丈夫想得厉害，有时候想起来简直就受不了。说到这些时，年轻媳妇觉得很羞赧，很不好意思。红茶言不及义地说，是呀，这是一个问题，可是妇联也帮不了。年轻媳妇回过神来，打趣道，还是帮帮你自己吧，一个女人床这头跑到床那头，怪孤单怪凄惶的。

红茶跟寓言汇报工作时，显得心不在焉，可是哪个年轻媳妇想男人想得厉害，他从红茶的言谈话语中摸得一清二楚。

寓言就去了，屡屡得手，没有一丝一毫的闪失。寓言很感谢红茶。寓言很善于多思，他想，我在许洼村称王称霸的，呼风唤雨的，发号施令的，夜夜笙歌的，宿宿销魂的，一定会让人眼热嫉妒，再者，我睡了许多女人，这事败露了，事关重大。我要把上面的领导拴在我的船上。想到这儿，寓言心满意足地笑了，笑得神秘莫测。

格林依旧跟老婆打电话，问询家里的情况。老婆说，一切都好，只是想你。还有，寓言又任命红茶作妇联主任了，俩人很亲密的。老婆轻描淡写地说，格林说，嗯嗯，没事就好，想着我就好，我很快就回去了。城里的房子多了，卖不出去了，咱村的施工队要返回老家了，呵呵……乡里也不忙了。

寓言邀请书记说，领导，你的身子是你自己的，也是全乡人民的，可不能累倒了呀。以前忙碌了一阵子，正好该休息一下了，尝尝许洼村芦苇荡的无公害水产品。芦苇荡天上飞的，水里游的，地下埋的，都是你的，像在家里一样呀。书记乐得心花怒放。

夜里，寓言独出机杼，在村里那条最大的船上生火做饭。红茶是女人，做饭是得心应手的；红茶是女干部出席酒场名正言顺。其实，按寓言吩咐，红茶早就在家做好了，提过来在船上吃。

寓言买来美酒梦之蓝，三人在船上尽情地吃喝。寓言说，今天我有点头胀，我喝点荷叶茶；红茶拿出你的酒量，好好陪书记喝点。书记起初很清醒，吃着喝着有理有节，一副谦谦君子形象。几杯酒下肚，几个螃蟹一吃，慢慢，眼就红了，血脉就涨了，说话就口无遮拦了。寓言劝着，难得清闲，一醉方休呀。书记越喝越高，红茶越喝越妩媚迷人，眼睛像要点起书记的火，寓言越喝越清醒，他见得火候已到，就把船划到一个隐蔽安全的地方，然后把船牢牢地系在岸边。寓言吩咐红茶，书记喝得有点多，你好好陪着他，多让他喝点白开水，总之，要让他开心高兴。

寓言借故离开了，红茶陪书记醒酒。书记要什么，红茶全力配合。

寓言刚回到船上，书记就醒来了，书记看看红茶，很暧昧地笑笑。红茶笑得很满足很妩媚。寓言说，书记，芦苇荡的夜晚迷人呢。书记随声附和着，嗯嗯，迷人迷人……

趁着夜色，寓言划着船送书记回去。在路边，寓言拦了一辆出租车。在离政府大院不远处，寓言陪书记下了车，对司机说，等片刻，我还乘车回去。寓言摸出书记腰间的钥匙，打开大门，把书记安顿好，倒上茶，乘车回去。

寓言对红茶说，从今天起，你的身份变了，成了书记的专列了，我是不敢再搭乘你了。红茶说，你真深，比芦苇荡的水还深。红茶说话时，面无表情。

红茶说，村子里好多女人的高地都被你占领了，我的也不例外。你还要理我，要不，我对书记说，你强暴我。你知道，男人是容不得别的男人侵犯他用过的女人的，你强暴我，书记会给你穿小鞋。红茶睥睨着寓言，寓言心里有了一丝恐惧。

红茶说，书记在深宅大院，来一次，下一次不知驴年马月呢。你别想三十六计走为上。

书记很爱芦苇荡的水产品，说这滋味地道。芦苇荡的红茶做的菜好吃，偶尔经不住诱惑，也来打打牙祭。这一张旧船票能搭上这艘客船。

书记说，寓言这主任是个人才，挠哪里，我哪里痒痒，我离不开他呢，这家伙不比和珅差哪里去，芦苇荡好风光呢，在这里乐不思蜀呀。听得这话，寓言心里很惬意。

寓言说，书记，许洼村给全乡做出了很大贡献，你对许洼村怎么表示一下呀。书记说，帮你们村修建学校吧。修建学校也是利在当今泽被后世的善举。不久，一所崭新的标准的乡村小学落成了，红红的五星红旗迎风飘扬。

许洼村都知道，这是村委会主任费了九牛二虎之力向上面申请争取的，乡里书记立下了汗马功劳，是有功之臣。

格林带领的施工队，等那座大楼竣工后，就准备回乡了。格林说，许洼村的父老乡亲们，这是咱建筑的最后一座高楼，咱们要善始善终，保质保量，把这座楼建成一个建筑符号，镌刻着咱们的骄傲，回家早晚也不在乎一天两天，如果咱的牌子弄砸了，一辈子也恢复不了。施工队精雕细刻，把这座大楼做成一件艺术品。格林把乡村的旗帜插在了城市的上空，插在了城市的高地，那面红红的旗帜在城市的高地上迎风飘扬，猎猎作响，成了世间最美的声音。

格林的建筑队，带来的用汗水换来的财富回来了。回得扬眉吐气，回得斗志昂扬，各自的婆娘高兴得做新娘似的，心里兴奋地怦怦直跳。

这让寓言感到一丝威胁。他知道，自己的龌龊行径不可能再进行下去了，原先的作为能不东窗事发，就满足了。

乡里书记调走了，乡长水到渠成做了书记。他做乡长时，就看不惯书记的做派。他深知官场的道，官大一级压死人，虽然书记乡长同属正科级，但书记还是高那么半格，不服气不行，乡长不与书记争锋，韬光养晦。书记走了，乡长接任书记，书记也没有从中作梗。

书记找寓言谈话，寓言主任呀，你做事也是用尽心机呀，如果力气都用在正事上，就好了。寓言脸红一阵白一阵，什么也说不出。

书记找格林交谈，了解了许洼建筑队的事迹以后，啧啧称赞。

书记问，荣归故里后有什么打算。格林说，芦苇荡的环境这么好，大力发展水产品呗，还有可以种植无公害蔬菜。现在，人们生活水平高了，对吃喝越来越讲究了，这应该前景广阔。

书记以欣赏的目光看着格林，询问，有没有带领乡村致富的打算呀。格林说，我只是一个子民，能管好自己已属不易，遑论致富路上带路人呀。

书记说，你有知识，有境界，有人气，见过世面，放开手脚干吧。我支持你，我先代表乡亲感谢你！

过一会儿，书记喃喃地说，乡村这枚易碎的鸡蛋，不能握在恶人的手里。

听得这话，格林很感动，说，我试试吧。书记忘情地握住格林的手，谢谢你，深明大义，造福桑梓。

格林说，不敢说能做到什么样，我会尽力而为，不遗余力。

书记说，乡村的高地一定要让正直善良占领。格林点点头，我们要舍得一身剐，呵护美丽的乡村，淳朴的乡情风俗。

书记拉着格林的手说，乡村需要晶莹的童话，格林就是书写童话的大手笔。乡村，从此不给寓言留一个版面。哈哈哈，书记笑得爽朗，笑得酣畅淋漓……

书记走了，撂下一句话，占领高地，是一个永不过时的战略话题。

金风玉露一相逢

那一年，许洼村的金风考上了大学。一家人看到芦苇荡的荷花分外妖娆，连岸边柳树丛中的蝉鸣也悦耳动听。金风家的庭院洋溢着安宁的气息，村里人跟金风家人说话时也变得柔声顺气的。

几年后，金风毕业了，回来做了一名教师。金风本来就聪慧，读几年大学，更是锦上添花，村里的支书看得金风不错，托人要把自己的女儿嫁给金风。金风知道在许洼村支书是土皇帝，得罪不得，再者支书的女儿相貌说不上闭花羞月，也像一朵朴实的花，能撩拨男人的心怦怦直跳。

一个冬季，那天飘着大雪，一片银装素裹，金风娶来了支书的女儿淑慧。天是白的，地是白的，一棵棵大树也玉树琼枝，可是金风的院落红红的，淑慧的红盖头把天空辉映得红红的，结婚用的一挂大地红响彻以后，地面上红红的，像春天的花园开满红红的花朵。淑慧进了金风的洞房，成了金风红红的新娘。那一天，金风感到很喜乐，看着淑慧，心里荡起汹涌的涟漪。夜里，很寒冷，万籁俱寂，许多年轻的后生好奇着，蹑手蹑脚地潜进金风家的窗下，偷听洞房。这些后生害羞着，兴奋着，离开了。夜色这么美好，不能惊扰别人的梦，不能惊扰别人的幸福，一个个轻轻地走了，正如他们轻轻地来。

犬吠，是夜晚乡村的符号。一阵犬吠深巷中之后，乡村睡在白白的雪花和皎洁的月辉里。

金风不是一个地地道道的农民了，淑慧不让金风干农活。淑慧说，你读书有出息，是天上的星呢，读好书，教好学，才是正业。地里的活路，春夏秋冬的，俺说说笑笑地就干完了，不有劳你了。

金风很感动，心里碧波荡漾，不由得拥着淑慧亲吻着。淑慧说，羞呢。金风看得淑慧妩媚的神采，把她拥到了洞房。

金风读很多的书。金风想，生在许洼村是幸福的，这里有翠苇红荷，有绿波东流；书里，还有一个可以与许洼村相媲美的境界，可是这境界不是人人可以欣赏的。

支书想，我的眼睛是雪亮的，为女儿寻了一个好伴侣。

支书说，金风，不能憋在芦苇荡，眼界要高，书不能白读了，你是一个不同凡俗的人。

金风欢欣鼓舞，他知道，支书一般不轻易夸赞人，一夸赞，暗示你做得不错，劝勉你再接再厉，勇往直前。

金风以校为家，悉心教书，教学效果很优秀。不久，金风做了许洼村学校的校长。金风读的是大学，教学是行家里手，他对许洼村学校的老师要求很严格，既注重老师对学生的知识讲解，又注重学生品格操守的养成，深得村人赏识。

许洼村学校的老师，从此变了模样。他们丢下锄头，就读书；下了学堂，就耕作：耕读世家，福祉绵长。

学校里很多老师喜欢金风，还有几个大胆的女老师向金风抛媚眼，金风视而不见。害得她们私下里说，对我们不理不睬的，赶紧离开这儿吧，害得我们夜不能眠，哼！

许洼村学校名声越来越大，很多邻村的孩子争着前来就读，惹得别的学校很不开心畅快，说风头让你们占完了。

金风说，哪里是学校好呀，是这些孩子能看看荷花，看看芦苇，看看鲤鱼弄波，有时一猛子扎进去，像鱼儿自由自在地游泳……别人更尊崇金风了，啧啧称赞：还是金风，不居功自傲，不把粉都涂在自己脸上。

许洼村学校像芦苇荡一样，成了迷人的风景。乡里领导向教育局请示，要让金风主持全乡的教育工作，这个乡镇有金风这样的人才，一宝呢。

经过推荐，民主评议，技能考核等程序，金风水到渠成地成了乡里最高教育领导者。

金风真的走了，那几个女教师怅然若失，心里空落落的。想让金风留下来，自己无能为力，只是心里暗暗责怪自己，自己不实在，哪里是真的撵他走呀。一个个唉声叹气的。

支书说，金风，不要尾巴翘到天上，很多人看着呢。

金风笑笑，笑得纯粹从容。支书释然了。

从此，金风更忙碌了。

金风说，淑慧，我忙了，有时顾不上你，别介意啊，

淑慧说，你做大事呢，我体谅你。我帮不了你，还有亏欠呢，你担待呀。

二人相视而笑，家里充溢着和美的氛围。

金风在全乡推行他的教学理念，很多人不适应的，毕竟积习难改，不是说改就立竿见影的。金风不急不躁，说，改得快慢都行，不改不行；脚踏实地，真抓

实干才行，蜻蜓点水，浮光掠影不行：一定要见成效。

慢慢地，很多老师感悟到，教育永无止境，用心造出大境界，而且钻进去，其乐无穷呢。

几年后，本地的教育面貌焕然一新，老师教书教得流连忘返，孩子学得津津有味，很多家长也改变了观念，无论如何，都要力所能及地供应孩子读书。

芦苇荡是一所天然的学校，金风近水楼台先得月，就地取材，在芦苇荡开辟第二课堂。

孩子的天性在芦苇荡得以张扬。孩子的天性像芦苇荡的芦苇一样葳蕤无比，孩子的天性像芦苇荡的莲花一样色彩斑斓。孩子学会了潜水，拥有了自救能力，还能强身健体呢；孩子看得青莲，悟得出淤泥而不染濯清涟而不妖呢，孩子见得禾木一岁一枯荣，是自然的法则，是不能违背与凌驾的，人也应该有所敬畏……

这儿的教育，乱花渐欲迷人眼，一处旖旎的风景。这里的孩子一个个走出芦苇荡，成了一个个良好的人才。

连原先瞧不起金风的老顽固，也刮目相看了。得金风一人，是这一带人的造化。

金风常常住在单位里，淑慧就得独守空房。支书说，淑慧，留点心，人怕名气大，金风很有人缘，看好了。

淑慧说，金风是做事的人，我不拖他的腿。再说，他要不喜欢我了，我用绳子牵着他，也没用的。

支书说，我有点担心，金风这孩子有勇有谋，做什么都能游刃有余；你呢，也不识几个字，恐怕有差别，你有时候会跟不上点子，慢慢就疏远了。

淑慧说，水，就顺势而流吧。淑慧的淡然让支书很惊讶。支书说，他要真的休了你，我就好好收拾他，读了几本书，做了一点事，就不知天高地厚了，他要与我交锋，我想他远远不是对手。

淑慧不假思索地说，不管出现啥情况，你都不能伤害他，你对他不好，我会站在他的一边，以死抗争，哪怕粉身碎骨。

支书定睛看看淑慧，感到淑慧这么陌生。

支书悻悻地走了，扔下一句：听天由命吧。

金风在单位里，很有人气。也许是迎合讨好他，也许是心里仰慕他，也许是觉得他老是在忙碌，人们怜爱他，时常有些人走进他的房间，无微不至地关怀他。

金风很智慧，他的门始终洞开着，没有一丝暗淡暧昧的况味。免得人们想入非非，大作想象文章。中国人是最善于想象的，尤其是对关门开会更是充满无限想象。

有女老师进门，金风不仅门开得敞亮，而且说话的声音也很洪亮，这昭示着我们谈的都是正事，没有做伤风败俗的事情：金风很会保护自己。

一个很有风情的女教师常常光顾金风的办公室。一进门，金风就说，打开门，关着门，光线太暗，说话听不清楚，呵呵……

你真幽默，光线暗是视觉，听不清楚视听觉，通感呢，风情老师咯咯地笑，一下子冰释了隔阂。

她说，我喜欢看到你的身影，听到你的声音。不见你，魂不守舍的。

金风爽朗地笑着，我有那么大魅力吗？我的魅力可是淑慧的专供。她说，我不是花的持有者，可不妨做看花人。

金风说，你有点意思。她说，辛辛苦苦发现美，就要孜孜不倦欣赏美。我发现了你就是一处美的风景，我理所当然乐此不疲地欣赏呀。

金风缄默不语。他知道，说多了，未见得是好的。

一阵风，刮来了，把门重重地关上了。她不失时机靠上来，紧紧抱着金风，丰腴的胸脯紧紧贴着金风，喃喃地说，看到你，我心跳得厉害。外面的风刮得很大，声音淹没了一切，屋里的灯，拉灭了。金风热血沸腾，她把滚烫的唇送来了，势不可挡。金风燃烧了……

金风拉亮了灯，整整仪容。说，我做了一件见不得人的事情，要悔恨呢。

她说，不要，你没有做错什么，你不要负疚，我也不会依此要挟什么的。谢谢你，让我沉醉于花的芬芳。

她悄悄打开门，四下里张望一下，确定没有一丝人迹，就泰然自若地走了。她回头看看金风，金风见得她的双眸里盛满万种柔情。

后来，她再见到金风，好像什么事也没发生。她说，这里晴空万里，从未刮过风。

金风说，这里的风景也迷人，可是不能乐不思蜀。

她说，懂得。她又调皮地说，你不会动起调走我的念头。

金风说，人贵光明磊落，怎么能做出这等事呢。纵然我身败名裂，绝不可做亏心的事情。

她说，以后的生活，风平浪静。任凭谁读不出一丝相撞的火花。金风从她的眼神里读出了信任，读出了女人的晴暖。

金风回家里的次数多了，与淑慧温存缠绵的机会也多了。淑慧的脸庞红润得像荷花一样。淑慧说，忙时尽管忙，别念我，闲时候，回来，我等着你。你别时时念着家，念着我，分了你的心。金风觉得欠了淑慧很多，淑慧一点怨言也没有，而是温情脉脉地叮咛，别工作这么累，透支了身子。

果然，一切天蓝云白。风情女教师去大都市了。她说，谢谢你，我去远方了，追梦了。这里有，却不属于我。我走了，你可以更坦然地生活。记得我不曾惊扰你的幸福。

她义无反顾地走了，没有带走一丝云彩。

金风心里很是谴责自己，后来想想，自己也没有做错什么。这单美好的情事就此尘封心底吧，任凭是谁，何时何地都不要发掘她。

金风见得支书岳父，没有不安与忐忑。眼睛里除了写满尊重，更多的还是自己内心的强大。支书看得，心里游过一丝丝悸动。支书说，读书，比权谋更有杀伤力。

他甚至揣摩到金风的想法：你以强势的姿态把淑慧嫁给我，总有一缕不怎么阳光的况味，你的仗势欺人让我很是反感。

也许是心虚，也许是年迈了，支书变得很柔和了，再也没了强烈的驾驭欲望了。

乡里的教育抓得好，金秋时节，县里开大会表彰一批优秀教师，金风是在其列的。

那天，暑退九霄净，秋澄万景新。金风披红挂彩，从主抓教育的副县长手中接得红红的烫金奖状，那情态真是器宇轩昂，神采奕奕，风光无限好。

与他站在一起的是一个女教师，她接得奖状，笑逐颜开。金风用眼睛的余光看看她，她真的很有内涵，波澜不惊的。她不约而同地看看金风，心里有一丝似曾相识的感觉。她霎时就想到了木石前盟的故事。这感觉清新如初，格外美妙。

表彰会结束后，金风就划着船要返回。那个女教师也站在岸边要回去。

金风问，去哪里？

她说，回桑树镇。

金风说，碰巧顺路，乘一条船吧。

她说，好呀。

金风说，你的声音很好听，也很特别，讲讲你的故事，介意吗？

她一点也不胆怯，娓娓道来：我父母的籍贯都在这里，年轻时，他们落户到了东北，也有自己的一份工作。父母思乡心切，想叶落归根，想方设法调回来了。我也跟着回来了，我记得东北下的雪很大很大，常年白茫茫的。那里有我的童话。

金风说，故乡馈赠你晶莹的童话，也馈赠了别有风味的声音。听到你的声音，就浮想联翩，构思着你的童话故事。林海雪原，东北的标识。

她颔首赞许。

金风说，我的名字是金风，说说你的名字，介意吗？

她说，我的名字是玉露。我是大雪纷飞时出生的，我不想太寒冷，也不能出格的向暖，就叫作玉露了。

金风说，金风玉露一相逢，便胜却人间无数。

几乎是同时，玉露也脱口而出，金风玉露一相逢，便胜却人间无数。

他们相视而笑，没有一丝生分。

金风说，见得你，似曾相识，今生却没有见过。

玉露说，在领奖台上，我就有了这样的感觉。

金风说，这就是相契相知吧。

玉露想了想，点点头，是，相契相知。

金风说，说说你的家呗。玉露说，没有什么可说的。思索了一会儿，畅所欲言，其实很平淡，平淡得就像日子。说呗，一个真实存在。

我到这以后，一切都是陌生的。一个虎头虎脑的哥哥常常护着我，领着我，给我讲这里的风土人情，讲这里的花草树木，讲这里的河流池塘……他是我的依靠，我的行动指南，后来，长大了，就做了他的新娘。他对我很好。

金风说了他的婚事。彼此知道，从世俗的角度看，谁的婚姻都完美，谁的家庭都幸福祥和安宁。

一路交谈着，金风赶水路赶得很快，不久，就快到家了。玉露到家还有一段路程，金风要送她到家。

秋天了，芦苇荡的水更清澈了。芦苇坚韧伟岸，默默地绿着。莲的叶片硕大肥厚，叶片之间尽是藕莲蓬。一只只水鸟掠水而飞，嘹亮的声音唱响碧空。

金风见得玉露好像想着心事，就慢慢划着船，唯恐惊扰了她。

船底下，水静静地流走。船逆流而上，吱吱呀呀地响着，像是吟唱着一首歌谣，宛若天籁。

玉露到家了。金风说，以后咱们不言谢的。玉露说，好，听你的。

玉露走了，夕阳里，留下美丽的剪影；金风划着船返回了，顺风顺水的，春风得意马蹄疾，轻舟已过万重山。

秦观说，金风玉露一相逢，便胜却人间无数。金科玉律呢，金风玉露时不时地不期而遇。

金风去城里参加有关教育的会议，常常是自己划着船去，事事劳烦别人，是他所不愿地。

玉露是桑树镇的教育领导者，也要与金风同期参加会议。送玉露的船见了金风的船，就说，那条船也是去城里开会的，你们合船就得了，省得浪费人力，一人一程地划，还不劳累。

玉露说也好，你去忙吧。记得划船回去时，要慢慢地，小心点。

送玉露划船的答应着，一会儿就没了踪影。

在会议上，教育局长半是玩笑半是认真地说，金风玉露主抓的教育，双峰对峙，并蒂花开，是咱县教育界的奇葩呢。与会人员点头称是，羡慕不已。

回来的路上，他们意兴所至，无所不谈。

金风说，家是港湾，能停泊躯体，未必能栖息心灵。

玉露说，人们常常嗅着红尘里炊烟的味道，可是人走进一个贴近心灵的所在，哪怕只是一个瞬间，那才是生活的核，那才是本质。

可是，家是不能伤害的，又有几人能摆脱红尘世俗的缠绕呢，他们异口同声地说。

他们都很欣赏对方，相悦而不自私。

金风说，中原的金风，相遇北国的玉露，是一种偶然，也是一段因缘。

玉露说，天作之合，是一种心灵的契约，于尘世间是不宜的。

各自的家园，是温馨的，孩子是可爱的，不离。金风说。

家世血缘是不能更改的，我们不弃。玉露说。

你是我的风景胜地，游览了，就有了耳目一新的感觉。人生是要充满新奇的。金风说。

我在意男人是否有一颗诗心，诗心不老，历久弥新，是我欢欣的活水。但愿为有源头活水来。玉露说。

天南地北，相聚于芦苇荡，幸甚至哉。金风说。

默默地生活着，像每一个凡夫俗子有模有样有喜怒哀乐，爱恨情仇，粗俗不堪，这是表象；本真的应是一个花团锦簇的春天。玉露说。

我们是幸运的，即可食人间烟火，亦可走进一个世人不解的桃花源，享受心灵的相契相知。金风喃喃地说。

有了心灵的丰盈，才有生活的多姿多彩。呵护心灵，永恒的话题，别污染了圣洁的心灵。玉露提出了自己的见解。

我们享受心灵花园的盎然春光，不许别人见得开满红杏的枝头。慎独是一张弥足珍贵的通行证。金风说。

红尘之外，有一处宜人的风景可以游走，足以欣慰。玉露说。

相契相知，又岂在朝朝暮暮。金风说。

……

似水流年。

又一个七夕节，芦苇荡的水里，映了星辉，映了弦月，虫鸣遍野，一派点点的秋意悠远而来。

夜深了，船压星河，咿咿呀呀。金风玉露并排坐在船上，仰望苍穹，憧憬着牛郎织女的故事。

金风说，我们何尝不是地上的牛郎织女呢，隔着一条世俗红尘的河流。

是呀，可是，天上人间，金风玉露一相逢，便胜却人间无数。玉露说。

以后的七夕节，我们就不再羡慕牛郎织女了。偶尔的见得，胜却滥情的耳鬓厮磨。金风说。

哎，看呢，天上的牛郎织女看着我们会心地笑呢。我隐约听得，从天庭上传来的声音：金风玉露一相逢，便胜却人间无数。玉露无限欣喜地说。

七夕夜晚，芦苇荡飘荡着他们无邪的笑声……